suhrkamp taschenbuch 5248

AF217123

In dem kleinen Städtchen Bad Guldenberg ist die Welt noch in Ordnung. Jedenfalls, bis im Alten Seglerheim eine Gruppe minderjähriger Migranten untergebracht wird. Die Guldenberger sind sich einig: Diese Fremden passen einfach nicht in den Ort und sorgen nur für Unruhe. Mehr und mehr heizt die Stimmung sich auf, es kommt zu Pöbeleien, und als dann noch das Gerücht die Runde macht, eine junge Frau sei vergewaltigt worden, sind sich alle schnell einig, dass es einer der jungen Migranten gewesen sein muss. Und das wollen die Guldenberger nicht hinnehmen …

Christoph Hein wurde 1944 in Heinzendorf/Schlesien geboren und wuchs nach Kriegsende in Bad Düben bei Leipzig auf. Er studierte Philosophie und Logik in Leipzig und Berlin. Der literarische Durchbruch gelang ihm 1982 mit seiner Novelle *Der fremde Freund/Drachenblut*. Hein wurde mit zahlreichen Preisen ausgezeichnet, u. a. mit dem Uwe-Johnson-Preis und dem Interationalen Stefan-Heym-Preis.

Zuletzt erschienen: *Trutz* (st 4864), *Verwirrnis* (st 5010) und *Gegenlauschangriff* (st 4993)

Christoph Hein
Guldenberg

Roman

Suhrkamp

Erste Auflage 2022
suhrkamp taschenbuch 5248
© Suhrkamp Verlag AG, Berlin, 2021
Alle Rechte vorbehalten.
Wir behalten uns auch eine Nutzung des Werks
für Text und Data Mining im Sinne von § 44b UrhG vor.
Umschlaggestaltung: Hermann Michels und Regina Göllner
Umschlagfoto: Pixabay
Druck und Bindung: CPI books GmbH, Leck
Dieses Buch wurde klimaneutral produziert.
ClimatePartner.com/14438-2110-1001
Printed in Germany
ISBN 978-3-518-47248-4

www.suhrkamp.de

Guldenberg

I

Die Farbe der Stadt, ihr Geschmack, ihr Geruch hatten sich verändert. Die Gleichgültigkeit der Bewohner füreinander war geblieben, die kühle Freundlichkeit untereinander, doch eine Unruhe, eine hektische, nervöse Anspannung hatte sich im Ort verbreitet. Das gemächliche Selbstverständnis der kleinen Stadt, das von einem geschichtslosen Alltag und dem gewöhnlichen Rhythmus eines erschöpften Schlendrians geprägt war, wich einer auffälligen Verunsicherung, spürbar in einem überspannten gegenseitigen Misstrauen.

Guldenberg war diese Erregung nicht gewohnt, man lebte hier anders als anderswo in der Welt. Man hatte davon gehört, dass in den großen Städten wie Berlin oder Paris gelegentlich Scheiben eingeschlagen wurden. Von sexuellen Übergriffen und gar Vergewaltigungen hatte man schaudernd in der Zeitung gelesen, aber das waren Vorfälle aus einer anderen Welt, derlei gab es in Guldenberg nicht.

Vor drei Jahrzehnten, erinnerten sich die Älteren, war der Vater eines Mädchens verhaftet, in die Kreisstadt gebracht und dort zu fünf Jahren Gefängnis verurteilt worden, weil er seine minderjährige Tochter missbraucht hatte, aber das war eine Familie aus der Siedlung gewesen, Zugezogene aus Norddeutschland. Damals waren alle erleichtert gewesen, dass auch die Mutter mit dem Mädchen unmittelbar nach der Verurteilung ihres Mannes die Stadt für immer verließ. Sie waren als Fremde gekommen und waren Fremde geblieben, und solche Leute gehörten einfach nicht nach Bad Guldenberg.

Auch Brände und Brandstiftungen hatte es vor vielen Jahren gegeben, in der Zeit nach dem Krieg. Die elektrischen Leitungen waren marode gewesen und nicht erneuert worden, da es kaum Baustoffe gab und das wenige, was man kaufen konnte, aus schlechtem Material gefertigt war. So war es zu zwei Bränden in der Stadt gekommen, die durch einen verschmorenden Sicherungskasten ausgelöst worden waren. Bei den fünf Brandstiftungen war nie ein Täter gefasst worden, stets wurden die wildesten Vermutungen angestellt, Nachbarn wurden beschuldigt und Konkurrenten, doch keiner der Fälle aufgeklärt, stattdessen waren lebenslange, unauflösbare Feindschaften entstanden, die sich von Generation zu Generation weitervererbten, so dass auch fünfzig Jahre später zwei Familien in der Stadt kein Wort miteinander wechselten, obwohl keiner von ihnen den Grund für das Zerwürfnis erinnerte.

Die ganz alten Leute entsannen sich, dass ihre Stadt

vor sechzig, siebzig Jahren in jedem Frühsommer von einer Großfamilie Zigeuner heimgesucht worden war, die zum Entsetzen der Einwohner auf einer Wiese vor der Sporthalle der Schule, der früheren Bleicherwiese, kampierte und ihre mitgeführten Pferde an die Bauern in Guldenberg und in den umliegenden Dörfern zur Arbeit auf den Äckern auslieh.

Die Zigeuner brachten das Leben der Einheimischen in Unordnung. Man störte sich an der unverständlichen Sprache und der Art, wie die Fremden kampierten und geradezu in aller Öffentlichkeit hausten und scheinbar keinerlei Scham kannten. An den Fenstern ihrer Wohnwagen gab es keine Gardinen, es schien ihnen nichts auszumachen, ihre Lebensweise und ihre Armseligkeit vor aller Augen auszubreiten. Die Bewohner der Stadt fühlten sich von dieser Freizügigkeit geradezu belästigt, und alle schlugen drei Kreuze, wenn die Fremden im Frühherbst nach dem Einbringen der Ernte endlich wieder verschwanden.

Auf irgendeine Art war es vor Jahren dem damaligen Bürgermeister gelungen, sie für alle Zeit loszuwerden. Es war ein gewisser Kruschkatz, der länger Bürgermeister von Guldenberg gewesen war als jeder andere. Drei, vier Jahre nach seinem Tod wurde in einer Stadtratsversammlung der Antrag eingebracht, den kleinen, noch unbenannten Weg, der in Richtung Lutherstein führte, nach ihm zu benennen. Der Antrag fand zwar nicht die erforderliche Mehrheit der Stadträte, bekundete aber dennoch die anhaltende Dankbarkeit der Bürger.

Und nun sollten Jahrzehnte später wieder Fremde nach Guldenberg kommen. Das verursachte Unbehagen unter den Bewohnern. Es würde wieder ungehörige und verachtenswerte Auftritte in der Stadt geben, die den Werten und dem Lebensstil ihrer Bürger unangemessen waren und Unfrieden stiften würden. Wieder sollten sich Leute von irgendwoher, die keiner eingeladen hatte, in Guldenberg einnisten, Ausländer, die die Lebensart und Gesinnung der Einwohner nicht kannten und die, wie einst die Zigeuner, die Stadt eines Tages auf Nimmerwiedersehen wieder verlassen würden.

2

Adil war nach Bad Guldenberg gekommen, weil jener
Mann es so bestimmte, den er mit Herr Schmitt anzusprechen und der ihm seine Papiere abgenommen hatte. Er hatte Herrn Schmitt gebeten, ihn nach Berlin zu
schicken, wo der Freund seines großen Bruders wohnte, aber der Mann hatte abgelehnt: »Guldenberg, verstehst du? Ich sage dir doch, du kommst nach Guldenberg. Die haben freie Plätze. Es soll ein schöner Ort
sein. Dort wird es dir gefallen.«

Adil hatte weiter darauf gedrängt, nach Berlin zu
dürfen, aber Herr Schmitt hatte nur den Kopf geschüttelt. Wieso er ihn duzte, wusste Adil nicht. Immerhin
war er schon siebzehn und sah sogar älter aus. In seinem Sprachführer hatte er gelesen, dass Deutsche andere Erwachsene, die sie nicht kennen, zunächst siez-
ten. Es sei eine Frage des Respekts. Die Anrede »Du«,
so stand in dem Buch, sei nur bei Kindern und guten
Freunden angebracht; oder man duzte jemanden, wenn
man ihn geringschätzte.

Bereits am nächsten Morgen packte er seine Sachen
und nach dem Mittagessen kam der kleine Bus, der

ihn und fünf weitere junge Männer zu ihren neuen Quartieren bringen sollte. Nach Guldenberg kam außer ihm nur Enis, die anderen vier wurden in eine andere Stadt gefahren.

Er und sein älterer Bruder Tarek hatten bis nach Berlin reisen wollen, wo ein Freund Tareks lebte, bei dem sie hätten unterkommen können, und Adil hatte überlegt, einfach trotzdem zu versuchen, irgendwie nach Berlin zu kommen. Aber er hatte keine Adresse von Tareks Freund, er kannte nur seinen Vornamen oder vielleicht auch nur den Necknamen, Yassir, wie sein Bruder ihn genannt hatte, sein älterer Bruder, sein toter Bruder Tarek. Berlin, hatte er gehört, sei riesengroß, noch größer als Paris oder Beirut, wie sollte er da einen Yassir finden, den er nur einige Male bei Tarek gesehen hatte und der sich möglicherweise gar nicht an ihn erinnerte.

So hatte er die Entscheidung von Herrn Schmitt resigniert angenommen, war mit seinem Rucksack und der neuen Tasche mit den Begrüßungsgeschenken in den Bus gestiegen, hatte sich in die letzte Reihe gesetzt und sein Gepäck auf den Nebensitz gestellt. Er wollte keinesfalls, dass dieser Enis sich zu ihm setzte. Die anderen würde er wahrscheinlich nie wiedersehen, da erübrigte sich jedes Gespräch mit ihnen.

Enis war mehr als zwei Jahre jünger als er und eigentlich noch ein Kind, jedenfalls benahm er sich wie ein

Baby. Obwohl er fünfzehn war, heulte er jeden Abend in seinem Bett. Er könne nicht einschlafen, habe er erklärt, als die Zimmernachbarn seiner Heulerei überdrüssig geworden waren. Jede Nacht flennen, das machten vielleicht Mädchen oder kleine Kinder, aber doch kein Fünfzehnjähriger. Mit Enis wollte er nichts zu tun haben, und er würde ihm auch in diesem Guldenberg aus dem Weg gehen. Enis war zwar ein Landsmann, aber er kam aus dem Norden, und deren Sprache verstand ohnehin kein Mensch.

Der Busfahrer musste in Guldenberg zwei Mal anhalten und nach dem Weg fragen. Schließlich parkte er vor einem zweistöckigen Haus am Stadtrand. Er stieg aus und sprach mit zwei Frauen, die aus dem Haus traten. Dann kam er mit einer der beiden Frauen zurück, sie stieg mit ihm in den Bus, lächelte die Jugendlichen an und las dann zwei Namen von einem Zettel ab, die Namen von Adil und von Enis. Sie sagte, sie wären jetzt in ihrem neuen Quartier angekommen, dem Alten Seglerheim, und bat die beiden, mit ihrem Gepäck auszusteigen. Als sie auf der Straße standen, wurde die Tür hinter ihnen geschlossen, der Bus fuhr los, um die übrigen jungen Männer irgendwo anders abzuliefern.

Die Frau gab Adil und Enis die Hand und sagte, sie heiße Marikke Brummig, aber sie sollten nur Marikke zu ihr sagen, hier würden sich alle beim Vornamen nennen.

»Ist das in Ordnung für euch?«

Beide nickten.

»Und das hier ist Ezra. Sie kommt aus Jerewan, aus Armenien, und spricht Arabisch. Sie ist nicht immer bei uns, sie kommt an zwei Tagen pro Woche. Wenn es sprachliche Probleme gibt, kann sie uns helfen. Und sie wird euch auch etwas Deutschunterricht geben.«

»Inshallah«, sagte Ezra und lächelte die beiden Jungen an.

»Mashallah«, erwiderte Adil, und Enis nickte lediglich verlegen.

»So, dann kommt ins Haus, damit ich euch euer Zimmer zeigen kann. Dann könnt ihr gleich die anderen kennenlernen. Die sind auch alle so alt wie ihr. Ihr teilt euch ein Zimmer. Einverstanden?«

»Ich allein schlafen«, sagte Adil.

»Das geht leider nicht, Adil. Das Alte Seglerheim ist bestens ausgestattet, aber wir sind ja kein Hotel. Wir haben vier Schlafräume, ein Zweibettzimmer, zwei für drei Betten und eins für vier. Und für euch zwei habe ich eins der Dreibettzimmer hergerichtet. Das dritte Bett ist vorläufig noch leer, aber wir bekommen noch zwei weitere Einquartierungen.«

»Ich gehen nicht mit Enis in ein Zimmer.«

»Warum nicht? Kommt ihr nicht miteinander aus?«

Er antwortete nicht. Das konnte er sich, wie er meinte, sparen, sie und die anderen würden noch früh genug mitbekommen, dass dieses Baby jede Nacht heulte.

»Na schön. Dann schläfst du, Enis, in dem anderen Dreibettzimmer, und du, Adil, hast für zwei oder drei Tage das Zimmer ganz für dich allein. So – ihr habt sicher Hunger?«

Adil und Enis nickten und liefen Frau Brummig und Ezra hinterher, die ihnen ihre Zimmer zeigten. Ezra übersetzte ihnen die Erklärungen von Marikke Brummig, die die beiden nicht verstanden.

In Adils Zimmer standen ein einfaches Holzbett und ein Doppelstockbett aus Metall. Er warf seinen Rucksack auf das Holzbett und stellte die Tasche auf den Tisch. Die beiden Frauen zeigten ihnen die anderen Räume des Hauses, den Speiseraum, das Bad und den Aufenthaltsraum. Und dann gab es noch einen verglasten Raum, von dem aus man über eine große Wiese auf einen See blicken konnte.

»Hier saßen früher die Leute vom Segelclub beisammen. Bevor sie in das größere Vereinsheim umgezogen sind. Ich nenne es das Gartenzimmer.«

Dann stellte sie ihnen zwei weitere Mitarbeiterinnen vor, Josephine und Friederike, zwei ihrer Schutzengel, wie Frau Brummig sagte, und vier ihrer Mitbewohner, die anderen waren gerade in der Stadt unterwegs. Frau Brummig und die drei Frauen strahlten sie aufmunternd an und redeten unaufhörlich auf sie ein, die vier

Mitbewohner dagegen musterten sie misstrauisch und schwiegen.

Der Speiseraum lag neben der kleinen Küche, auf dem Tisch standen zwei Schalen und ein Korb mit Pitabrot. Frau Brummig forderte die beiden Neuankömmlinge auf, sich zu setzen, und bat Friederike, die aufgewärmte Suppe zu bringen.

Nach Einbruch der Dunkelheit waren die anderen vier Bewohner des Heims zurückgekommen. Die zehn jungen Männer saßen im großen Aufenthaltsraum, rechts auf den beiden Sesseln und den Stühlen am Tisch die syrischen Jugendlichen, auf der großen Eckcouch links die vier jungen Afghanen. Der Fernseher lief, aber der Ton war abgedreht, stattdessen plärrte Popmusik aus dem Radio. Einige folgten dem Fußballspiel im Fernsehen, drei saßen über ihre Lehrbücher gebeugt, nur zwei der jungen Afghanen unterhielten sich leise miteinander.

Enis hatte es sich in einem der Sessel bequem gemacht und sah fern. Ab und zu versuchte er mit einem der anderen Syrer ins Gespräch zu kommen, doch man antwortete ihm kaum, an einem Gespräch war keiner interessiert.

Adil saß in dem anderen Sessel und starrte vor sich hin. Irgendwann fragte er unvermittelt laut auf Arabisch in die Runde: »Wie ist es? Was ist hier? Was kann man machen?«

Für einen Moment wurde es ganz still im Raum, nur die Stimme der Sängerin aus dem Radio war zu hören, und es dauerte einige Sekunden, bevor jemand reagierte.

»Nichts«, sagte der Älteste der syrischen Jungs, »nichts ist hier. Nichts kann man machen.«

Und dann schnaubte er verächtlich.

»Verstehe«, sagte Adil. »Aber was macht ihr? Lernen, nur lernen immer?«

Einer, der über ein Buch gebeugt gewesen war, sah auf und meinte: »Du kannst in die Stadt gehen und dich von den Deutschen dumm anreden lassen. Wenn du Pech hast, hauen sie dir eine rein. Schau dich immer gut um, wenn du aus dem Haus gehst. Und nie allein gehen, niemals. Was hier los ist, erlebst du ab abends, wenn es dunkel ist, wenn sie kommen. Sie ziehen am Haus vorbei und schreien.«

»Schreien? Was schreien sie denn?«

»Was sie schreien? Das hörst du schon noch.«

»Ja, und es fliegen schon auch mal Steine«, sagte sein Nebensitzer.

»Schöne Aussichten.« Adil nickte. »Was ist mit Arbeit?«

»Arbeit? Davon reden sie nur. Da ist nichts. Keine Arbeit für uns und kein Money.«

»Dafür gibt es ab und zu Zoff«, flüsterte einer, der sich Hakim nannte, »Zoff mit diesen Dummköpfen von hier und Zoff mit den Afghanen da. Vor allem mit Walid. Der ist gefährlich. Ein Schläger, ein King.«

Adil blickte verstohlen zur Eckcouch hinüber. »Der mit dem gelben Halstuch?«

»Genau der. Der hat ein Klappmesser. Zwanzig Zentimeter ist die Klinge lang.«

»Das da drüben sind alles Afghanen. Denen darf man nicht trauen. Zum Glück schlafen sie in einem anderen Zimmer.«

»Warum müssen wir mit Afghanen zusammenwohnen? Das sind doch Bauern ohne Kultur und Gangster«, sagte Adil leise, aber aufgebracht.

Drei der afghanischen Jugendlichen beäugten ihn misstrauisch, als sie seinen erregten Tonfall hörten.

»Inschallah«, sagte Adil laut in ihre Richtung.

Dann schwieg er und auch die anderen verstummten. Sie starrten gelangweilt auf den Bildschirm, wo jetzt lautlos ein Zeichentrickfilm lief, oder beugten sich wieder über ihre Bücher.

All You Need Is Love, Love, Love, tönte es aus dem Radio.

3

»Ah, die Herren Donnerstag-Skatbrüder. Wie ich sehe, wieder pünktlich auf die Minute. Bitte, die Herren, hier ist das Blatt. Und drei Pils, drei Kurze, wie immer? – Kommt umgehend.«

»Wir bitten darum. Lass uns nicht wieder ewig warten.«

»Da ihr es immer eilig habt, habe ich die drei Bierchen für euch schon gestern gezapft.«

»So schmeckt es bei dir auch. – Hör mal, Schiffer, die Blätter kleben schon aneinander. Hast du kein neues Spiel?«

»Das Blatt hat kein anderer jemals in die Hand bekommen, nur ihr. Ihr solltet euch öfter mal die Hände waschen. Wenigstens jeden Donnerstag, bevor ihr zu mir kommt.«

»Nöl uns nicht voll, Schiffer. Geh an deinen Zapfhahn, wir warten. – Übrigens, ich hab am Wochenende mit Veronika eine kleine Spritztour gemacht, zum Lutherstein und dann den Fluss entlang. Wir kamen auch beim Muldefelsen vorbei. Die Villa von Haubrich-Becker ist so gut wie fertig.«

»Er will wohl kommenden Monat einziehen. Hab ich gehört.«

»Ich habe mir den Prachtbau auch angesehen, Bernhard, bin vor zwei Wochen rausgefahren. Wer es nicht besser weiß, könnte meinen, es sei das Bundeskanzleramt.«

»Nein, die in Berlin können sich so was gar nicht leisten. So großkotzig tritt nur ein HB auf.«

»Wenn er's hat, warum nicht. Nur kein Neid. Der eine steckt sein Geld in ein Haus, der andere in Autos und andere stecken es in die Weiber. Jedem, wie es ihm gefällt.«

»Ja, schon. Aber die Haubrich-Beckers sind nur zwei, was wollen die mit einem solch riesigen Prachtbau? Geschätzt sind das zwölf Räume oder mehr.«

»Vielleicht brauchen sie zwei Bäder, eine Sauna, ein Musikzimmer, ein Billardzimmer und einen Innenpool. Dafür ist das Haus nicht zu groß, Bernhard. Und für einen Haubrich-Becker war noch nie etwas zu protzig.«

»Das schöne Grundstück hat er doch nur bekommen, weil es mit der Villa am Markt nicht geklappt hat, unserem Konzerthaus. Erst haben sie ihm die Villa versprochen, und dann, als die Gelder aus Brüssel geflossen sind, haben sie es sich plötzlich anders überlegt.«

»Ja, da haben sie ihn wirklich übel über den Tisch gezogen. Allerdings hatte der Stadtrat ihm ja lediglich eine Bemühungszusage gegeben. Wie konnte er sich zwei Jahre lang mit einem so dürftigen Happen zufriedengeben? *Bemühungszusage*, damit kann man sich den Arsch wischen. Das ist rechtlich ohne Bedeutung.«

»Er ist wohl doch nicht so schlau, wie er tut. Hat wohl Zeit und einiges Geld damit verloren. Er musste einen Architekten beauftragen, Rekonstruktionspläne erstellen und vorlegen, und dann noch der Denkmalschutz. Hat alles ein Schweinegeld gekostet, und dann war alles für die Katz.«

»Drei Pils, drei Kurze. Zum Wohl.«

»Schiffer, sag mal, ich würde gern was essen. Aber keine Gulaschsuppe. Gibt's noch was anderes?«

»Ja, also heute habe ich Gulaschsuppe auf der Speisekarte. Und dann, lass mich überlegen, dann habe ich noch Gulaschsuppe im Angebot.«

»Wieso gibt's bei dir immer nur Gulaschsuppe?«

»Ich kann nichts anderes. Gulaschsuppe habe ich bei meiner Oma gelernt. Und meine Gulaschsuppe ist gut. Bei mir war mal ein Ungare, der sagte, so eine gute Gulaschsuppe wie bei mir bekommt man in ganz Ungarien nicht.«

»Schiffer, seit fünf Jahren gibt es bei dir Gulaschsuppe. Gulaschsuppe und nichts anderes.«

»Bezahl mir eine Köchin, dann bekommst du jeden Tag, was du möchtest. Ich kann mir keine Köchin leisten. Und ich kann mich nicht in die Küche stellen. Ich muss zapfen und meine überaus verwöhnten Gäste bedienen.«

»Aber jeden Tag, Schiffer, den der Herr werden lässt, gibt es bei dir Gulaschsuppe. Das ist doch nicht normal. Das ist schon pervers.«

»Das stimmt nicht, Bernhard, nicht jeden Tag. Montags habe ich zu, da hat es bei mir noch nie Gulaschsuppe gegeben. – Lasst euch das Bier schmecken. Ich habe noch andere Gäste. Gäste, die mich nicht laufend anstrudeln.«

»Linus, mein Enkel, sagte mir, im Alten Seglerheim sind neue Flüchtlinge angekommen.«

»Wie viele von denen haben sie unserer armen Stadt denn aufgebrummt?«

»Wusste er nicht. Er hat nur drei, vier von ihnen auf dem Hof gesehen, nicht ganz schwarz, mehr so arabisch dunkel, sagte er.«

»Und wie lange sollen die hierbleiben?«

»Kötteritz sagte im Stadtrat, die Stadt habe maximal ein Jahr für sie zu sorgen. Wir mussten sie aufnehmen, weil das Seglerheim leer stand und der Kreis sie dort unterbringen kann.«

»Nach dem vor fünf Jahren beschlossenen Plan hätte das Heim längst umgebaut sein müssen. Dann hätten wir jetzt eine Pflegestation und diese Flüchtlinge wären uns erspart geblieben.«

»Das verdanken wir diesem Walter Lichtenberger,

dass das ewig verschleppt wurde. Aber kein Wunder, wenn die Stadt einen Bankrotteur zum Dezernenten für Stadtentwicklung macht. Erst hat er seine Balkon-Firma ruiniert und nun macht er die Stadt platt.«

Der Wirt kam mit einem Tablett leerer Gläser in der Hand am Tisch vorbei: »Was ist, Sigurd? Hast du nun Hunger oder nicht? Ich stelle jetzt den Suppentopf auf die Kochplatte, die da drüben wollen nämlich was Feines essen.«

»Was Feines essen möchte ich auch. Aber so was gibt es hier ja nicht.«

»Dann geh in ein Sternerestaurant. Ich bin nur ein armer Kneipier, bei dem die Gäste jammern, sobald etwas mehr als zwei Euro kostet.«

»Ich kenne dein Küchengeheimnis, Schiffer. In eine Gulaschsuppe kann man ordentlich scharfen Paprika und Pfeffer kippen, das macht Durst und bringt Umsatz.«

»Ach, du denkst immer nur das Schlechteste von den Leuten, Bernhard.«

»Ich war mein Leben lang Geschäftsmann, Schiffer, ich kenne die Menschen. Denk von jedem das Schlechteste, und du fällst niemals auf die Schnauze.«

»Und ich denke von meinen Gästen immer nur das Beste, und das bringt mir Typen wie euch ins Haus.«

»So ist es und so soll es sein. – Sehr zum Wohl.«

4

Frau Hartwig, die Sekretärin, klopfte kurz an und öffnete im selben Moment die Tür. Sie trat nicht ins Zimmer, steckte lediglich den Kopf hinein und sagte: »Chef, der Herr Kremer ist da, Polizeiobermeister Kremer.«

»Schick ihn rein, Lieschen. Ich will ihn nicht warten lassen.«

Konstantin Kötteritz erhob sich, um seinen Besucher zu begrüßen.

Kremer erschien in seiner blauen Uniformjacke, statt der Diensthose trug er eine verwaschene Jeans, seine Schirmmütze hatte er im Auto gelassen.

»Danke, dass du gekommen bist.«

»Eher ging es nicht, Konstantin, ich kann keine Extratouren machen. Musste es an einen Termin in Ballstaedt dranhängen. Ist halt inzwischen alles nicht mehr so einfach. – Was ist denn so dringend?«

»Setz dich. Kaffee, Tee? Was kann ich dir anbieten?«

»Nichts. Sag einfach, worum es geht. Ich muss um zwei wieder in Wildenberg sein.«

Er setzte sich, knöpfte die Jacke auf und sah den Bürgermeister erwartungsvoll an. Der nahm wieder hinter seinem Schreibtisch Platz und berichtete: »Es gab einen Anschlag auf mich. Oder vielmehr auf meine Familie und mein Haus. Ein halber Ziegelstein wurde uns durchs Wohnzimmerfenster geworfen. Die Kinder waren zum Glück schon im Bett, meine Frau und ich standen in der Küche. Der Ziegel landete direkt auf dem Fernsehsessel, genau dort, wo meine beiden Kleinen keine halbe Stunde vorher noch gesessen hatten. Und die Haustür wurde beschmiert. Türkenwichser stand dort, in roter Farbe.«

»Ja, ich hörte schon so etwas. Du hast die Straftat nicht angezeigt. Wieso nicht?«

»Ich wollte zuvor deinen Rat, Bernhard.«

»Meinen Rat? Kannst du haben. Mein Rat ist: erstatte Anzeige. Die landet irgendwann auf meinem Schreibtisch, wir schauen uns das Papier jeden Monat einmal an, und nach einem halben Jahr schließen wir die Akte. Was denkst du denn, was wir zu tun haben! Oder hast du jemanden gesehen? Hast du einen Verdacht?«

»Gesehen habe ich niemanden, aber die Tat hat wohl eindeutig einen fremdenfeindlichen Hintergrund.«

»Kann sein, muss aber nicht. Auf einen vagen Verdacht hin stufen wir das nicht gleich als fremdenfeindlich ein. Schick mir deine Anzeige, die kommt dann in den Kasten *strafbare Sachbeschädigung ohne Personenschaden*. Wenn der Verdacht *Fremdenfeindlichkeit* sich bestätigen sollte, sind wir angewiesen, das Ganze eine

Kategorie höher einzustufen, aber dafür gibt es – nach dem, was du mir erzählt hast – keinen wirklich stichhaltigen Ansatzpunkt. Du hast einen vagen Verdacht, na schön, aber das reicht nicht.«

»Ich werde seit Monaten beschimpft, und das weißt du.«

»Du bist der Bürgermeister, Konstantin. Amtspersonen werden hierzulande überall beschimpft. Wer keine Hitze verträgt, sollte nicht in der Küche stehen.«

»Du hast es doch selbst erlebt, Bernhard, du warst bei der letzten Bürgerversammlung dabei. Diese Diffamierungen übersteigen alles, was ich bislang hinzunehmen hatte.«

Bernhard Kremer lächelte verlegen und grinste. Dann sagte er: »Ja, aber du hast dich vielleicht in letzter Zeit auch ein bisschen zu sehr für die Zigeuner eingesetzt.«

»Zigeuner? Unsere Migranten sind keine Sinti oder Roma. Und es sind auch keine Türken. Es sind Afghanen und Syrer, unbegleitete Minderjährige.«

»Mag sein, ich kenne mich da nicht aus. Für die Leute hier sind das alles Zigeuner.«

»Es sind Jugendliche, Bernhard.«

»Ja, aber nicht von hier.«

»Sie können nicht zurück. In ihrer Heimat ist Krieg. Einige von ihnen sind sogar Vollwaisen.«

»Das sehen die Leute hier aber anders. Doch wie gesagt, ich kenne mich da nicht aus. Ich habe schließlich andere Aufgaben. Ich weiß nur, dass ein paar Mitbürger hier in Guldenberg wie auch in Wildenberg das ganz anders sehen. Die sagen, wir haben ein schönes Städtchen, man kann hier gut leben, und das sollte so bleiben. Ruhig, vertraut und gemütlich.«

»Und was ist deine Meinung?«

»Meine Meinung? Nun, ich bin nur Polizeiobermeister, Besoldungsgruppe A8. Ich hege die berechtigte Hoffnung, im September Polizeihauptmeister zu werden, also A9. Das ist dann zwar immer noch Mittlerer Dienst, aber etwas besser honoriert. Ich hoffe noch immer, eines Tages in den Höheren Dienst aufzusteigen, dabei könnte eine eigene Meinung jedoch sehr hinderlich sein. Ist bei uns alles schon vorgekommen, Konstantin.«

Konstantin Kötteritz zuckte zusammen, dann biss er sich auf die Lippen und sagte nur: »Gemütlich, ruhig und nett. Und wie geht das mit dem Ziegelstein auf meinem Sessel zusammen? Findest du das auch noch gemütlich?«

Kremer hob abwehrend beide Hände hoch: »Ich will nicht mit dir streiten, Konstantin. Mit dem Mund bist du mir allemal über. Das war schon in der Schule so. Also, keine Diskussion über ein Thema, von dem ich ohnehin nichts verstehe. Sag mir, was du von uns erwartest. Was ich für dich tun kann.«

»Ich möchte, dass ein Polizeiwagen zwei-, dreimal

an meinem Haus vorbeifährt. Zu ganz unterschiedlichen Tages- und Nachtzeiten. Nur zur Sicherheit.«

Kremer atmete überrascht tief durch. Er griff in die Jackentasche, holte eine Zigarettenpackung hervor, hielt sie vor sich hoch und fragte: »Darf ich?«

»Eigentlich nicht, aber ich will ja was von dir.«

Er zog eines der Schubfächer an seinem Schreibtisch auf und holte einen Aschenbecher hervor, den er vor seinen Besucher auf den Tisch stellte: »Bitte!«

Kremer nickte, zündete sich eine Zigarette an und fragte, nachdem er einen tiefen Zug genommen hatte: »Zwei-, dreimal im Jahr?«

Kötteritz schüttelte den Kopf.

»Du meinst jeden Monat?«, fragte er entsetzt.

»Ich meine zwei-, dreimal am Tag.«

Kremer lachte auf: »Wo lebst du denn, Konstantin? Wenn dein Kämmerer uns jährlich fünfzigtausend für die uns entstehenden Mehrkosten überweist, können wir darüber reden. Fünfzigtausend, das ist jetzt nur eine grobe Schätzung. Vielleicht sind es nur vierzigtausend. Oder aber achtzigtausend.«

»Es geht um meine Kinder, Bernhard. Der Ziegelstein hätte sie erschlagen können.«

»Ja, aber ich kann nicht zwei Beamte dreimal täglich an deinem Haus vorbeifahren lassen. Das kann kein Revier leisten. Das fällt schon unter Personenschutz. Und für diese Aufgaben ist die Sicherungsgruppe zu-

ständig. Dafür müsstest du dich ans Landeskriminal-
amt wenden oder gleich ans Bundeskriminalamt.«

»Was soll ich tun, Bernhard? Kann ich denn überhaupt etwas tun? Ich habe Angst um meine Kinder!«

»Vor vier Jahren hatten wir noch unser schönes Revier hier. Das habt ihr aufgelöst, wir wurden nach Wildenberg verlegt. Das prächtige Polizeirevier Guldenberg steht seitdem leer.«

»Ich war gegen die Schließung. Ich habe wochenlang
gegen diesen Unsinn angekämpft. Es war eine Entscheidung der Landespolizei, des Innenministeriums.«

»Im Revier hab ich was anderes gehört. Von einem
Kuhhandel mit der Landesregierung. Guldenberg hat
die Fördermittel vor vier Jahren nur bekommen, weil
es der Schließung zugestimmt hat.«

»Das ist nicht wahr. Ich war stets gegen die Schließung, denn eine Stadt braucht ein eigenes Polizeirevier.«

»Wie auch immer, Konstantin. Wenn wir noch hier
wären, könnte ich problemlos jeden Tag den einen
oder anderen Wagen einen kleinen Umweg machen
lassen, damit sie nach deinem Haus sehen. Das wären
allenfalls ein paar hundert Meter Umweg. Aber von
Wildenberg aus ist das völlig unmöglich. Ausgeschlossen! Wir sind seit Jahren unterbesetzt, ich kann nicht
jeden Tag meine Leute und einen Einsatzwagen für ein
paar Stunden auf eine Spazierfahrt schicken. Ich kann

den Kollegen sagen, sie sollen an jedem Dienstag, wenn sie ohnehin hier unterwegs sind, an deinem Haus vorbeifahren. Aber das ist auch alles, Konstantin.«

»Das nützt mir gar nichts, Bernhard. An dem einzigen Tag, wo ein Polizist in Guldenberg nach dem Rechten sieht, werden diese Banditen wohl kaum etwas gegen mich unternehmen. So verblödet werden sie nicht sein. Die warten ab, bis euer Wagen wieder für eine Woche verschwunden ist.«

Bernhard Kremer sah ihn achselzuckend an, drückte sehr sorgfältig seine Zigarette im Aschenbecher aus, schüttelte den Kopf und stand auf.

»Mehr kann ich dir nicht anbieten. Tut mir leid. Du bist nicht der einzige Amtsträger im Kreis, der dieses Problem hat. Eigentlich betrifft es alle, die sich in Sachen Zigeuner – entschuldige: Migranten – etwas zu weit aus dem Fenster gelehnt haben.«

»Und was soll ich tun?«

»Auf die Leute hören. Nicht nur auf sie einreden, sondern ihnen auch zuhören. Ansonsten schick mir deine Anzeige, und dann stell meinetwegen irgendwo einen Antrag auf Personenschutz. Aber nicht bei uns, dafür sind wir nicht zuständig.«

Er ging einen Schritt auf ihn zu und reichte ihm die Hand.

Konstantin Kötteritz schüttelte den Kopf: »Nein, damit kann ich mich nicht zufriedengeben. Ich werde bedroht, meine Kinder sind in Gefahr, du musst etwas unternehmen!«

Kremer zog die ausgestreckte Hand zurück und steckte sie in die Jackentasche: »Lass mich wissen, was ich für dich tun kann – aber bitte im Rahmen meiner Möglichkeiten. Ich kann mir deinetwegen keine Dienstpflichtverletzung erlauben.«

Sie sahen sich einen Augenblick lang an, dann nickte Bernhard Kremer dem Bürgermeister zum Abschied zu und verließ wortlos das Zimmer.

5

Guldenberg war in den vergangenen Jahren sichtbar aufgeblüht. Die Straßen der gesamten Innenstadt waren erneuert oder zumindest ausgebessert worden, nur in den Randbezirken gab es noch Straßen mit aufgerissenem Asphalt und Schlaglöchern, doch auch hier hatte die Stadt Zusagen für Gelder vom Land erhalten. Die Fassaden und Dächer der Gebäude waren innerhalb eines Jahrzehnts in Ordnung gebracht worden. Die beiden kommunalen Wohnungsgesellschaften wie auch fast alle privaten Hauseigentümer hatten umfängliche Fördermittel für die Restaurierung in Anspruch nehmen können.

Die Häuser am Markt erstrahlten wieder im alten Glanz der Gründerjahre, das einzige Jugendstilhaus des Ortes im Ornamentstil der Wiener Secession war mit Hilfe und unter Aufsicht der Deutschen Stiftung Denkmalschutz, die dafür Spenden gesammelt und sogar eine größere finanzielle Unterstützung durch die ortsansässige Schwecker Werkzeugmaschinen GmbH erreicht hatte, in seinen ursprünglichen Zustand gebracht worden und begeisterte nicht nur die Besucher Bad

Guldenbergs mit seiner nun wieder farbig leuchtenden Fassade, auch die Bürger der Stadt waren stolz auf dieses Prunkstück am Markt.

Stefan Haubrich-Becker, Gründer und Geschäftsführer des Töffli-Werks sowie einer der beiden Vorstände des privaten Mulde-Heilbads, einer riesigen Wellnessanlage am Stadtrand, hatte sich, als die Villa noch dem Verfall preisgegeben zu sein schien, bemüht, den Jugendstilbau zu erwerben. Die ursprüngliche Fassade – dekoriert mit vegetabilen Ornamenten und geometrischen Motiven und durch Putzstreifen und Quadratraster geometrisch gegliedert – war zu dieser Zeit nur noch erahnbar. Ein farbiger Freskenfries hatte sich einst unter dem Dach entlanggezogen und war von Wind und Wetter ausgeblichen und zerbröselt. Das Haus wies nur noch einen einheitlichen zementgrauen Farbton auf, und der einzige Balkon im ersten Stock, von einem Blumenranken-Eisengitter begrenzt, war von der Baupolizei bereits vor Jahren gesperrt und die Balkontür durch Mauerwerk aus grauen Betonsteinen und ein Fenster ersetzt worden.

Haubrich-Becker wollte die Villa denkmalschutzgerecht rekonstruieren. Auch den ungewöhnlichen Turmaufsatz, der zehn Jahre zuvor wegen Einsturzgefahr vollständig abgetragen worden war, wollte er wieder in seiner ursprünglichen Form errichten lassen.

Die Stadtverwaltung reagierte positiv auf seine Kaufabsicht, man schien im Rathaus erleichtert zu sein, einen Investor für das verfallende Gebäude gefunden zu haben. Doch die ihm erteilte Bemühungszusage wurde widerrufen, als die Stadt sowohl Fördergelder des europäischen Regionalfonds genehmigt bekam wie auch Mittel von Land und Bund für eine denkmalgerechte Sanierung und Rekonstruktion der Villa.

Daraufhin entschied der Stadtrat, das Prachtstück des Ortes doch nicht zu privatisieren; es sollte rekonstruiert werden und dem städtischen Kulturleben vorbehalten bleiben, was einer historischen Wiederherstellung entsprach, denn diese Jugendstilvilla war vor fast einhundert Jahren als städtischer Konzert- und Vortragssaal gebaut und eröffnet worden und hatte beide Kriege unversehrt überstanden. Doch nach dem Ende des Zweiten Weltkriegs, in einer Zeit größter Wohnungsnot, war das Haus vier Familien aus Schlesien als Unterkunft zugewiesen worden.

Aus den Jahrzehnten, in denen die Räume als Mietwohnungen genutzt wurden, waren massive Schäden an der Bausubstanz und der einstigen Pracht zurückgeblieben, was dem allzu sorglosen Umgang der Mieter mit dem Gebäude geschuldet war, mehr aber noch den Unterlassungen der städtischen Behörde, die lediglich die allernotwendigsten Reparaturen ausführen ließ, für den Erhalt der Fassade jedoch kein Geld erübrigen konnte oder wollte. Die Mieteinnahmen waren gering, und die Stadtverwaltung weigerte sich, mit öffentlichen Geldern jene Reparaturen ausführen zu lassen, die lediglich der Ästhetik geschuldet seien. Aus diesem Grund wurde schließlich der mittlerweile marode Turmaufsatz abgetragen, da der Abriss nur ein Zehntel der Kosten einer Wiederherstellung betrug, und der einst prächtige, mit Blumenranken verzierte Balkon polizeilich gesperrt.

Ein paar Jahre später wohnten nur noch zwei Familien in dem verfallenden Haus, die leerstehenden Räume waren verschlossen oder mit Brettern vernagelt worden. Als die Fördermittel für die Rekonstruktion der Villa flossen, wurden diesen beiden Familien komfortable Neubauwohnungen am Stadtrand angeboten, und bereits drei Jahre später konnte der vollständig restaurierte Jugendstilbau mit einem Chopin-Abend als *Konzerthaus und Musikschule Bad Guldenberg* eröffnet werden.

Die Entscheidung, das Konzerthaus mit Chopin einzuweihen, ging auf eine Anregung des Stadtarchivars zurück, dem eine Einladungskarte vom 2. September 1911 in die Hände gefallen war für die *Konsekration des Konzert- und Vortragssaals Bad Guldenberg* sowie eine Besprechung des Violin- und Klavierabends in dem illustrierten Wochenblatt *Daheim*, aus der hervorging, dass das Konzerthaus mit der Uraufführung zweier nachgelassener Mazurken Chopins eröffnet worden sei. Der Bericht des namentlich gekennzeichneten Journalisten, Arnulf Deutschmann, war mit dem sonderbaren und befremdlichen Titel *Mit Dissonanzen durch Dissonanzen in Dissonanze*n überschrieben.

Der Bürgermeister wollte nach seinem überraschenden Widerruf der Bemühungszusage mit Haubrich-Becker wieder ins Einvernehmen kommen und bot ihm – in Absprache mit dem Stadtrat – ein Grundstück über dem Muldefelsen zum Kauf an, das an der Grenze zum Naturschutzgebiet lag und um das der Unternehmer sich fünf Jahre zuvor beworben hatte. Kötteritz konnte ihm zusichern, dass die Stadt in ihrem Bebauungsplan diese Fläche mit Haubrich-Beckers Erwerb als Bauland ausweisen würde, es wäre also nicht weiterhin nur Bauerwartungsland und der Eigentümer des Töffli-Werks könnte nach Abschluss des Kaufs und nach dem Einreichen aller Unterlagen unverzüglich mit dem Bau seines Hauses beginnen. Damit zog Kötteritz sich endgültig den Missmut der Naturschützer zu, die jahrelang um das Stück Land gekämpft hatten, deren Widerstand er aber Zug um Zug juristisch hatte aushebeln können.

Stefan Haubrich-Becker nahm dieses unerwartete und entgegenkommende Angebot wortlos zur Kenntnis und beauftragte eine Woche später Klaus Schrödinger, den Rechtsanwalt und einzigen Anwaltsnotar in Guldenberg, mit dem Kauf des Grundstücks Muldefelsen.

Der Einladung des Bürgermeisters zur Neueröffnung des Konzerthauses fünfundneunzig Jahre nach der ursprünglichen Einweihung mit anschließender Besichtigung des Hauses war der Unternehmer zusammen mit seiner Frau Susanne gefolgt.

Er bemerkte die verstohlenen Blicke der Stadträte, ihm war ihre kaum verhohlene Schadenfreude nicht entgangen, da jeder von ihnen genauestens darüber informiert war, wie nachdrücklich er sich seinerzeit um den Jugendstilbau beworben hatte. Ihm war bewusst, dass ihre Entscheidung, ihm die Villa doch nicht zu verkaufen, weniger ihren scheinbar selbstlosen Bürgersinn offenbarte oder Sorge um das kommunale Wohl. Man hatte ihm das Haus schlicht verweigert, weil man das marode und stark sanierungsbedürftige Objekt zwar gerne losgeworden wäre, jedoch keinesfalls ihm geben wollte.

Die beiden Stadträte Walter Lichtenberger und Sigfried Spielhagen hatten ebenso wie Haubrich-Becker vor Jahren eigene Unternehmen gegründet, doch beide waren innerhalb von drei beziehungsweise fünf Jahren gescheitert.

Als Erster war Walter Lichtenberger bankrottgegangen. Er hatte auf Anraten seines Schwagers aus Essen eine Installationsfirma für nachträgliche Anbauten von Vorstellbalkonen gegründet. Doch bereits zwei Jahre später erwies sich, dass Firmen in der näheren Umgebung den Kunden nicht nur bessere, sondern auch weitaus kostengünstigere Angebote unterbreiten konnten als er, so dass seine Offerten von den Wohnungsgesellschaften sowohl in Guldenberg wie auch in den benachbarten Städten nicht berücksichtigt wurden und ihm nur wenige private Hauseigentümer Aufträge erteilten. Seine Firma ging in den Konkurs und er selbst bemühte sich um einen Sitz im Stadtrat und wurde Dezernent für Bau- und Stadtentwicklung.

Siegfried Spielhagen war nach dem geschäftlichen Bankrott und dem Ende seiner Unternehmerkarriere im Stadtrat geblieben, und Haubrich-Becker hatte Anlass zur Vermutung, dass auch er sich bemühte, ihm zu schaden.

Dass er mit seinem Kaufantrag für die damals noch heruntergekommene Jugendstilvilla gescheitert war, hatte er, dessen war er gewiss, vor allem diesen beiden Männern zu verdanken, die ihm seinen wirtschaftlichen Erfolg, den rasanten Aufstieg der Töffli-Werke und seinen Einstieg in das Management des Mulde-Klinikums als Anteilseigner mit Sperrminorität neideten. Sie wollten verhindern, dass er sich an dem Ort seiner wirtschaftlichen Erfolge überdies mit einer Villa schmückte, die er gewiss innerhalb von zwei, drei Jahren in ihrem alten Glanz hätte erstrahlen lassen.

Nicht nur er hatte bemerkt, dass diese beiden Stadträte während des Konzerts und bei der anschließenden

Besichtigung der Villa immer wieder verstohlen zu ihm herüberblickten. Auch seiner Frau war dies nicht entgangen, doch als sie ihn darauf ansprach, lachte er nur.

»Lass sie nur, Susanne. Sie genießen es, dass wir diese Villa nicht bekommen haben. Aber was sie noch nicht wissen, ist, dass diese Freude nicht von langer Dauer sein wird, die Stadt wird das prächtige Gebäude wieder abstoßen müssen. Die Rekonstruktion hat sie kaum etwas gekostet, das waren alles Fördermittel, aber für den Unterhalt des Konzerthauses wird die Stadt allein aufzukommen haben. Die paar Kröten, die durch die Musikschule hereinkommen, werden wohl kaum den Konzertbetrieb querfinanzieren können. Da wird die Stadt ordentlich Geld reinbuttern müssen.«

»Und das schafft Guldenberg nicht?«

»Nein, ausgeschlossen. In spätestens fünf Jahren werden sie dieses völlig überkandidelte Projekt fallenlassen müssen. Und was dann? Dann werden sie nach einem Käufer suchen. Einem Käufer, der sehr viel Geld mitbringen kann, denn die Stadt wird wohl alle Fördermittel zurückzuzahlen haben, wenn sie ihr Konzerthaus privatisiert. Und dann werden sie bei uns auf der Matte stehen. Und wenn wir Nein sagen – und das werden wir, Susanne, denn in einem Monat ist unsere Villa bezugsfertig, und die hat ein paar Vorzüge mehr aufzubieten als dieser alte Kasten –, stehen sie ziemlich dumm in der Landschaft. So schön dieses Gebäude auch ist, es war nie ein Wohnhaus, es darf nur höchst behutsam in die Bausubstanz eingegriffen werden, einen Pool hier einzubauen, hätte der Denkmalschutz nie erlaubt. Wie wollen sie dann jemanden finden, der ihnen dafür zwei oder gar zweieinhalb Millionen hinblättert? Und dann werde ich lächeln, Susanne. Wir beide werden lächeln.«

Er legte einen Arm um ihre Schulter und betrachtete das Ölbild *Johann Sebastian Bach*, das Bernd Stitzler vor hundert Jahren gemalt hatte. Der alte Bach stand im dunklen Rock vor den Betrachtern, er sah zum Himmel empor und erschien stolz, schroff, selbstbewusst und demütig zugleich.

»Ein wunderbares Bild«, sagte Kötteritz, der Bürgermeister, der zu ihnen trat, »ich vermisse es jetzt schon. Sie müssen wissen, es hing in meinem Amtszimmer. Irgendwie lehrt dieses Porträt Demut, aber ebenso auch Mut und Gottvertrauen. Es verging wohl in den letzten Jahren kein Tag, an dem ich es nicht betrachtete.«

Haubrich-Becker nickte. »Ja, der alte Stitzler beherrschte sein Metier. Auf ihn darf Guldenberg mit Recht stolz sein.«

»Wir besitzen auch ein Bild von ihm«, warf Susanne Haubrich-Becker ein, »*Die Muldenauen*. Nicht so groß wie der *Bach*, aber auch eins der großen Stitzler-Bilder. Ein Familienerbstück.«

»Und unsere Villa? Unser Konzerthaus? Wie gefällt es Ihnen, Herr Haubrich-Becker? Ich meine, die Rekonstruktion ist uns geglückt. Schöner als erwartet. Oder?«

»Ja, sehr, sehr prächtig.« Haubrich-Becker nickte anerkennend. »Und so preiswert, nicht wahr?«

Der Bürgermeister lachte: »Ja, ohne die Fördermittel wäre es uns nicht gelungen. Ein Konzerthaus für Guldenberg in einem der schönsten Jugendstilbauten. Davon hätten wir noch vor wenigen Jahren nicht zu träumen gewagt.«

»Der Bau ist das eine, doch wie wollen Sie das Konzerthaus finanzieren, die laufenden Kosten decken? Nur mit den Eintrittspreisen kommen Sie nicht weit. Sie können schließlich keine fünfzig oder gar achtzig Euro für eine Karte verlangen. Das zahlt Ihnen in Guldenberg kein noch so begeisterter Musikfreund. Aber genau dieses Geld bräuchten Sie, Herr Kötteritz.«

»Es gelang der Stadt vor hundert Jahren. Warum sollten wir es jetzt nicht ebenfalls schaffen?«

»Vor hundert Jahren? Da gab es hier zwölf Großunternehmen. Die kamen für die laufenden Kosten auf. Haben Sie solche Mäzene, Herr Kötteritz?«

»Ich hoffe es. Wir haben ja einiges an Industrie aufzubieten in Guldenberg. Da ist Schwecker mit seinen Werkzeugmaschinen. Er konnte heute nicht kommen, aber er hat uns ja bereits unterstützt. Wir haben den Straßenbau Kitzerow, den jetzt der junge Haber führt, und dann gibt es die Großtischlerei und das Möbel-werk von Haber. Und vor allem haben wir das Mulde-Heilbad, viel besucht und landesweit gerühmt. Und den wichtigsten Unternehmer dieser Stadt mit seiner Firma wollen wir nicht vergessen, das Töffli-Werk. Es floriert doch, liefert in alle möglichen Länder der Welt. Wir haben fünf, nein, sechs gut aufgestellte Großbe-triebe, und ich hoffe doch, wir bekommen die nötige Unterstützung.«

Haubrich-Becker lachte laut auf, dann schüttelte er mehrmals den Kopf.

»Wir sind Ihnen bei dem Grundstück Muldefelsen sehr entgegengekommen«, gab Kötteritz zu bedenken, »es gab Unmut und Gerede in der Stadt, weil die Ge-meinde dieses Filetstück nach fünf Jahren Kampf vor allem von Seiten der Naturschützer so rasch zu Bau-land umwidmete. Ich habe mich im Stadtrat sehr da-für eingesetzt und habe mir einige Unverschämtheiten deswegen anhören müssen.«

»Ja, wir hörten davon«, meinte Frau Haubrich-Becker und lächelte, »das gehört wohl zum Amt eines Bürger-meisters. Uns Unternehmern geht es da nicht anders. Ich möchte nicht wissen, was man hinter unserem Rü-cken über uns sagt. Was selbst diejenigen über meinen Mann sagen, die ihm alles verdanken. Das ist Berufs-risiko, Herr Kötteritz. Das müssen Sie einfach abtrop-fen lassen.«

»Aber unser Konzerthaus? Da wollen Sie sich nicht engagieren?«

Hier übernahm wieder Haubrich-Becker das Gespräch: »Engagieren, warum nicht. Aber nicht unbedingt mit Geld. Die Töffli-Werke und das Mulde-Klinikum können ein erhebliches soziales Engagement aufweisen. Ich unterstütze einige Vereine und Programme, aber ich ziehe es vor, selbst zu entscheiden, wo ich mein Geld hingebe, Herr Kötteritz. Ein Konzerthaus in Guldenberg, das ist überkandidelt, dafür ist die Stadt zu klein.«

»Die Stadt hatte vor hundert Jahren ein Konzerthaus, und bis zum Beginn des Zweiten Weltkriegs war es gut besucht. Wir hatten hier sogar drei Uraufführungen, zwei Pianisten haben hier eine Weltkarriere begonnen.«

»Ja, aber wie gesagt, da gab es hier zwölf Großunternehmen und noch ein intaktes Bürgertum. Das alles haben der Krieg und die Nachkriegsjahrzehnte ausgelöscht. Jetzt haben wir nur noch sechs größere Unternehmen, aber alle sechs sind nur mittelständisch, keins von ihnen ist von überregionaler oder gar internationaler Bedeutung. In Guldenberg werden nur kleine Brötchen gebacken. Ich will Paul Haber keinesfalls zu nahe treten, aber dass seine Firmen die Guldenberger Kultur sponsern, das übersteigt meine Fantasie. Oder irre ich mich da, Herr Kötteritz?«

»Nun, leider nicht ganz.«

»Und musische Interessen in Guldenberg, verehrter Herr Bürgermeister, haben Sie da irgendwo auch nur ansatzweise etwas entdeckt? Ist mir da etwas entgangen?«

»Eine Stadt unserer Größe braucht eine Musikschule. Es ist eine unserer nobelsten Aufgaben, die musischen Interessen der nächsten Generation zu wecken und zu fördern …«

»Jaja, aber ich ziehe es vor, mein Geld in aussichtsreichere Unternehmungen zu investieren. Ich bedaure.«

Seine Frau Susanne sagte mit einem bewundernden Blick auf ihren Mann: »Stefan ist eben ein Unternehmer, kein Unterlasser.«

Ihr Mann lächelte selbstzufrieden, dann sagte er zum Bürgermeister: »Lieber Herr Kötteritz, wir können bei passenderer Gelegenheit darüber sprechen. Kommen Sie doch einmal zu uns. Besuchen Sie uns mit Ihrer Frau, wir essen eine Kleinigkeit, trinken ein Glas zusammen und sprechen über Ihr schönes Konzerthaus. Einverstanden?«

»Danke. Wir kommen sehr gern. Haben Sie ein bestimmtes Datum im Sinn?«

»Schieben wir es nicht auf die lange Bank. Gleich an einem der nächsten Wochenenden. Ich schaue in meinen Kalender und rufe Sie morgen an. Einverstanden? Oder warten Sie: sagen wir in vier oder fünf Wochen, dann ist unser kleines Häuschen Muldefelsen fertig, und wir können Sie herumführen.«

»Wunderbar. Ihr *kleines Häuschen* sehe ich mir gern an. Aber bei dem, was ich im Vorbeifahren sehen konnte, wird es wohl eher eine Prachtvilla.«

»Wir telefonieren, Herr Kötteritz.«

Der Bürgermeister verabschiedete sich.

»Und du willst dich wirklich so gar nicht für das Konzerthaus und die Musikschule engagieren?«, fragte Susanne ihren Mann.

Er schnaubte verächtlich: »Vor ein paar Jahren wollte ich diese Immobilie kaufen, da haben sie mich im Regen stehen lassen. Nun sollen sie sehen, wie sie damit zurechtkommen.«

»Das klingt nach Rache. Das ist nicht deine Art, Stefan, das passt nicht zu dir.«

»Nein, keine Rache. Ich bin froh, dass es kam, wie es gekommen ist. Ich wollte diese Villa sehr gern wieder herrichten, aber was hätten wir dann bekommen? Ein Museumsstück mit zig Auflagen. Ich bin nicht einmal sicher, ob die Denkmalpflege erlaubt hätte, hier ein einigermaßen angemessenes Badezimmer einzubauen. Nein, diese Villa taugt nur zur Repräsentation. Was sollten wir damit, Susanne? Aber wenn die ehrenwerten Stadträte Projekte beschließen in der Hoffnung, die Firma Haubrich-Becker zahlt, dann muss ich denen einen Zahn ziehen. Mit eines fremden Mannes Arsch durchs

Feuer reiten zu wollen, das werde ich ihnen austrei-
ben.«

Er legte den Arm um die Schulter seiner Frau und
ging langsam zum Ausgang, wobei er mit einem freund-
lichen Kopfnicken einige Leute grüßte.

6

Er hatte mit dem Bischof gesprochen, ihm ausführlich dargelegt, wieso einige Mitglieder der Gemeinde und selbst des Pfarrgemeinderates für ihn nicht mehr ansprechbar waren.

»Sie wollen mich nicht verstehen«, hatte er ihm gesagt, »sie fühlen sich im Recht und meine Worte erreichen sie nicht. Sie haben mir ihre Seele versperrt. Was ich sage, finden sie weltfremd, ist für sie nur leeres Gerede. Sie werfen mir vor, dass ich sie nicht verstünde, dass ich nicht begreife, wie ein Deutscher denkt und fühlt.«

»Und dennoch darfst du nicht verzagen, Bruder. Das ist unser Auftrag. Unser Wort muss nicht gefallen, es muss wahr und klar sein. Und die Wahrheit ist nun mal ein Ärgernis. Wir müssen ein Ärgernis sein. Der Stein des Anstoßes sein, das ist uns von Gott aufgegeben. Ein Stein des Anstoßes sein und uns zugleich in Geduld üben, Bruder, das eine braucht Mut, das andere kostet Überwindung.«

»Vielleicht könnte ein anderer Priester mehr bei ihnen erreichen. Vielleicht fehlt mir nur der rechte Zugang, um zu ihnen durchzudringen.«

Der Bischof hatte gelächelt und den Kopf geschüttelt: »Zweifle nicht an dir. Deinen Brüdern geht es nicht besser. Es ist ein Unheil über uns gekommen, ein Gift des Satans. Uns ist aufgegeben, der Fels in der Brandung zu sein. In den letzten hundert Jahren haben wir wieder und wieder versagt. Die Kirchen haben dem Unheil nachgegeben und der Gewalt, der Gewalt des Staates oder der Gewalt der Straße. Wir haben gesündigt und haben die Lehren daraus ziehen müssen.«

»Ich bin am Ende meiner Kräfte. Gebt mir eine andere Pfarrei, Exzellenz, eine, die meiner Schwäche und meiner Ohnmacht angemessen ist. Vielleicht bin ich für die Altenseelsorge geeignet. Oder kann bei der Arbeit mit Kindern hilfreich sein.«

Der Bischof hatte wiederum gelächelt und den Kopf geschüttelt: »Nein, Bruder, Bad Guldenberg ist der Platz, an den Gott dich stellte. Er wird dir die Kraft geben.«

Der Bischof hatte eine kleine Pause gemacht, sah ihn kopfschüttelnd an und sagte: »Bruder Fuschel, du hast einen seltsamen Amtsweg hinter dir. Von Düsseldorf ging es in das kleinere Magdeburg und schließlich vertraute mein Vorgänger dir nur noch das ganz kleine Guldenberg an. Was lief da alles schief bei dir?«

»Ich tat, was man mir auftrug, und ging dahin, wo die Kirche mich brauchte. Und stets habe ich meine Pflichten erfüllt. Erst jetzt, hier in Guldenberg, wird es mir zu viel.«

»Du hast nicht versagt, Bruder, ja. Aber du warst auch nie gehorsam. Jedenfalls fehlte es dir in Düsseldorf und Magdeburg an Demut. Nun musst du dich in Guldenberg in Demut üben.«

Dann hatte er ihn umarmt und entlassen, und Alexander Fuschel fuhr niedergeschlagen in seine Gemeinde zurück.

Noch am selben Abend rief er Walter Lichtenberger an. Lichtenberger war eins der aktivsten Mitglieder des Pfarrgemeinderates, innerhalb des Rats aber auch Fuschels größter Widersacher. Bei jeder Sitzung war darauf Verlass, dass er ums Wort bat, um seinen heftigen Widerspruch gegen Fuschels Vorschläge zu bekunden, und dabei war es völlig gleichgültig, worum es ging.

Für Lichtenberger besaß der Pfarrgemeinderat die eigentliche administrative Entscheidungshoheit, der Priester hatte allein seelsorgerliche Pflichten und Rechte, doch über die Finanzen der Diözese, über Bauvorhaben und Entscheidungen der Verwaltung sollte allein der Rat zu einem Urteil befugt sein. Der Priester sollte bei all jenen Beschlüssen, die nicht allein Kirche und Pfarrei betrafen, sondern die ganze Stadt, lediglich mit einer Stimme beteiligt sein.

Für Lichtenberger war der Pfarrgemeinderat gewissermaßen ein zweiter Stadtrat, in dem er der eigentliche Wortführer war, gewissermaßen ein zweiter Bürgermeister des Ortes. Er hatte gegen die Entscheidung der Diözese, Alexander Fuschel die Pfarrei Bad Guldenberg zu geben, protestiert, bevor er den ausgewählten Geistlichen auch nur gesehen, geschweige denn gesprochen hatte, und hatte verlangt, der Pfarrgemeinderat müsse bei der Berufung angehört werden und mitentscheiden. Die zuständige Diözese hatte auf sein Schreiben nur knapp auf kirchenrechtliche Bestimmungen verwiesen und es abgelehnt, ihn als Beauftragten des Rats zu einem Gespräch zu empfangen.

Alexander Fuschel hatte Walter Lichtenberger angerufen, nachdem der Bischof ihm das Kreuz der Pfarrei Guldenberg nicht hatte abnehmen wollen. Er hatte ihn angerufen, weil er sich dem Konflikt stellen wollte und Lichtenberger die Wortführerschaft im Rat für sich beanspruchte. Er konnte nur über diesen Mann und möglichst mit ihm eine für die gesamte Gemeinde tragbare Lösung finden.

Walter Lichtenberger schien über seinen Anruf verwundert zu sein. Die Einladung, ins Pfarramt zu kommen, lehnte er rundheraus ab, er habe sich in den wenigen freien Stunden Frau und Kindern zu widmen – er sagte dies mit einem auffallend unverschämten Unterton, als wolle er den Priester an dessen Ehelosigkeit erinnern.

»Wissen Sie was, Hochwürden«, sagte er, »kommen Sie doch heute Abend zu mir. Ich bekam vor ein paar

Tagen einen ausgezeichneten Rotwein geliefert, den würde ich Ihnen gern anbieten.«

Kurz nach acht erschien Alexander Fuschel bei Lichtenberger. Er begrüßte ihn und seine Frau und gab den beiden Kindern die Hand, die bereits bettfertig in ihren Schlafanzügen im Flur standen. Er folgte Lichtenberger, der ihm im Wohnzimmer einen Sessel am Couchtisch anbot. Auf dem kleinen Tisch stand eine geöffnete Weinflasche, zwei Gläser und eine Schale mit Nüssen. Bevor Walter Lichtenberger sich setzte, füllte er die beiden großen Kristallgläser.

»Auf Ihr Wohl, Hochwürden!«

»Nennen Sie mich bitte nicht Hochwürden. Herr Fuschel genügt. Ich weiß doch, dass ich für Sie weder hoch noch würdig bin.«

Lichtenberger lachte auf und sagte: »Trotzdem, zum Wohl.«

Er nahm einen großen Schluck, stellte das Glas auf den Tisch zurück und setzte sich: »Das ist doch ein vorzüglicher Tropfen, oder? Ein Klassiker aus der Rioja. – Was führt Sie zu mir, Herr Fuschel? Was verschafft mir die Ehre Ihres Besuches?«

»Nun, ich sorge mich um unsere Kirchengemeinde, um unsere Gemeinschaft. Die Gemeindemitglieder spüren das Zerwürfnis zwischen Gemeinderat und Priester und das ist nicht gut. Es zerstört das beiderseitige Vertrauen, der Zusammenhalt unter den Gläubigen bröckelt. Ich bemerke, dass der Frieden unter uns gestört ist, unsere brüderliche Gesinnung schwindet. Das darf nicht sein. Dem müssen wir entgegenwirken. Wir beide, Herr Lichtenberger. Kehren wir um, beschreiten wir nicht weiter den Weg des Zerwürfnisses und der Zwietracht. Ich bitte Sie, um Christi und der Gemeinde willen.«

»Ich will, weiß Gott, keine Zwietracht. Was mich bewegt und antreibt, ist einzig das Wohl unserer Gemeinde.«

»Ich habe das Kirchenrecht in Guldenberg zu vertreten. Das ist der bischöfliche Auftrag, und von dem kann ich nicht auch nur ein Jota abweichen. Es ist meine Pflicht.«

»Kein Recht und auch kein Kirchenrecht kann über dem Wohl der Gemeinde stehen. Rechte und Gesetze sind willkürliche Festlegungen, die jederzeit geändert werden können und, wie ich nur zu häufig erleben musste, geändert wurden.«

»Ja, und dennoch sind wir dem Gesetz unterworfen, selbst dort, wo es fehlerhaft ist.«

»Nein, lieber Herr Fuschel. Ich lebe seit sechzig Jahren in Guldenberg. Ich bin mehr als fünfunddreißig Jahre im Gemeinderat der Pfarrei. Ich habe die Priester kommen und gehen sehen. Ein einziger von ihnen blieb zehn Jahre, manche gingen nach fünf Jahren und einer blieb sogar nur drei Jahre bei uns. Ich weiß nicht einmal, ob er alle achthundertsiebzig Gemeindemitglieder kennengelernt hat. Sie fliegen ein und fliegen wieder aus. Bei diesem Hin und Her müssen wir Guldenberger selbst darauf achten, wie wir zu unserem Recht kommen. Und der Pfarrgemeinderat muss zusehen, dass uns nicht irgendwelche Beamte der Diözese über den Tisch ziehen, weil sie ihre Interessen für bedeutender und gewichtiger ansehen als unsere. Nein, Herr Fuschel, der Rat wird Ihnen weiterhin Contra bieten, wo auch immer es nötig ist.«

»Der Rat, das sind in Wahrheit allein Sie. Sie benutzen den Rat, Sie treiben ihn vor sich her.«

»Das ist lächerlich. Das sind alles gestandene Frauen und Männer, von denen lässt sich keiner treiben, auch nicht von mir. Aber auch nicht von Ihnen oder irgendwelchen Beamten der Kirche, die sich hier noch nie haben blicken lassen.«

»Ich bitte Sie von Herzen, zerstören Sie nicht unsere Gemeinschaft. Ich weiß, dass Sie – angeblich im Auftrag des gesamten Pfarrgemeinderats, was eine Unwahrheit ist – bei der Diözese meine Versetzung beantragt haben. Ich wurde darüber unterrichtet. Ich war heute Mittag beim Bischof, um gleichfalls um eine Versetzung zu bitten. Der Bischof hat es abgelehnt, ich werde also in Guldenberg bleiben, ob es Ihnen nun passt oder nicht.«

»Haben Sie dem Bischof auch gesagt, dass Sie aus unserer Kirche eine Moschee machen wollen?«

»Unterlassen Sie das bitte. Sie haben diese Ungeheuerlichkeit bereits im Rat geäußert. Ich werde gerichtlich gegen Sie vorgehen, falls Sie es wagen sollten, mit einer derart dreisten Unterstellung meine Gemeinde zu beunruhigen. Denn damit behaupten Sie, dass ich gegen meine Dienstpflichten verstoße, gegen mein Gelübde und meinen Glauben. Überdies ist es ein Angriff auf den Religionsfrieden, und das ist meines Wissens auch strafbar.«

»Aber Sie haben ja schließlich diese Islamisten in unsere Kirche eingeladen.«

»Das ist Unsinn. Ich habe es Ihnen und dem Rat bereits erklärt, es sind ganz normale Jugendliche und keine Islamisten oder gar Salafisten, wie Sie jüngst ja auch behauptet hatten. Sie sind Kinder muslimischer Eltern, Gläubige, allerdings keine Christen, sondern sie bekennen sich zum islamischen Glauben. Der Bürgermeister bat um Mithilfe bei ihrer Integration. Das Freibad wird ihnen preislich entgegenkommen, ebenso das Fitnessstudio, und ich bemühe mich, ihnen etwas von unserer Kultur zu vermitteln, unsere Sitten und Gebräuche, die ihnen fremd sind und sicher seltsam erscheinen. Ich unterrichte sie in unserem Glauben, von dem sie nichts wissen. Ich will sie nicht missionieren, sondern informieren. Denn vieles, was bei uns üblich ist, muss sie verstören. Sie kommen aus einer ganz anderen Kultur, und ich will ihnen unsere nahebringen, damit sie sich hier einleben können. Für die Zeit, in der sie kriegsbedingt bei uns Zuflucht gefunden haben. Einige werden in ihre Heimat zurückkehren, andere werden bleiben, und die müssen ihr neues Zuhause kennenlernen. Und diesen Unterricht gebe ich ihnen nicht in unserer Kirche, sondern im Sitzungszimmer.«

»Ja, in ebendem Zimmer, das vor allem für den Pfarrgemeinderat bestimmt ist. Mich ekelt, in einem Raum zu sitzen, in dem auf denselben Stühlen Islamisten saßen.«

»Geben Sie endlich Frieden, Herr Lichtenberger.«

»Ich bin der friedfertigste Mensch. Aber ich bin auch ein stolzer Guldenberger, und wir lassen uns nicht in die Suppe spucken, auch nicht von Ihnen.«

»Ein friedfertiger Mensch? Ein stolzer Guldenberger? Nein, Herr Vorsitzender des Pfarrgemeinderats, Sie sind ein Arschloch.«

Der Priester erhob sich, trank den letzten Schluck Wein, stellte behutsam das Glas auf dem Tisch ab und sagte zu dem völlig konsternierten Walter Lichtenberger: »Tatsächlich, ein guter Wein. Ein außerordentlich guter Tropfen.«

Er ging in den Flur, nahm seinen Mantel vom Haken und streifte ihn beim Hinausgehen über. Walter Lichtenberger war ihm gefolgt, starrte noch immer sprachlos auf den Geistlichen, und erst als hinter diesem die Tür ins Schloss fiel, löste sich seine Erstarrung.

»Zum Teufel«, sagte er zu sich selbst, »was war denn das? Ist der völlig durchgedreht?«

Er lachte auf und fügte hinzu: »Und ich hab ganz vergessen, ihm zum Abschied noch ein *Gott mit Ihnen, Hochwürden* zu wünschen.«

7

Adil kam mit Karim und Hakim, zwei gleichaltrigen Mitbewohnern des Heims, erst um sieben zurück, eine Stunde nach der üblichen Essenszeit. Marikke Brummig wärmte die Pizza auf und hielt die drei Jungs dazu an, Geschirr und Getränke auf den Tisch im Speiseraum zu stellen.

»Kommt aber bitte künftig pünktlich zu den Mahlzeiten. Wir können hier nicht für jeden eine Extrawurst braten. Josephine hat schon Feierabend und ist nach Hause gegangen. Und ich habe eigentlich auch schon Feierabend.«

Die drei nickten zustimmend und stopften sich gierig die Pizzastücke in den Mund.

»Und warum kommt ihr zu spät? Was gab es denn Aufregendes in der Stadt?«

Die drei grinsten verlegen, beugten sich über ihre Teller und schwiegen.

»Na, was ist? Was gibt es so Geheimnisvolles? Wo wart ihr?«

Hakim, der Älteste von ihnen, sah sie an und sagte: »Wir waren bei die Nutten.«

Frau Brummig stockte für einen Moment der Atem.

»Wie bitte? Wo wart ihr?«

»Bei die Huren, Marikke. Bei die Nutten.«

»Donnerwetter, ich wusste gar nicht, dass es so etwas in unserer Stadt gibt. Wo wohnen die denn? Und woher kennt ihr eigentlich diese Worte? Bei uns habt ihr sie nicht gelernt. Und übrigens, es heißt: bei den Huren, bei den Nutten.«

»Diese Worte kennt doch jeder«, sagte Adil und brach unvermittelt in ein verlegenes Lachen aus.

»Aha, die kennt also jeder. Das ist ja schön, dann können wir mit dem Deutschunterricht für euch bald aufhören. Ihr wisst Bescheid, wie ich merke. Und wo habt ihr die Nutten getroffen?«

»Im Freibad, Marikke. Das sind überall Nutten. Die zeigen alles«, stotterte Karim aufgeregt.

»Nutten im Freibad? Das ist mir neu.«

»Überall sind da na-na-nackte Weiber!«

»Aber sie trugen doch sicher Badesachen? Einen Bikini zum Beispiel? Das ist eine knappe, kleine Hose und ein Oberteil.«

»Das sage ich. Das ist keine Kleidung für eine Frau. So laufen bei uns nur Huren herum, die Männer fangen wollen«, erwiderte Hakim.

»Also das ist großer Blödsinn. Passt bloß auf, sonst kriegt ihr richtig Ärger mit dem Ehemann oder dem Freund von diesen Frauen, über die ihr so redet. Das sind keine Nutten, das sind ganz normale Frauen, und diese Badebekleidung ist bei uns üblich. Mit Kleidern kann man ja wohl kaum schwimmen, und darum trägt man bei uns eben Badesachen. Ich weiß, bei euch daheim geht es weniger freizügig zu, aber deswegen sind die Frauen im Freibad bei uns noch lange keine Nutten.«

»Aber eine Frau darf sich nicht nackt vor anderen zeigen«, beharrte Hakim, der als Einziger der drei bereits so gut deutsch verstand, dass er Marikkes Ausführungen einigermaßen folgen und ihnen etwas entgegensetzen konnte.

»Ach was. Und wer bestimmt das?«

»Sagt der Prophet. Das steht im Koran.«

»Nein, Hakim, das steht nicht im Koran. Ich habe euer heiliges Buch gelesen, als ich mit der Leitung dieses Hauses beauftragt wurde. Ich habe mir den Koran von unserem Priester, dem Herrn Fuschel, ausgeliehen und gelesen. Und da steht nirgendwo, dass Frauen sich verstecken müssen. Von solchen Weisheiten weiß Mohammed nichts, ganz im Gegenteil, in der Offenbarung Allahs an den Propheten Mohammed wird die Gleichheit von Mann und Frau betont. Alles andere wurde erst Jahrhunderte später dazugedichtet.«

»Das stimmt nicht. Es ist anders, Marikke. Der Imam hat das gesagt.«

»Lest den Koran, und dann reden wir noch einmal

darüber. Dass Geistliche und auch die anerkannten Oberhäupter einer Religion seltsame Gesetze verkünden, die überhaupt nicht in den heiligen Schriften vorkommen, das gibt es überall auf der Welt, bei allen Religionen. Ich hatte euch ja gesagt, dass ich Katholikin bin, und meine Kirche verbietet es zum Beispiel den katholischen Priestern – das ist so eine Art Imam bei uns – zu heiraten.«

Die drei blickten Marikke überrascht an. »Warum?«

»Sie sollen sich ganz dem Dienst an Gott und den Menschen widmen. Aber in der Bibel steht davon nichts. Trotzdem verlangt meine Kirche, dass Pfarrer keine Frau haben dürfen.«

»Das ist verrückt. Gut, dass ich kein Imam bei euch bin.«

Marikke Brummig lächelte. »So, und demnächst kommt ihr bitte pünktlich zu den Mahlzeiten. Und lest euren Koran, bevor ihr euch noch einmal über die Frauen im Freibad auslasst.«

Die drei grinsten verlegen.

Nachdem Marikke Brummig den Raum verlassen hatte, hob Karim den Kopf, sah zu seinen Freunden, grinste und sagte leise: »Die-die-die vielen nackten Weiber, das war-war-war gut.«

Alle drei grinsten und dachten an den Nachmittag im Freibad.

8

»Es tut mir leid, Sie können den Bürgermeister jetzt nicht sprechen, er ist nicht im Haus, und ich weiß nicht, wann er zurückkommt. Außerdem ist er in diesem Fall nicht zuständig, er könnte gar nichts für Sie tun. Sie müssen zur Polizei gehen«, sagte Frau Hartwig.

Der Besucher schüttelte ungehalten den Kopf: »Zur Polizei? Aber wir haben doch gar keine Polizei mehr!«

»Natürlich haben wir eine Polizei. Hier, das ist die Nummer, rufen Sie dort an, sagen Sie denen, was man Ihnen angetan hat. Die Polizei wird sich darum kümmern, dafür ist sie da.«

»Aber der Kötteritz ist hier im Haus. Ich habe ihn doch hineingehen sehen.«

»Er war hier, weil er ein Schriftstück brauchte. Er ist aber sofort wieder losgefahren.«

»In dieser Stadt ist man seines Lebens nicht mehr sicher!«, brüllte der Mann und verließ das Büro der Sekretärin, wobei er die Tür krachend ins Schloss fallen ließ.

Das winzige Lämpchen auf ihrem Schreibtisch leuchtete auf, Lise Hartwig erhob sich, klopfte an die Bürotür des Bürgermeisters und trat ins Zimmer.

»Was war denn da los?«, erkundigte sich Konstantin Kötteritz.

»Das war Krausnick, Fred Krausnick.«

»Das habe ich gehört. Und was wollte dieser Wirrkopf?«

»Er sagt, er sei überfallen worden. Von den Migranten. Er sagte allerdings: von dem Negergesindel.«

»Oh Gott, nicht schon wieder. Hat er Zeugen genannt?«

»Nein, er hat nur rumgeschrien und wollte dich sprechen. Ich habe gesagt, du seist nicht im Haus und dass er den Überfall der Polizei melden soll.«

»Danke. Hoffen wir, dass es nur wieder der übliche Unsinn von diesem debilen Schwachkopf war. Ärger mit unseren Minderjährigen fehlte mir gerade noch. – So, hier sind die fünf Briefe, ich hab unterschrieben, du kannst sie abschicken.«

»Ich mache heute eher Feierabend, Chef, ich will zu meiner Mutter, sie hat Geburtstag. Oder gibt es noch etwas?«

»Schon gut. Grüß sie von mir – nein, besser du kaufst einen kleinen Blumenstrauß, den du ihr von mir überreichst.«

Polizeimeister Frank Aubrich hatte Fred Krausnick sein Kommen für siebzehn Uhr angekündigt. Er fuhr zusammen mit Grit Paulsen zu ihm, einer Polizeimeisteranwärterin, die er auf dem Weg zu Krausnicks Wohnung darüber aufklärte, dass der alte Mann ein stadtbekannter Querulant sei, der ständig jemanden anzeigen würde.

»Er ist nicht mehr richtig im Kopf und wird wohl irgendwann auch einmal in ein Heim eingewiesen werden. Eine verkrachte Existenz. Als er bankrottging und wieder auf der Straße stand, hat seine Frau ihn verlassen, was nur zu verständlich war. Und nun streitet er sich mit allen herum, und uns macht er Arbeit.«

Fred Krausnick hatte vor fünfundzwanzig Jahren mit finanzieller Unterstützung seiner Schwiegereltern einen Bauhof eröffnet und hatte – als die europäischen Fördermittel für den Straßenbau zu fließen begannen und der Ausbau und die Instandhaltung von Straßen ein lukratives Geschäft zu werden versprachen – im Vertrauen auf die Versprechungen der Landesregierung mit erheblichen Bankkrediten einen Straßenfertiger sowie Gleitschalungsfertiger erworben. Er schloss langfristige Lieferverträge für Asphalt, Pflaster und Schotter ab, doch da bei den Planfeststellungsverfahren seine Firma immer wieder als nicht ausreichend liquid hingestellt und das Arbeits- und Wirtschaftsvolumen seines Bauhofs als unbedeutend eingeschätzt wurde, konnte er nur Aufträge für kleinere Bauprojekte ergattern.

Fünf Jahre später verebbte die Baueuphorie in vielen Städten. Auch der Stadtkämmerer von Guldenberg wurde angesichts einer heftig wachsenden Verschuldung der Gemeinde nervös und öffnete die Stadtkasse nicht mehr so bereitwillig wie in den Jahren zuvor. Selbst unvermeidliche und dringende Reparaturen wurden nun immer wieder verschoben und die kommunalen Betriebe und örtlichen Auftragnehmer wurden nicht länger bevorzugt. Bei den wenigen Aufträgen, die noch vergeben wurden, konnten die großen, bundesweiten Firmen die Angebote der ansässigen Unternehmen fast immer unterbieten, wenngleich die preisgünstigsten Offerten erfahrungsgemäß einen Rattenschwanz von Nachbesserungen mit sich brachten.

Krausnick bemühte sich zwei Jahre lang, mit seiner Firma zu überleben. Er kündigte einem Drittel seiner Angestellten und verkaufte Teile seines Fuhrparks. Seine teuersten Anschaffungen, der Straßen- sowie Gleitschalungsfertiger, hatten sich, bevor sie verschrottet werden mussten, nicht auch nur annähernd amortisiert.

Die Verkleinerung seines Unternehmens machte es ihm unmöglich, sich um größere Bauvorhaben zu bewerben, zumal potentielle Auftraggeber um seine wirtschaftliche Bredouille wussten und sich nicht mit einem maroden Betrieb einlassen wollten.

Kurz vor der Jahrtausendwende musste Krausnick im Juni Insolvenz beantragen, eine Gesamtvollstreckung sollte alle Gläubiger zufriedenstellen und Konkurs und Vergleich abdecken.

Fred Krausnick wurde im selben Monat einundfünfzig Jahre alt, doch der Konkurs seiner Firma zerbrach ihn fast. Er alterte seither zusehends, war häufig geistesabwesend und hatte heftige Wortfindungsschwierigkeiten.

Die Insolvenz hatte er trotz aller Schwierigkeiten nicht vorausgesehen und daher keinerlei Vorsorge getroffen. Der Untergang seiner Firma wurde damit auch zu seinem persönlichen Ruin.

Sein Wohnhaus war noch immer Eigentum der Schwiegereltern und daher kein Teil der Konkursmasse, doch er verlor sein Landhaus, seinen Sportwagen und fast die gesamte Ausstattung seines Tonstudios, das Mischpult, die Monitore, Mikrofone und Effektgeräte, was ihn besonders verärgerte, hatte er doch als Amateurgitarrist in das Studio seine gesamte freie Zeit und jeden Cent gesteckt. Er blieb zerstört zurück, angewiesen auf die Hilfe und Unterstützung seiner Frau, deren Eltern in Leipzig mehrere Mehrfamilienhäuser besaßen und ihrer Tochter mühelos beizustehen vermochten.

Zwei Jahre später ließ sich seine Frau von ihm scheiden, da ein Zusammenleben mit ihm unerträglich geworden war. Sie zog wieder in ihre Heimatstadt, wodurch Krausnick der finanziellen Unterstützung seiner Schwiegereltern verlustig ging und verarmte.

»Ein armes Schwein, der Krausnick, und unausstehlich«, meinte Aurich, bevor er auf den Klingelknopf drückte.

Ein alter Mann öffnete nach einigen Sekunden die Haustür und sah die beiden Polizisten vorwurfsvoll an.

»Na endlich«, sagte er statt einer Begrüßung.

»Guten Tag, Herr Krausnick«, erwiderte Frank Aubrich mit einem schiefen Lächeln, »wir hatten ja wiederholt das Vergnügen mit Ihnen. Ich hoffe, es ist nicht wieder falscher Alarm.«

»Ich wurde überfallen. Da sollten Sie nicht so tun, als sei das kein Verbrechen. Überfallen von vier Negern.«

»Können wir das drinnen besprechen? Dann kann ich Ihre Anzeige aufnehmen, denn ich denke doch, Sie haben uns wegen einer Anzeige kommen lassen.«

»Wegen eines Verbrechens, Herr Wachtmeister.«

»Dürfen wir hereinkommen? – Das ist Polizeimeisteranwärterin Grit Paulsen.«

»Von mir aus.«

Sie gingen hinter dem alten Mann her, der sie ins Wohnzimmer führte und mit einer Handbewegung auf die Stühle um den Esstisch wies. Sie setzten sich, die junge Polizeimeisteranwärterin holte ein kleines Laptop aus ihrer Tasche, legte es auf den Tisch und klappte es auf. Sie sah Fred Krausnick erwartungsvoll an und schrieb mit, was er ihrem Kollegen erzählte.

Er sei mittags zum Supermarkt gegangen und ohne

jeden Anlass hätten ihn vier der Bewohner des Alten Seglerheims – er war sich sicher, dass es nur diese Zigeuner, wie er sie nannte, gewesen sein könnten – ohne jeden Grund angegriffen und zu Boden geschleudert. Er sei dabei fast umgekommen und habe mit beiden Händen seine Jacke zugehalten, weil sie ihn ganz offensichtlich berauben wollten. Die Namen dieser kriminellen Nichtsnutze kenne er nicht, er wisse aber, dass sie im Alten Seglerheim wohnten, er könne sie bei einer Gegenüberstellung erkennen, benötige dafür allerdings Polizeischutz.

Auf Nachfrage fügte er hinzu, dass er keine Zeugen für das Verbrechen benennen könne, er habe keinen Menschen gesehen, und dass er nicht zu einem Arzt gegangen sei, dafür hätte ihm nach dem Sturz die Kraft gefehlt.

»Keine Zeugen mitten am Tag vor dem Supermarkt, das ist ungewöhnlich«, sagte Aubrich kopfschüttelnd. »Vielleicht melden sich ja noch welche bei uns. Besser wär's. Wenn die vier die Tat abstreiten, steht Aussage gegen Aussage, und zwar vier zu eins«, gab er Fred Krausnick zu bedenken.

»Natürlich lügen diese Zigeuner«, fauchte der alte Mann wütend, »sie lügen, wenn sie ihr dreckiges Maul aufmachen. Diese Kerle zu befragen, das können Sie sich sparen. Die gehören in den Knast, Tür zu und den Schlüssel ins nächste Gebüsch.«

»So geht das nicht, Herr Krausnick. Wir leben in einem Rechtsstaat.«

»Ja, aber alte Leute auf die Straße schubsen, das darf man in einem Rechtsstaat oder wie?«

»Sie hören von uns. Wir fahren jetzt ins Seglerheim, um die Jugendlichen zu befragen«, sagte Frank Aubrich.

Er und Grit Paulsen, die dabei hastig ihr Laptop zuklappte und einsteckte, standen auf und gingen zur Wohnungstür.

»Na, die werden Ihnen schöne Lügen auftischen. Die werden alles so drehen, dass ich zum Schluss der Gelackmeierte bin«, rief Krausnick, der am Tisch sitzen geblieben war, ihnen hinterher.

Die Polizisten fuhren zum Alten Seglerheim, wo sie von Marikke Brummig begrüßt wurden. Sie konnte ihnen sofort die Namen der vier Beschuldigten nennen – es waren Karim, Adil, Hakim und Enis –, da diese ihr von dem Vorfall am Supermarkt bereits erzählt hatten, allerdings hatten sie die ganze Sache anders geschildert als Fred Krausnick. Der alte Mann sei plötzlich über die Straße auf sie zugelaufen, habe irgendetwas gebrüllt, was sie nicht verstanden hätten, und habe seinen Spazierstock geschwungen, um auf sie einzuschlagen. Karim habe abwehrend seinen Arm gehoben, dabei traf er versehentlich Krausnick, worauf der, seinen erhobenen Stock in der Hand, auf den Bürgersteig gestürzt sei. Nach dem, was ihre Schützlinge erzählten, hätten mehrere Personen den Vorgang gesehen, von denen sie aber nur die Verkäuferin aus dem Tabakladen kannten.

Frank Aubrich bat Marikke Brummig, die vier zu rufen, damit er sie befragen könne. Wenige Minuten später saßen ihm die reichlich verunsicherten Jugendlichen im Speiseraum des Heims gegenüber. Die vier berichteten das Gleiche, was Marikke Brummig den Beamten bereits erzählt hatte. Es seien mehrere Personen auf der Straße gewesen, die sie jedoch nicht kannten außer jener Frau, bei der sie ihre Zigaretten kauften und die auch alles gesehen haben müsste.

»Ist das die Wahrheit?«, fragte Aubrich, »die ganze Wahrheit und nichts als die Wahrheit?«

Grit Paulsen schaute überrascht ihren Kollegen an, lachte über dessen gespreizte und anmaßende Frage, schüttelte den Kopf, sagte jedoch nichts.

»So war es!«, schrie Hakim und die anderen drei nickten zustimmend.

»Und Frau Gesicke aus dem Zigarettenladen hat alles gesehen?«, hakte Frank Aubrich nach. »Wir werden sie befragen, und ich hoffe, eure Version der Geschichte stimmt.«

Die vier Jugendlichen nickten erneut.

Aubrich beendete die Befragung und stand auf, Grit Paulsen klappte ihr Laptop zu. Sie verließen den Raum und verabschiedeten sich von Marikke Brummig.

Im Zigarettengeschäft stand Frau Gesicke hinter dem Ladentisch. Die Polizisten fragten sie, ob sie die Auseinandersetzung zwischen Fred Krausnick und den vier ausländischen Minderjährigen vor dem Supermarkt gesehen hätte, und baten sie, ihnen zu berichten, was sie dabei beobachtet habe.

Frau Gesicke bestätigte, was die Jugendlichen erzählt hatten. Krausnick habe plötzlich und ohne erkennbaren Anlass laut schimpfend die Straße überquert, sei mit erhobenem Krückstock auf die Jugendlichen zugelaufen und habe versucht, sie zu schlagen. Einer der vier habe ihn abgewehrt, um sich vor Schlägen zu schützen, dabei sei der alte Mann auf den Bürgersteig gestürzt. Die vier Jungen aus dem Heim hätten sich nicht um ihn gekümmert, sondern seien, wohl aus Angst vor weiteren Beschimpfungen oder Attacken, weggerannt. Passanten hätten Krausnick, der immer weiter lautstark zeterte, auf die Beine geholfen.

Frau Gesicke hatte durch die offene Ladentür noch vier weitere Zeugen gesehen, und zumindest zwei davon waren Stammkunden von ihr, deren Namen sie angeben konnte. Die Polizisten verabschiedeten sich, gingen zurück zu ihrem Dienstfahrzeug und fuhren nochmals zu Fred Krausnick.

Der alte Mann war nicht überrascht, als er hörte, dass die Jugendlichen und auch Frau Gesicke den Vorfall völlig anders geschildert hatten.

»Das war doch klar«, sagte er erregt, »wie ich es Ihnen gesagt habe. Sie lügen. Sie lügen wie gedruckt. Diese Verbrecher.«

»Herr Krausnick«, erwiderte Frank Aubrich und legte ihm beschwichtigend eine Hand auf den Arm, »bitte bleiben Sie ruhig. Wir haben mit den jungen Migranten gesprochen, wir haben eine Zeugin befragt, alles spricht dafür, dass Sie die Jugendlichen zu Unrecht beschuldigen. Ich rate Ihnen, ziehen Sie Ihre Anzeige zurück, andernfalls werden Sie massiven Ärger bekommen.«

»Das kommt überhaupt nicht in Frage. Die lügen doch alle!«

»Herr Krausnick, es kam bereits mehrmals vor, dass Sie Personen zu Unrecht angezeigt haben. Das ist ein Straftatbestand. Ich weiß nicht, ob die von Ihnen Beschuldigten gegen Sie eine Klage einreichen werden beziehungsweise die Leiterin des Alten Seglerheims, die für ihre Schützlinge verantwortlich ist, in deren Namen. Auf jeden Fall werden wir als Behörde tätig. Sie haben wider besseres Wissen Personen einer rechtswidrigen Tat beschuldigt, Sie haben uns mit einer falschen Verdächtigung irregeführt und in Anspruch genommen, das wird nicht ohne Folgen für Sie bleiben, zumal es in den letzten drei Jahren wiederholt vorkam und wir ohnehin genug zu tun haben. Ich rate Ihnen, ziehen Sie umgehend Ihre Anzeige zurück, anderen-

falls haben Sie mit einer erheblichen Strafe zu rechnen.«

»Ich weiß, was mir passiert ist. Ich lasse mich von Ihnen nicht einschüchtern. Ich ziehe doch nicht vor diesem Zigeunergesocks, das in unser Land eingefallen ist,
den Schwanz ein. So weit kommt es noch!«

Frank Aubrich stand auf, auch Grit Paulsen erhob
sich, um sich zu verabschieden.

»Ich warte bis morgen Mittag, Herr Krausnick«, sagte Aubrich, »bis dahin haben Sie Zeit, über diese un-
sinnige Anzeige nachzudenken. Andernfalls wird es für
Sie teuer. Ich höre von Ihnen.«

Beide verließen die Wohnung. Fred Krausnick schlug
so heftig mit der Hand auf den Tisch, dass er im selben
Moment vor Schmerz laut aufschrie.

»Das muss man sich im eigenen Land gefallen lassen.
Vor dahergelaufenen Zigeunern kuschen, das könnte
euch so passen, ihr Vaterlandsverräter.«

9

»Weißt du, Töchterchen, hier, in dieser Stadt, ist noch
nie jemand gestorben.«

»Wie kannst du das sagen, Oma? Hier sind schon
mehr als genug gestorben. Denk nur an meine Mutter.«

»Ja, aber sie sind nicht fort, Fritzi. Sie sind immer
noch unter uns. Wir reden. Jeden Tag. Ich spreche mit
ihnen und sie erzählen mir alles Mögliche. Klar und
deutlich.«

»Das bildest du dir ein. Die Toten sind tot. Ich jedenfalls kann mit meiner Mutter nicht reden. Ich kann
zu ihr sagen, was ich will, von ihr kommt kein einziges
Wort.«

»Töchterchen, du musst genauer hinhören. Mein
Vater, der ist wirklich tot, aber der wurde auch in Berlin erschossen. Wer dort stirbt, der ist wirklich gestorben und für immer. Wer in Berlin unter die Erde
kommt, macht keinen Mucks mehr. Das macht die
harte Berliner Erde. Mit meinem Vater kann ich nicht
reden. Aber wer hier, wer in dieser Stadt stirbt, der
bleibt.«

»Das bildest du dir ein. Du hörst sie, weil du sie vermisst, weil du sie hören willst.«

»Nein, ich bilde mir nichts ein. Die Toten reden. Sie müssen reden, weil sie hier gelebt haben und nichts vergessen können. Guldenberg hat sich in sie eingebrannt, lässt sie nicht los, auch nicht nach ihrem Tod. Weißt du, in dieser Stadt kann man gut atmen. Die Luft ist das Beste an Guldenberg, diese Luft könnte die Stadt in Konserven abfüllen und verkaufen. Das verdanken wir den Wäldern rundherum und vor allem der Heide. Die Luft schmeckt nach Baumharz und Tannengrün und Heidekraut. Atmen kann man hier gut. Ansonsten gibt es nur diese kleinen Häuser, alles niedrig und geduckt. So ist Guldenberg. Wer von hier aus hoch hinauswill, stößt sich den Schädel blutig. Aber die Luft ist weich, mild, aromatisch.«

»Ach, und wegen der guten Luft reden die Toten mit dir?«

»Nein, weil ihnen die Stadt auf der Seele liegt. Guldenberg quält sie über den Tod hinaus.«

»Dann haben wir beide ja schöne Aussichten, Oma.«

»Mit Juliane, meiner alten Freundin, spreche ich jeden Tag, und die ist schon mehr als zwanzig Jahre unter der Erde. Ich kann selbst mit Trude Koritzke sprechen, die mal meine Nachbarin war, und die konnte ich, weiß Gott, nie ausstehen, nicht damals, nicht heute. Mit ihr will ich gar nicht reden, aber sie quasselt immerzu. Ganz so wie früher, als sie noch nebenan gewohnt hat. Sie redet wie ein Wasserfall, ohne Punkt und Komma. Und zuhören, das konnte sie schon zu ihren Lebzeiten nicht. Es gibt solche. Von dieser Sorte gibt es mehr Frauen als Männer, meine ich.«

»Und sie redet mit dir?«

»Jeden Tag. Wenn ich nicht verflixt aufpassen würde, hätte sie mir längst beide Ohren abgekaut.«

»Für mich klingt das ziemlich verrückt, Oma, tut mir leid.«

»Vielleicht bist du dafür noch zu jung. Wenn du in mein Alter kommst, wirst du sie auch hören.«

»Ja, vielleicht. Aber bitte erzähl das niemandem außer mir. Sonst stecken sie dich noch in ein Heim.«

»Du meinst in eine Klapsmühle?«

»So was in der Art.«

»Nein, nein. Trude geht in keine Klapsmühle. Was sollte ich auch bei den Verrückten? Ich kann lesen, ich mache Kreuzworträtsel, ich höre den lieben langen Tag Musik. Warum sollte man mich in die Klapse stecken? Da gehören wohl eher die Toten hin, deren Mundwerk nicht stillsteht. Die alte Koritzke, die gehört dahin.«

»Na, ein bisschen schräg bist du schon.«

»Du doch auch. Wer ist das denn nicht? Wenn man achtundneunzig Jahre in dieser Stadt gelebt hat und kaum einmal rausgekommen ist, wie sollte man da nicht verrückt werden? – Hast du die Kekse selbst gebacken oder gekauft?«

»Selbst gebacken natürlich. Ich will uns doch nicht vergiften.«

»Einer sieht aus wie der andere. So wie bei den gekauften. So fein habe ich das nie hinbekommen.«

»Es gibt Backformen, Oma.«

»Ich bin nicht deine Oma. Bist du denn schon so verwirrt in deinem Kopf, dass du das nicht weißt?«

»Bei mir ist alles in Ordnung. Nicht so wie bei gewissen anderen Leuten, Uroma.«

»Es freut mich zu hören, dass du weißt, wer ich bin, Fritzi. Deine Urgroßmutter, ja!«

»Soll ich dich neuerdings mit Urgroßmutter anreden? Das ist ein ewig langes Wort.«

»Sag, was du willst. Von mir aus kannst du mich Trude nennen, wie alle anderen. Oder auch Mutter. Oder Oma. Das ist mir ganz gleich, ich weiß ja, wen du meinst. Ich wollte nur überprüfen, ob in deinem Oberstübchen noch alles in Ordnung ist. – Bei dem großen Zeh musst du aufpassen. Der tut mir weh.«

»Weiß ich doch. Ich schneide dir ja nicht zum ersten Mal die Zehennägel. Halt still und zappel nicht herum. – Und worüber reden sie alle mit dir? Was sagen sie dir? Erzählen sie, wie es im Himmel ist?«

»Nein, kein Wort. Ich glaube, das dürfen sie nicht. Wir reden über die Familie und über Guldenberg. Sie

76

wollen wissen, wie wir jetzt leben. Und sie wollen alle wissen, was unser Kolonialwarenladen macht. Sie begreifen nicht, dass ich ihn aufgeben musste, weil keins der Kinder ihn fortführen wollte.«

»Warum hieß dein Laden denn eigentlich Kolonialwarenladen? Was habt ihr denn da verkauft? Deutschland hat doch schon seit Ewigkeiten keine Kolonien mehr.«

»Verkauft haben wir frische Eier vom Bauern, Milch, Gurken, Sauerkraut, Mehl, selbstgemachte Marmeladen und so. Kolonialwaren, so hieß der Laden halt schon immer, der Name stand groß über dem Eingang und wir haben es gelassen. Nicht *Lebensmittel-Fischlinger*, oder *Gertrudes Konsum*, nein, einfach nur *Kolonialwaren*. Zwei oder drei Jahre vor deiner Geburt habe ich ihn dann verkauft. Ich war ja schon siebzig und nie gut auf den Beinen.«

»Ich weiß, Oma. Die Beine haben dich gequält.«

»Gequält? Fix und fertig haben sie mich gemacht. Hab den Laden also verkaufen müssen, er hat nicht viel Geld eingebracht. Der neue Besitzer hatte kein Glück mit ihm. Sein Umsatz brach heftig ein, als hier der erste Supermarkt aufmachte, und als dann noch ein zweiter dazukam, musste er das Geschäft aufgeben. Er hatte zwar immer die bessere Ware, aber die Supermärkte verkaufen alles viel billiger. Zu ihm kam man nur noch, wenn man etwas vergessen hatte, ein Glas Senf oder eine einzelne Zitrone.«

»Wie viele Jahre standst du im Laden?«

»Fünfundfünfzig Jahre. Jeden Morgen hatte ich die Fässer aus dem Keller hochzuschleppen, jeden Abend wieder runter. Die Knochen und der Rücken tun mir heute noch weh.«

»Und das noch mit siebzig, Oma? Hat dich niemand unterstützt?«

»Nein. Dein Onkel Paul war ja nach Wildenberg verschwunden und war bis zu seinem Tod Autoschlosser. Er hat mir nie geholfen. War ein fauler Hund, der Paul. Und seine Kinder, deine Cousinen, wollten auch nichts mit meinem Laden zu tun haben.«

»Und darüber redest du mit den Toten?«

»Ja, sie wollen alles wissen. Sie haben jetzt alle Zeit der Welt. Und ich auch.«

»Und was wollen die wissen, deine Toten?«

»Deine Mutter und deine Großmutter fragen eigentlich immer nur nach dir. Wie du lebst, ob du glücklich bist, ob du einen Freund hast, der nett ist und dich nicht schlägt, oder ob du noch immer mit diesem Fridolin zusammen bist.«

»Frieder! Er heißt Frieder, und das weißt du.«

»Frieder, Fridolin, alles eins. Wieso kann der Kerl sich nicht entscheiden? Will er mit dir leben oder nur ein bisschen Spaß haben? Da pass nur auf, Fritzi, von ein bisschen Spaß kann man schwanger werden, und wenn er sich dann verabschiedet, stehst du dumm da.

Mit einem Kleinkind am Rock findet sich nicht so leicht ein neuer Verehrer.«

»Ach, Oma, das sind doch Weisheiten aus dem vorigen Jahrhundert. Wir sind da gottlob ein Stückchen weitergekommen.«

»So? Stehen die Kerle heute auf Frauen mit Kindern? Hat man mit ein, zwei Kindern am Rockzipfel heute bessere Chancen?«

»Ich will nicht mit dir darüber diskutieren. Und bitte, über Frieder kein Wort.«

»Und wieso hat er mich noch nie besucht, dich nie hierher begleitet? Mädel, du bist jetzt siebenundzwanzig, wie lange willst du noch warten? Irgendwann ist es zu spät, die Männer wollen junge Frauen. Oder war das nur im vorigen Jahrhundert so? Wollen sie heute lieber ältere Frauen, reife Frauen?«

»Das hatten wir alles schon, Oma. Du wolltest mir doch sagen, was du mit den Toten redest.«

»Ach ja. Die dusslige Koritzke fragt immerzu nach ihrem Schrebergarten. Sie will wissen, ob es all ihren Bäumchen und Blümchen gut geht. Ich sag ihr, ich bin eine uralte Frau, ich kann nicht zu ihrem dämlichen Schrebergarten hinauslaufen und nachgucken. Ich habe zu ihr gesagt, ich bin kein Engelchen wie du, ich kann da nicht hinfliegen. Und wenn ich einen Kilometer bis zu ihrem verkrötzten Schrebergarten laufe, bin ich tot. Da wäre es besser, ich laufe zum Friedhof, der ist genauso weit, da wäre ich genauso tot, aber gleich an Ort und Stelle.«

»Was redest du denn da!«

»Nichts als die Wahrheit. Außerdem, sagte ich ihr, habe ich in meinem Kolonialwarenladen keine Blumen verkauft. Ich kann die Kartoffelsorten unterscheiden und weiß, wie Gurken und Kohl auszusehen haben, aber von Blumen habe ich keine Ahnung. Doch das begreift die Koritzke, die alte Schabracke, nicht. Sie versteht nicht, dass jemand mit Blumen nichts am Hut hat.«

»Wenn Mama und Großmutter nach mir fragen, was sagst du ihnen dann?«

»Oh, das verrate ich dir nicht. Das fällt unter das Beichtgeheimnis, Fritzi, wenn dir das als Gottloser überhaupt etwas sagt.«

»Ach, red doch, was du willst. Ich glaube keinen Moment an diesen Unsinn. – So, nun sind wir fertig. Heb die Füße hoch, damit ich sie dir abtrocknen kann.«

»Danke, Töchterchen. Du bist so lieb zu mir.«

»Ich stell dir das Mittagessen für morgen in den Kühlschrank. Du musst es nur warm machen. Ich muss jetzt ins Seglerheim zurück, um den Jungs ihr Abendessen zu geben. Dann kannst du wieder mit deinen Toten plaudern.«

»Mach ich auch. Wenn es dir recht ist, werde ich sie von dir grüßen.«

»Mach das. Ich werde den Jungs erzählen, dass du mit den Toten redest. Vielleicht versuchen sie es dann auch, denn sie haben ja genug Tote daheim gelassen. Geschwister, Mutter, Vater. Wenn sie auch sonst nichts haben, mit Toten sind sie gut ausgestattet.«

»Bring sie doch einfach das nächste Mal mit. Ich kann ihnen beibringen, wie man mit seinen Liebsten redet, ganz gleich wo sie sind, hier oder bei den Arabern oder unter der Erde.«

»Sie werden denken, du bist eine Hexe.«

»Bin ich doch auch. Wenn man achtundneunzig ist und immer noch putzmunter, dann geht das nur mit Hexerei. – Hab Dank, Engelchen. Bis morgen.«

10

Sie hatte eine ganze Stunde in dem sonnendurchström-
ten Wintergarten, der im Polizeirevier als Empfangsraum genutzt wurde, zu warten. Es war heiß und das
Zimmer wirkte staubig und verdreckt. Seit das Revier
in Bad Guldenberg aufgelöst und die Dienststelle mit
dem Revier Wildenberg zusammengelegt worden war,
kam nur einmal pro Woche ein Polizist in den alten
Stützpunkt, an jedem Dienstag, jeweils von vier Uhr
nachmittags bis sechs Uhr. Dem Reinigungsdienst hatte man bei der Zusammenlegung der Polizeistationen
offenbar gekündigt, vermutete Marikke Brummig, als
sie mit einem Papiertaschentuch den Stuhl abwischte,
bevor sie sich hinsetzte. Immer wieder glitt ihr Blick
angeekelt durch den Raum.

Fünf Personen wurden vor ihr aufgerufen, ein altes
Ehepaar, zwei Männer, die sie nicht kannte, und ein
Achtzehnjähriger, dessen Hände, Hals und Wangen
abenteuerlich tätowiert waren. Dieser war fast zwanzig
Minuten im Amtszimmer, sie hörte gelegentlich seine
Stimme, da er immer wieder lautstark gegen irgendet-
was protestierte. Er war ihr bereits zuvor aufgefallen,

da er im Wartezimmer unruhig und nervös auf seinem Platz herumrutschte. Als er aus dem Büro herauskam, durchquerte er wütend den Wintergarten und knallte die Tür donnernd hinter sich zu.

Als Marikke Brummig an der Reihe war und das Dienstzimmer betrat, wurde sie dort von Polizeiobermeister Bernhard Kremer begrüßt und von einer jungen Polizistin, die sie nicht kannte und die sich ihr als Polizeimeisteranwärterin Grit Paulsen vorstellte.

Kremer bat sie Platz zu nehmen und erkundigte sich, was er für sie tun könne.

»Ich möchte Anzeige erstatten«, antwortete Marikke Brummig, »Strafanzeige. An meinem Auto wurden gestern alle vier Reifen durchstochen. Die Werkstatt hat den Wagen abgeholt, der Meister rief mich vorhin an und sagte, die Löcher seien mit einem kleinen Rundeisen verursacht worden, er vermute, mit einem Schraubenzieher.«

»Ärgerlich, sehr ärgerlich. Das tut mir leid, Frau Brummig. Haben Sie jemanden gesehen? Gibt es irgendjemanden, der davon etwas mitbekommen haben könnte?«

Marikke Brummig schüttelte den Kopf.

»Haben Sie einen Verdacht? Hatten Sie in der letzten Zeit mit jemandem Zoff, mit jemandem, der sich rächen wollte?«

»Nein, nicht, dass ich wüsste.«

»Also eine Anzeige gegen Unbekannt.«

»Ich kann Ihnen keinen Namen nennen. Und ich will niemanden fälschlich beschuldigen.«

»Dann bleibt es bei Unbekannt.«

»Und was bedeutet das?«

»Bitte, Frau Paulsen, jetzt sind Sie gefragt. Erklären Sie Frau Brummig, was bei einer Anzeige gegen Unbekannt passiert.«

Grit Paulsen errötete leicht und sagte: »Die Erfolgsaussichten bei einer Anzeige gegen Unbekannt sind leider sehr gering. Wir legen eine Akte an und ermitteln gegen Unbekannt. Nach einigen Monaten übergeben wir diese Akte der Staatsanwaltschaft. Die stellt, wenn nichts aufgeklärt werden konnte, das Verfahren gegen Unbekannt ein. Bei einer späteren Tataufklärung oder wenn sich plötzlich Hinweise auf den Täter ergeben, kann die Staatsanwaltschaft das Verfahren neu aufrollen und weiter ermitteln, dann werden die Akten natürlich wieder rausgeholt.«

Sie sah den Polizeiobermeister erwartungsvoll an, der lächelte und nickte zustimmend.

»Ja, so ist es, Frau Brummig. Meine Kollegin hat Sie gut unterrichtet. Jetzt füllen wir mal gemeinsam die Papiere aus und dann geht alles seinen gewohnten Gang. Große Hoffnungen, dass wir den Täter aufspüren, kann ich Ihnen aber nicht machen.«

»Sie sollten im fremdenfeindlichen Milieu von Guldenberg nachspüren«, sagte Marikke Brummig, »ich vermute, Sie wissen, wer da in Frage kommen könnte.«

Kremer runzelte die Stirn: »Wie kommen Sie denn darauf? Was haben Ihre Reifen mit Fremdenfeindlichkeit zu tun?«

»Ich bin die Leiterin vom Alten Seglerheim, wo die geflüchteten unbegleiteten Minderjährigen untergebracht worden sind. Und mein Auto stand vor dem Heim, als die Reifen durchstochen wurden.«

»Ich verstehe. Sie vermuten, dass man Sie schädigen wollte, weil Sie sich um die Migranten kümmern.«

»Ja, natürlich.«

»Das ist aber lediglich eine Vermutung. Eine Annahme, für die Sie keinerlei Beweise haben, oder?«

»Was sollte es denn sonst noch für Gründe geben?«

»Das weiß ich nicht, Frau Brummig. Vielleicht fällt Ihnen noch etwas ein. Etwas Stichhaltigeres als diese angebliche Fremdenfeindlichkeit.«

»Wieso schließen Sie das von vornherein aus, obwohl doch alles dafür spricht? Sorgen Sie sich um Ihre Statistik? Denn solche Anschläge werden meines Wissens anders registriert und bearbeitet.«

»Mich interessiert die Statistik nicht. Ich mache meine Arbeit, und die mache ich gründlich und strikt nach Vorschrift. – Aber gut, ich habe Ihren Einspruch gehört, ich werde die Polizeidienststelle darüber unterrichten, dann wird unser Oberwachtmeister entscheiden. Sie bekommen schriftlich von ihm Bescheid. Und wenn Sie dann immer noch nicht zufrieden sind, können Sie sich an unsere Bundesinspektion wenden oder an die Staatsanwaltschaft. Beides aber bitte schriftlich. – Und nun seien Sie so freundlich und setzen Sie sich zu meiner Kollegin, sie wird Ihre Anzeige aufnehmen. Auf Wiedersehen.«

Bernhard Kremer stand auf und verließ das Zimmer. Marikke Brummig ging mit der jungen Polizeimeisteranwärterin zu deren Schreibtisch, ließ sich von ihr befragen und unterschrieb die Strafanzeige.

Sie verließ das Polizeirevier und ging zur Autowerkstatt, wo man an ihrem Wagen vier neue Reifen aufgezogen hatte, vier Reifen, die sie vorerst selbst zahlen musste, denn ihr Versicherungsvertreter hatte ihr zwar Hoffnung auf volle Kostenerstattung gemacht, aber ihr auch erklärt, die Prüfung der Rechnung würde einige Wochen dauern.

11

Am 27. August, einem Sonntag, fuhren Konstantin Kötteritz und seine Frau Anke zu dem gerade fertiggestellten Wohnhaus von Haubrich-Becker, das dieser selbst »Villa Muldefelsen« nannte, in der Stadt aber wurde sein Haus bereits vor der endgültigen Fertigstellung als »Villa Muldeprotz« verspottet.

Das große, einstöckige Haus im Stil eines Schweizer Chalets mit überhohen Mahagonifenstern und zwei prächtigen marmornen Eingangssäulen erhob sich majestätisch über der Mulde. Ein Garten rings um das Haus war bereits angelegt und nur wenige Sand- und Kiesstreifen zeugten noch von den gerade abgeschlossenen Bauarbeiten. Zwei Gärtner hatten dafür gesorgt, dass der Grassamen rechtzeitig in die Erde gekommen war, so dass der Rasen beim Einzug der Hausbesitzer frisches Grün zeigte.

Haubrich-Becker hatte einige mehrere Jahre alte Obst- und Laubbäume anpflanzen lassen, die bereits eine stattliche Höhe und dichtes Laubwerk aufwiesen, so dass das Grundstück einen tradierten Eindruck machte und lediglich die moderne Architektur der Villa auf die Neugestaltung hinwies. Da das Grundstück linkerhand am Muldefelsen und rechterhand direkt an der Grenze zum Naturschutzgebiet lag, hatten die Haubrich-Beckers keine Nachbarn und konnten gewiss sein, dass auch in Zukunft keinerlei Neubauten in der Nähe ihres Hauses errichtet werden würden.

Kötteritz hatte seinen Wagen auf der Parkfläche neben dem Grundstückstor abgestellt. Noch bevor sie klingeln konnten, erschien Haubrich-Becker in der Haustür und drückte auf einen Knopf. Ein Teil des Tors schwang auf, so dass Anke und Konstantin Kötteritz das Grundstück betreten konnten. Stefan Haubrich-Becker kam ihnen entgegen.

»Willkommen«, sagte er und reichte ihnen die Hand.

»Danke für die Einladung«, erwiderte der Bürgermeister, »Sie haben ein beeindruckendes Haus auf einem prachtvollen Gelände. Dazu kann ich nur gratulieren.«

»Ja, alles kein Scheiß«, meinte Haubrich-Becker lächelnd.

Er führte sie ins Haus. Im Wohnzimmer begrüßte seine Frau die Gäste und bat sie, an dem gedeckten Tisch Platz zu nehmen.

Der Raum war sehr hoch, allein die breiten Fenster hatten eine Höhe von drei Metern. Es gab keine Gardinen, sie waren bei diesem einsam gelegenen Haus nicht erforderlich, und vor der Sonne schützten weiße, vier Meter breite Gelenkarmmarkisen, die beide an diesem sonnigen Sonntagnachmittag ausgefahren waren. Lediglich schmale Stoffstreifen in gedeckten Farben umfassten die hohen Fenster im Innenraum.

Die beiden Gäste waren von dem Raum, der Ausstattung und den Möbelstücken beeindruckt, Anke Kötteritz seufzte angesichts der Schönheit des Raumes wiederholt und meinte, das Haus sei ein Schloss, ein sehr modernes, elegantes und zeitgemäßes Schloss. Die Gastgeberin nahm das Kompliment lächelnd zur Kenntnis und erkundigte sich, was sie zu trinken wünschten.

Als sie in die Küche ging und Konstantin Kötteritz sich an das barocke Intarsienschreibpult stellte, um die elfenbeinerne Einlegearbeit zu betrachten, ergriff Haubrich-Becker die rechte Hand der jungen Frau, führte sie in die Nähe seiner Lippen und deutete einen Handkuss an.

»Liebe, verehrte Anke Kötteritz«, sagte er, »nein, ein Schloss ist es nicht, aber es wäre ein geeigneter Wohnsitz für eine Prinzessin.«

Er lächelte dabei so zweideutig, dass Anke Kötteritz augenblicklich errötete, ihre Hand zurückzog und zu ihrem Mann sah.

Am Kaffeetisch sprachen sie über Probleme der Stadt, wobei sich das Gespräch vor allem um die von der Klinik Management Gesellschaft angekündigte Schließung des Krankenhauses und die Wandlung des Gebäudekomplexes in ein ökonomisch rentableres Seniorenheim drehte. Haubrich-Becker verlangte, die Kommune und der Bürgermeister müssten mit allen rechtlich möglichen Schritten gegen die Gesellschaft vorgehen, denn diese habe mit der Klinikübernahme eine gesellschaftliche Verantwortung angetreten, bei der Gewinnmaximierung oder auch nur Profit keine alles entscheidende Rolle spielen dürfe. Er nahm, zur Verwunderung von Konstantin Kötteritz, sogar einen Begriff wie Enteignung in den Mund, sprach von Expropriation und gesellschaftlich gerechtfertigten Konfiskationen und meinte, jede Gesellschaft und jede Kommune habe gewisse Herausforderungen zu bewältigen, bei denen es nichts zu gewinnen gebe, sondern die vielmehr Kosten verursachten.

Da er zu diesen gesellschaftlichen Verpflichtungen nicht nur Schulen, Universitäten und das Gesundheitssystem zählte, sondern auch das gesamte kulturelle Angebot, nutzte Kötteritz seine ausufernde Suada, um auf den ursprünglichen Anlass seines Besuches zu sprechen zu kommen. Er nickte zustimmend und sagte: »Ich bin ganz Ihrer Meinung. Es gibt Dinge, die wir uns leisten müssen. Das Krankenhaus benötigen wir, zweifellos. Aber auch unser wunderbar restauriertes Konzerthaus, die Musikschule. Und wir müssen sehen, wie wir mit allem zurechtkommen, Herr Haubrich-Becker. Auch finanziell.«

Der Gastgeber lachte auf: »Ich verstehe, Sie gehen umstandslos auf Ihr Thema über. Das Guldenberger Konzerthaus, ja, verehrter Herr Kötteritz, ich habe darüber nachgedacht, und ich werde Ihnen einen Vorschlag machen. Er wird vermutlich etwas anders ausfallen, als Sie es sich wünschen, aber ich denke, ich komme Ihnen entgegen. Doch zuvor möchte ich Ihnen etwas zeigen. Ich bin, wie Sie wissen, dabei, die neue Werkhalle aufzubauen. Ich schlage vor, nach dem Kaffee fahren wir gemeinsam ins Werk. Wenn Ihre charmante Frau mitkommen will, ist sie herzlich eingeladen.«

Anke Kötteritz errötete wiederum und sah ihren Mann fragend an, der ihr zuriet.

Eine halbe Stunde später fuhr Haubrich-Becker das Ehepaar zum Töffli-Werk am Stadtrand, öffnete mit einer Fernbedienung das Werktor und parkte den Wagen vor dem Haupteingang. Er ging den beiden voraus, schloss Türen und Schiebetüren auf und betätigte den Hauptschalter für die Beleuchtung der Halle. Der Raum erstrahlte plötzlich in einem fast gleißenden Licht. Stefan Haubrich-Becker ließ für Momente den Anblick der riesigen, ausgedehnten Halle auf die Besucher wirken, bevor er mit ihnen an den Maschinen entlangging und die verschiedenen Arbeitsstationen erklärte. Die Erweiterung der Halle im Vorjahr um fünfzehn Meter war dringend geboten gewesen, damit die Töffli-Teile sich durchgängig auf einem einzigen Band vorwärtsbewegten und sich die zuvor notwendige Umlagerung auf eine parallele Fertigungsstraße erübrigte.

Am Ende der Werkhalle, staubgeschützt durch transparente Plastikfolien, standen die sechs aktuellen Töffli-Modelle, Lastendreiräder, auch Rollermobil genannt. Die Fahrzeuge, erklärte Haubrich-Becker, würden als Ein- und Zweisitzer entworfen, mit einer abgeschlossenen Fahrerkabine über dem vorderen Einzelrad und verschiedenartigen Pritschen mit Stahlbordwänden über den beiden hinteren Rädern. Die Lastendreiräder hätten, je nach Modellart, eine Tragfähigkeit von 200 bis 600 Kilogramm. Die Höchstgeschwindigkeit seiner Töfflis läge zwischen 25 und 45 Stundenkilometern und alle hätten sie Einzylinder-Zweitaktmotoren. Die Dreiräder würden als Transportfahrzeuge für den Kurzstreckeneinsatz entworfen und gebaut, als Arbeitstransporter für Handwerker, Gastronomiebetriebe und für all jene Verkäufer, die an wechselnden Orten, bei Sportveranstaltungen oder Stadtteilfesten, ihre Ware anboten.

»Für die fliegenden Händler«, fügte er hinzu.

Stefan Haubrich-Becker hatte fünfundzwanzig Jahre zuvor bei einer Zwangsversteigerung das gesamte Betriebsvermögen inklusive der Produktionsanlagen, der Patente und seines allerersten Modells von einer in Liquidation gegangenen Firma erworben, die, nachdem sie eine Insolvenz erfolgreich überstanden hatte, schließlich ihre Fahrzeugproduktion ein paar Jahre später endgültig hatte einstellen müssen. Ähnliche Transportfahrzeuge kamen aus Niedriglohnländern und konnten durch ihre Preise die Modelle deutscher Anbieter verdrängen.

Haubrich-Becker war Monate vor der Zwangsversteigerung in jene Länder gefahren, er hatte sich in Italien, Polen, Bulgarien und China umgesehen, hatte in den Produktionsfirmen vorgesprochen, die den deutschen Maschinenbauingenieur für einen Kaufinteressenten hielten und ihm bereitwillig ihre Werkstätten öffneten. Zusammen mit zwei Angestellten seiner Fabrik, die Zylinderkopfdichtungen produzierte, einem studierten Elektroniker und einem gelernten Mechaniker, entwickelte er ein tragfähiges Konzept für die Übernahme und Fortführung der Produktion, bevor er bei der Zwangsversteigerung ein erstes Angebot abgab.

Der Wert der Firma bestand, neben Grundstück und Werkhalle, im Wesentlichen aus mehreren Patenten und einem Know-how-Transfer. Die gesamte Maschinenanlage war moralisch verschlissen und von dem Sachverständigen zuvor nicht unzutreffend weitgehend als Schrott deklariert worden.

Es gab lediglich zwei weitere Mitbewerber, doch ihre Gebote überstiegen nur geringfügig das Mindestgebot, so dass Haubrich-Becker weit unter seinem Limit bleiben konnte und tatsächlich den Zuschlag erhielt.

Er entschied sich für einen Standortwechsel, er beabsichtigte, Grundstück und Halle bei nächster Gelegenheit zu veräußern und die Produktion in seine Heimatstadt zu verlegen. Den Angestellten bot er an, nach Guldenberg zu ziehen und weiterhin in seiner Firma zu arbeiten. All jenen, die er für unabkömmlich hielt, sagte er darüber hinaus Unterstützung bei der Wohnungssuche zu sowie die Übernahme der Umzugskosten und eine zusätzliche großzügige Starthilfe. Damit erreichte er mühelos, was ihm vorgeschwebt hatte, nämlich sich von einigen langjährigen Mitarbeitern ohne Scherereien und ohne größere Abfindungen zu trennen, und jene, auf deren Wissen und Können er nicht verzichten wollte, zu einer Mitarbeit in seinem neuen Werk zu gewinnen.

Ein halbes Jahr später rollte bereits das erste Töffli-Modell aus der Guldenberger Werkshalle, ein Lastendreirad in der weitgehend ursprünglichen Gestalt. Doch schon wenige Jahre später bot er verschiedene Modelle an, die sich in der Leistung der von ihm neu eingeführten Morini-Motoren, der Geschwindigkeit und vor allem in den Aufbauten, den Transportboxen und den zulässigen Traglasten unterschieden.

Noch bevor der Anbau der Halle im Jahr zuvor fertiggestellt worden war, hatte das Töffli-Werk sechs verschiedene Rollermobile anbieten können. Die Hauptabnehmer waren Handwerker und fliegende Händler in den osteuropäischen Staaten, kleine Betriebe für Bau- und Landwirtschaftsarbeiten oder auch Schrotthändler. Lediglich zehn Prozent konnte Haubrich-Becker in Deutschland absetzen. Die Versuche, für seine Lastendreiräder den asiatischen Markt zu gewinnen, scheiterten. Seine Produkte waren, wie er in Indien feststellen musste, zwar technisch den einheimischen weit überlegen, aber die indischen Dreiräder kosteten, selbst wenn er die Transportkosten nicht einrechnete, halb so viel wie seine. So blieb der osteuropäische Kundenkreis nach wie vor sein Hauptabnehmer.

Der Bürgermeister und seine Frau waren von Größe und Ausstattung der Halle beeindruckt. Sie erkundigten sich nach dem Wert des gesamten Maschinenparks, und als Haubrich-Becker ihnen sagte, es seien etwas mehr als eineinhalb Millionen, wollten sie wissen, wie viele Jahre er die Geräte nutzen könne.

»Das ist schwer zu sagen«, erwiderte er, »aber mehr als zehn, zwanzig Jahre macht es keine der Maschinen hier, obgleich sie dann noch immer funktionstüchtig sind. Die Abnutzung der Apparaturen, die Materialermüdung oder die Oberflächenzerrüttung, das kann ich vernachlässigen, das ist nicht das Hauptproblem. Teuer ist der moralische Verschleiß. Das ist ein Wertverlust, den ich leider in Kauf nehmen muss, wenn ich mich weiterhin auf dem Markt behaupten will. Und einige der Anlagen müsste ich bereits nach fünf Jahren auswechseln, also zu einem Zeitpunkt, wo sie sich noch kaum amortisiert haben. Das dort ist ein Konvektionstrockner, er ist erst fünf Jahre alt, also fast wie neu, aber eigentlich müsste ich ihn verschrotten und gegen einen energiesparenden Trockner austauschen. Doch er hat sich noch nicht amortisiert, folglich muss ich ihn noch mindestens zwei, drei Jahre einsetzen. Ein neuer Trockner kostet Zehntausende, der alte verursacht durch den hohen Energieverbrauch monatlich etwa zweihundertfünfzig Euro zusätzlich. Da muss ich nun abwägen und rechnen, was ich mir erlauben kann, was ökonomisch und finanziell sinnvoll ist.«

»Um Himmels willen. Und dann kommen noch die Gehälter für Ihre Angestellten dazu.«

»Ja, und obendrauf noch einiges an Zusatzkosten. Der Staat weiß Steuern einzutreiben. Mit den Gehältern habe ich monatlich hundertfünfzigtausend zu erwirtschaften.«

Konstantin Kötteritz stieß einen anerkennenden Pfiff aus und machte große Augen.

»Ja, und da ich und meine Frau auch noch davon leben wollen, muss jeden Monat eine beträchtliche Summe zusammenkommen.«

»Aber das Werk läuft doch glänzend, oder? Sie bauen seit einem Jahr eine weitere Halle, da nagen Sie doch sicher nicht am Hungertuch.«

»Ach ja, die neue Halle!«

Haubrich-Becker ging zu einem breiten Schiebetor, schloss es auf und schob eine Türhälfte zur Seite.

»Hier ist sie, die neue Halle. Und darauf bin ich stolz, denn was wir hier produzieren, das wird ein Ereignis. Ich hoffe, sie ist in vier Monaten komplett fertig, denn ich will Anfang des nächsten Jahres hier eine zweite Produktionsstätte eröffnen.«

»Um die doppelte Anzahl Töfflis herzustellen?«

»Nein, dazu hätte ich einfach in dieser Halle in zwei Schichten arbeiten müssen. Nein, nein, in meiner neuen Halle werden völlig neuartige Dreiräder montiert. Elektroautos, meine E-Töffli. Wir werden einen Kleinwagen mit Lithiumbatterien anbieten. Ein dreirädriges Leichtkraftfahrzeug mit einem 4-kW-Elektromotor, mit einer Reichweite von hundert Kilometern, garantierten achtzig pro Akkuladung. Ich hoffe, nein, ich bin sicher, das wird ein Verkaufserfolg. Es ist im Grunde ein Lieferwagen für den ein PKW-Führerschein ausreicht, er wird die jeweils gewünschte Ladefläche haben, denn auch von meinen E-Töfflis wird es sechs Modelle geben. Ich hatte die Post angesprochen, für Brief- und Paketzustellung wäre mein E-Lastendreirad ideal, die Reichweite würde stimmen, das ständige Anhalten bei einem Benziner oder Diesel kostet unnötig Kraftstoff, ein Elektromotor dagegen schaltet sich einfach aus und startet dann wieder ebenso leicht.«

»Ein schönes Vorhaben, sehr naheliegend.«

»Ja, die Herren von der Post waren durchaus aufgeschlossen, schließlich wollten sie ihre Fahrzeuge aber selber bauen. Ich hatte ihnen einen viel günstigeren Preis kalkuliert, aber sie wollen ihre ganze Flotte bundesweit umstellen, und dafür habe ich nicht die Kapazitäten. Ich bräuchte dreizehn Jahre, um der Post die gewünschte Anzahl Dreiräder zu liefern. Schade, sehr schade, denn mein E-Töffli wäre für die Brief- und Paketzustellung ideal.«

»Wer wird Ihre Elektroautos nun kaufen?«

»Ich denke, zu einem kleinen, sehr geringen Prozentsatz werden es deutsche Interessenten sein und ansonsten Osteuropäer, einer meiner derzeitigen Hauptauftraggeber sitzt in Rumänien, im Grunde produziere ich im Moment fast ausschließlich für ihn. In zwei Ländern gibt es andere Kraftfahrzeugsteuern als bei uns. Dort wird unterschieden zwischen zweirädrigen, dreirädrigen und vierrädrigen Fahrzeugen. Bei meinen Lastendreirädern zahlen sie nur die Hälfte eines vierrädrigen. Für mich ist dieses Gesetz geradezu in Gold aufzuwiegen. Ich wünschte, der deutsche Gesetzgeber wäre so vernünftig.«

Haubrich-Becker lachte lauthals auf, schob das Tor zurück und schloss es ab.

»So, und nun schauen Sie sich noch unseren Empfangsraum an, den habe ich vor drei Jahren anbauen lassen. Sie, lieber Herr Bürgermeister, kennen ihn ja schon von Ihrem Besuch im vergangenen Jahr, da haben wir hier ja schon ein gutes Tröpfchen zusammen getrunken.«

Er schloss eine Holztür auf, die in den Seitentrakt führte, einen weitläufigen Raum, in dessen Mitte ein langgestreckter Holztisch stand, umgeben von zwei Dutzend Armlehnstühlen mit Sitzschalen. Zur Hofseite waren vier Fenster eingelassen. Gegenüber, an der Wand zum Produktionsraum, gab es einen sechs Meter langen Küchentrakt mit drei Spülbecken, die sich mit ebenso vielen Kochplatten abwechselten. Rechts und links, an beiden Enden der Küchenzeile, waren zwei Kaffeeautomaten zu sehen und zwei große, hohe Kühlschränke.

»Unser Besprechungs- und Versammlungszimmer, verehrte Frau Kötteritz. Und es wird täglich als Frühstücksraum genutzt.«

Haubrich-Becker sagte es mit deutlich erkennbarem Stolz und das Ehepaar lobte die Ausstattung des Raums und besonders die auffallend schönen Stühle.

»Darf ich Sie jetzt zu einem Glas Wein einladen?«, fragte er seine Gäste.

Einem Wandschrank entnahm er drei Gläser und aus einem mit einem Schloss gesicherten Kühlschrank eine Flasche Weißwein, stellte sie auf den Tisch und wies mit einer einladenden Handbewegung auf die Stühle. Er setzte sich als Erster, zog den Glasstopfen aus der Flasche und schenkte ein.

»Für meinen Besuch nur das Beste, die älteren Jahrgänge halte ich gerne unter Verschluss. So demokratisch sind wir hier dann auch wieder nicht.«

Er lachte kurz auf.

»Und nun zu Ihrem Konzerthaus, lieber Herr Kötteritz«, fuhr er leutselig und mit einem herablassenden Lächeln fort, »ich bringe mich gerne ein. Auf eine vielleicht andere Art und Weise, als Sie es sich vorstellen, aber ich werde mich ab Januar beteiligen. Ich werde jedes Jahr sechs Konzerte sponsern, alle zwei Monate eins. Im Rahmen einer Konzertreihe, die Töffli-Konzerte heißen wird, ein wenig Werbung für meine Fahrzeuge muss sein. Sie sollten stets an einem feststehenden Datum stattfinden, sagen wir: alle zwei Monate an jedem ersten Sonntag. Ich werde Ihnen Vorschläge für das Programm machen und selbst mit den Künstlern Kontakt aufnehmen. Beginnen will ich die Töffli-Konzerte mit einem Paukenschlag: mit einem Bach-Abend und dem Brandenburgischen Symphonieorchester. Es ist ein vortreffliches Ensemble, mit dem Dirigenten bin ich befreundet, ich werde ihn gewinnen können. Nun, Herr Kötteritz, können Sie damit leben?«

Kötteritz hob das Glas, prostete ihm zu und erwiderte: »Wunderbar. Sehr schön. Ich bin mit allem einverstanden, Herr Haubrich-Becker. Einprägsamer wäre freilich, wenn diese Konzerte nicht nur alle zwei Monate, sondern an jedem ersten Sonntag im Monat stattfänden.«

Der Unternehmer nickte und meinte, er hätte auch daran gedacht, aber das sei ihm leider nicht möglich.

»Meine Firma hat ein riesiges Problem, und ich hoffe, Sie können mit Ihrem Einfluss helfen.«

»Wenn ich es kann, herzlich gern. Worum geht es?«

»Das Durchschnittsalter meiner Belegschaft liegt bei vierundfünfzig. Das ist eine Zahl, die mich ängstigt. Vierzig wäre gut, zweiundvierzig wäre auch noch im Rahmen. Aber vierundfünfzig ist viel zu hoch. In zehn Jahren liegt es dann locker bei Ende fünfzig. Mir fehlt der Nachwuchs, junge Leute. Ich habe keine Lehrlinge.«

»Ich weiß. Alle Firmen in Guldenberg klagen. Überall fehlen Lehrlinge.«

»Ich mache zu Beginn des nächsten Jahres die zweite Halle auf. Derzeit habe ich einen Chinesen und einen Polen, der Chinese ist Spezialist für Akkumulatoren, der Pole ist studierter Physiker, aber mir fehlen bislang noch zwölf Leute, die mein Elektro-Dreirad zusammenschweißen können. Wo findet man in Guldenberg Arbeitskräfte? Leute, die ehrlich arbeiten wollen, gutes Geld verdienen und nicht dem Staat auf der Tasche liegen wollen? Haben Sie eine Idee?«

Kötteritz zuckte bedauernd mit den Schultern und sagte: »Wie gesagt: Das Problem haben alle Gewerke in der Stadt.«

»Ich war Anfang des Jahres in unserer Pestalozzischule«, fuhr Haubrich-Becker fort, »dort habe ich meinen Betrieb vorgestellt, habe für das Töffli-Werk geworben. Neun der Schüler in den oberen Klassen haben meine Einladung angenommen und kamen tatsächlich einige Tage später zu einer Werksbesichtigung. Drei von ihnen unterzeichneten einen Lehrvertrag, zwei Jungen und ein Mädchen. Im September fingen sie an, doch schon nach vier Tagen haben die beiden jungen Männer den Vertrag wieder gekündigt. Sie hatten keine Lust, so früh aufzustehen. Ihre Kumpels arbeiten auch nicht, sie kassieren lieber dieses Hartz IV, dreihundert oder vierhundert Euro Staatsknete, wie sie es nennen, das reicht ihnen wohl. Nun hängen diese jungen Männer die ganze Nacht irgendwo herum, liegen bis zum Mittag im Bett, und ich kann sehen, wo ich bleibe. Allein das Mädchen ist als Auszubildende geblieben. Das ist zu wenig. Ich habe ohnehin nur elf Angestellte aus Guldenberg, die anderen kommen aus der Umgebung. Nein, diese Sozialhilfe, die das Faulenzen auch noch belohnt, gehört abgeschafft.«

»Ich verstehe Sie. Ich verstehe Sie sehr gut, aber ich bin nur der Bürgermeister einer kleinen Stadt, ich kann keine Gesetze machen.«

»Aber Sie können Druck ausüben. Sie haben doch diesen Bürgermeistertag, wo Sie sich mit anderen Bürgermeistern treffen. Gemeinsam könnten Sie auf den Bund einwirken. Denn diese Faulenzer, die sich vom Staat durchfüttern lassen, sind ja nicht allein mein Problem. Wenn diese Tagediebe vier, fünf Jahre so gelebt haben wie derzeit, werden sie zu einer vernünftigen Arbeit nicht mehr zu gebrauchen sein. Sie sind dann überhaupt nicht mehr in den Arbeitsmarkt einzugliedern. Sie fangen an zu dealen, werden asozial, kriminell. Und dann muss die Stadt und das ganze Land zusehen, wie sie das Problem in den Griff kriegen. Machen Sie das Ihren Bürgermeistern klar!«

Haubrich-Becker hatte sich erregt und war zunehmend lauter geworden. Als er die irritierten Mienen seiner Gäste bemerkte, bremste er sich und lächelte sie an.

»Hatten Sie mal an die Bewohner im Alten Seglerheim gedacht?«, fragte Kötteritz. »Zwölf junge Männer, die einiges hinter sich haben und dringend Arbeit brauchen, damit sie hier Fuß fassen können. Die werfen sicher nicht so schnell das Handtuch.«

»Ich soll Flüchtlinge einstellen?«

»Warum nicht? Es sind unbegleitete Minderjährige, so lautet die amtliche Formulierung. Sie sind zwischen fünfzehn und siebzehn Jahre alt. Daheim gingen sie zur Schule, Deutsch haben sie erst hier gelernt, und nun müssen wir sie irgendwie beschäftigen. Wenn Sie sie ausbilden, könnten wir zwei Fliegen mit einer Klappe schlagen.«

»Wie gut sprechen sie Deutsch?«

»Einige noch sehr gebrochen, andere, die schon länger hier sind, inzwischen leidlich gut.«

»Ich denke darüber nach. Ich sehe sie mir mal an«, meinte Haubrich-Becker.

»Sprechen Sie mit Marikke Brummig. Sie leitet die Unterkunft im Seglerheim. Rufen Sie sie an und laden Sie alle zwölf ins Werk ein.«

»Ja, vielleicht ist das eine Möglichkeit. Aber wie lange bleiben die Flüchtlinge in Guldenberg? Ich kann sie ja nicht anlernen, wenn sie im nächsten Jahr wieder verschwinden.«

»Das weiß ich nicht. Das weiß wohl noch keiner ganz genau.«

»Na ja«, sagte Haubrich-Becker abschließend, »versuchen Sie Ihr Bestes bei den Bürgermeistern, die sollen dem Gesetzgeber Druck machen. Wenn ich irgendwann keine Nachwuchsprobleme mehr habe, können wir die Töffli-Konzerte durchaus einmal im Monat ausrichten.«

Er trank sein Glas aus und erhob sich.

»Geben Sie mir Ihre Gläser. Ich stelle sie rasch in die Maschine.«

Anke Kötteritz wollte ihr Glas selbst in die Spülmaschine räumen, aber er wehrte ab: »Nein, nein, lassen Sie nur. Meine Gäste machen hier keinen Finger krumm.«

12

»Im Namen des Vaters, des Sohnes und des Heiligen Geistes. Amen. – Gott, der unser Herz erleuchtet, schenke dir wahre Erkenntnis deiner Sünden und seiner Barmherzigkeit. – Was haben Sie mir zu sagen?«

»Pater, ich habe gesündigt.«

»Bitte, sprechen Sie. Gerade, wenn Sorgen uns quälen, ist Gott an unserer Seite.«

Er hatte sie gleich an der Stimme erkannt. Es war Bärbel Nimrod, ein Mädchen von vierzehn oder fünfzehn Jahren, die sehr selten in den Religionsunterricht gekommen war.

»Ich bin schwanger.«

Er atmete tief durch und musste an Fräulein Goldt denken, seine Haushälterin. Sie hatte es bei dem Mädchen prophezeit.

»Haben Sie einen festen Freund? Wollen Sie heiraten?«

»Ich werde in einem Monat erst fünfzehn, Pater.«

»Und Ihr Freund? Wie alt ist er?«

Sie beantwortete seine Frage nicht und blieb auch stumm, als er sie wiederholte.

»Wann kommt denn das Kind?«

»Im März, glaube ich. Oder schon im Februar. Ich weiß es nicht genau.«

»Können Ihre Eltern Ihnen helfen? Wissen sie davon?«

»Ich kriege einen Riesenärger, wenn sie es erfahren. Mein Vater rastet bestimmt aus.«

»Sie wissen es also noch nicht?«

»Nein. Keiner, Pater. Nur Sie.«

»Aber dem Vater des Kindes haben Sie es doch gesagt?«

Das Mädchen schwieg, offenbar wollte sie nichts, aber auch gar nichts über den Mann sagen, der sie geschwängert hatte.

»Und was haben Sie vor?«

Da sie weiter schwieg, fuhr er fort: »Sie sind zu mir in die Beichte gekommen. Was erhoffen Sie sich? Dass ich Ihnen helfe?«

»Ja. Ich weiß einfach nicht, was ich tun soll.«

»Was erwarten Sie von mir?«

»Ich möchte hier weg. So schnell wie möglich. Weit weg, ganz weit weg. Ich will nicht, dass irgendjemand sieht, dass ich …«

»Und wohin? Was stellen Sie sich vor?«

»Ich dachte, ein Kloster wäre der richtige Ort.«

»Ein Kloster? Nein, das ist wohl unmöglich. In einem Kloster hat eine unverheiratete, schwangere Frau nichts zu suchen. Und Sie sind ja erst vierzehn.«

»Oder ich gehe in ein Frauenhaus. Hat die Kirche nicht solche Frauenhäuser?«

»Das weiß ich gar nicht. Ich werde mich erkundigen. Kommen Sie in einer Woche zu mir, dann weiß ich es und kann Ihnen sagen, ob ich Ihnen helfen kann und ob es ein Frauenhaus gibt, das Sie aufnimmt. Für gewöhnlich sind das ja Unterkünfte für Frauen, die vor ihrem Mann oder Freund geschützt werden müssen, und nicht für minderjährige Schwangere.«

»Er verlangt, dass ich es abtreibe.«

»Wer? Der Kindsvater? Das wäre eine Sünde, junge Frau, eine schwere Sünde.«

»Ich weiß. Ich will das ja nicht. Aber ein Kind, das geht auch nicht. Das kann ich mir einfach nicht vorstellen. Aber vielleicht könnte ich das Kind anderen Leuten geben? Einer Pflegefamilie? Oder sie adoptieren es. Das ginge doch, oder? Das ist keine Sünde.«

»Nein, das ist legal und statthaft. Ich werde sehen, was ich für Sie tun kann. Kommen Sie nächste Woche noch einmal, am besten gleich ins Pfarrbüro. Das ist nichts, was wir in einem Beichtstuhl besprechen können.«

»Danke, Pater. Das mache ich. Danke. Tausend Dank. Ich ärgere mich so, dass ich nicht besser aufgepasst habe. Ich bin so blöd. Wieso muss ausgerechnet mir das passieren?«

»Gott gibt uns Prüfungen auf, und allzu oft sind sie

schwer zu bestehen und wir hadern mit uns und mit ihm. Doch er ist immer auf unserer Seite und liebt uns so, wie wir vor ihn treten. Verzweifeln Sie also nicht. Und vor allem versündigen Sie sich nicht an dem Kind, wir finden einen Ausweg aus Ihrer schwierigen Lage. Gehen Sie in sich und finden Sie Kraft im Gebet. – Wir sehen uns kommende Woche. Alles Gute bis dahin, Gott mit Ihnen.«

»Danke Ihnen, Pater.«

»Danken Sie mir nicht, ich habe noch nichts für Sie getan. Leben Sie wohl, Bärbel.«

Das Mädchen verließ den Beichtstuhl. Pfarrer Fuschel wartete noch einen Moment, und erst als er ihre Schritte nicht mehr vernahm, schob er den kleinen Vorhang beiseite und trat aus dem Stuhl heraus.

Seine Haushälterin, Fräulein Malka Goldt, hatte schon vor einem Jahr zu ihm gesagt, dass die Kleine von den Nimrods sicher bald schwanger sein werde.

»Wieso denn?«, hatte er sie damals gefragt.

»Weil sie durch die Stadt so läuft, wie sie läuft.«

»Was soll das heißen, Fräulein Goldt?«

»Ich bin zwar bescheuert, aber nicht blöd, Hochwürden. Was ich gesehen habe, habe ich gesehen. Und diese Schickse schaukelt mit ihren dreizehn, vierzehn Jahren ihren dicken Hintern mit einer Chuzpe über die Straße und ihre dicken Bristn ebenso heftig. Und genau davon wird man schwanger.«

»Achten Sie auf Ihre Worte, Fräulein Goldt. Bärbel Nimrod hat zwar häufig den Religionsunterricht geschwänzt, aber am vorletzten Weißen Sonntag kam sie zur Erstkommunion. Die kleine Nimrod ist ein Gemeindemitglied, Fräulein Goldt, das sollten Sie akzeptieren.«

»Mag sein, möchte sein, warum nicht. Aber noch habe ich Augen im Kopf, Hochwürden, und einen Verstand.«

Wie es schien, musste er sich eingestehen, hatte seine Haushälterin einen hellsichtigeren Blick als er oder sie wusste einfach besser Bescheid über Mädchen und Frauen als ein unverheirateter Mann. Er wollte der kleinen Nimrod helfen, da sie aber erst vierzehn war, konnte er das nicht hinter dem Rücken der Eltern tun. Er hoffte, sie würden nicht allzu hart mit ihr ins Gericht gehen.

Eine Woche später erschien Bärbel Nimrod im Pfarrhaus. Malka Goldt öffnete ihr die Tür und fragte mürrisch, was sie wünsche. Nachdem das Mädchen ihr gesagt hatte, dass der Pater sie erwarte, führte sie die Kleine ins Pfarrbüro und ging zum Amtszimmer des Pfarrers, um ihm zu sagen, dass eine Besucherin auf ihn warte.

Alexander Fuschel begrüßte Bärbel freundlich und bat sie, Platz zu nehmen. Er erkundigte sich nach ihrem Zustand und fragte nach den Eltern und dem Kindsvater, doch Bärbel Nimrod wollte nicht darüber sprechen.

»Ich muss hier weg. Bitte. So schnell es geht«, erwiderte sie lediglich mit flehendem Blick.

Der Pfarrer sagte ihr, er habe sich bei einer Beratungsstelle für minderjährige Mütter erkundigt. Man habe ihm gesagt, es sei unabdingbar, dass Bärbel sich selbst dort melde und das Gespräch suche, und auch dann könne man ihr mit einem Platz im betreuten Wohnen nur mit Einwilligung ihrer Eltern helfen, zudem seien solche Plätze rar, die Einrichtungen nähmen nur diejenigen jungen Mütter auf, deren Wohlbefinden und das des Kindes in ihrem Elternhaus akut gefährdet seien. Bärbel werde also glaubhaft darlegen müssen, dass sie eine Bestrafung ihrer Eltern befürchte, Schläge oder Ähnliches. Sie solle sich gut überlegen, ob sie und ihre Eltern nicht doch eine Einigung fänden und sie daheim wohnen bleiben könne.

Bärbel wirkte geknickt, hatte sie sich doch erhofft, dass man sie schnellstmöglich anderswo unterbringen würde, fort aus der stickigen kleinen Wohnung und den ständigen Streitereien mit den Eltern. Sie versprach dem Pfarrer, darüber nachzudenken, und bat ihn nochmals dringlich, niemandem etwas von ihrem Unglück zu erzählen.

»Von Ihrem Unglück?«, fragte der Pfarrer und lächelte sie aufmunternd an. »Vielleicht ist es Ihr Glück. Vielleicht wollen Sie das Kind doch nicht weggeben, wenn Sie es erst einmal im Arm halten.«

»Das kann ich mir echt nicht vorstellen.«

Pfarrer Fuschel begleitete sie bis zur Haustür.

Als er zurück in sein Arbeitszimmer ging, erschien Fräulein Goldt aus der Küche, ein Handtuch in den Händen haltend.

»Was wollte denn die kleine Nimrod von Ihnen?«

»Ich glaube nicht, dass Sie das etwas angeht. Ich jedenfalls plaudere nicht aus, was mir meine Gemeindemitglieder anvertrauen.«

»Die Kleine ist schwanger, nicht wahr?«

Der Pfarrer zuckte innerlich zusammen. Bärbel Nimrod konnte höchstens im zweiten oder dritten Monat sein, aber natürlich hatte Malka Goldt, die lange Jahre, bevor sie bei ihm als Haushälterin angefangen hatte, Hebamme gewesen war, dafür einen Blick.

»Ach, Fräulein Goldt«, erwiderte er lächelnd, »was Sie so alles vermuten. Wo stecken Sie Ihre Nase eigentlich nicht hinein?«

»Dacht ich's mir doch, Hochwürden«, sagte die alte Frau, »es ist nun mal so, manche Frau ist einfach blöd, eine andere nur meschugge.«

Sie wischte sich die Finger am Handtuch trocken, grinste den Pfarrer triumphierend an und verschwand wieder in der Küche.

13

»Was wird das eigentlich, Adil? Ich meine, außer dass du unsere ganze Küche eindreckst.«

»Maqclube.«

»Maqclube? Und was ist das?«

»Ein Festessen, Marikke. Heute ist Id al-Adha, das Opferfest. Da essen wir immer Maqclube. Beim Opferfest und am Ende des Ramadan, beim Fastenbrechen.«

»Ein Festessen, klingt gut! Ich hoffe, es wird auch für mich ein Festessen, nachdem ich dir geholfen habe, die ganzen Einkäufe zu schleppen.«

»Es wird nicht richtig, weil bei euch gibt es kein Lamm. Schade, dass ihr Deutschen kein Lamm esst. Die drei Hähnchen nicht so gut wie Lamm. Meine Großmutter fände schlimm. Maqclube braucht Lamm.«

»Und Auberginen, Minze und Pinienkerne, das gehört da alles rein?«

»Ja. Unbedingt.«

»Und die Datteln auch? Die sind doch süß!«

»Das muss sein. Das Fleischgericht zum Opferfest ist süß, das ist die Ordnung. Und viel Basmati-Reis, sehr wichtig, Marikke. Basmati braucht man, um Schicht von Schicht zu trennen.«

»Und du kannst das kochen?«

»Natürlich.«

»Wo hast du das gelernt?«

»Von Mama und von Großmama. Aber vor allem von Großmama. Sie war in der Familie die beste Köchin. Sie ist eine Königin in der Küche, verstehst du?«

»Eine Königin, aha. Und du, Adil, du bist ein Küchenkönig?«

Marikke lachte.

»Ich bin in der Mühe, Marikke.«

»Ich bemühe mich, heißt das.«

»Ja, weiß ich doch. Habe ich gelernt. – In der Küche bin ich gut. Großmama hat mich gelobt. Das macht sie nie. Meinen Vater hat sie nie gelobt.«

»Und wie lange muss das kochen? Wann können wir essen?«

»Das ist ein Festessen und kein Fast Food. Ich brauche noch zwei Stunden. Und nun geh bitte aus der Küche raus, Marikke, beim Kochen muss ich allein sein. Beim Kochen brauche ich Ruhe und Fantasie und Nachdenken.«

Nachdem Marikke Brummig die Küche verlassen hatte, löste Adil die Knochen von den gekochten Hähnchen und schnitt sie in mundgerechte Bissen, frittierte die zugeschnittenen Auberginen, würzte sie und halbierte die Datteln. In einen großen Topf auf dem Herd kam nun eine Schicht ungekochter Reis, dann wurden nacheinander Auberginen, Datteln und Rosinen daraufgelegt und schließlich eine Schicht des zerlegten Hähnchenfleisches. In der gleichen Reihenfolge legte er immer wieder Schichten übereinander, bis der Topf gefüllt war. Er goss das Ganze mit reichlich Hähnchenbrühe auf und stellte den Herd an. Dann wusch und hackte er die Minze, mischte sie mit dem Joghurt und füllte den Dip in Schüsseln. Während der Hähnchenreistopf bei milder Hitze vor sich hin garte, buk er in zwei Pfannen den vorbereiteten Hefeteig und stellte Wasser auf für zwei Kannen mit grünem Tee. Als der Reis die Brühe komplett aufgesogen hatte, stürzte Adil das gekochte Maqclube mit geübtem Schwung aus dem Topf auf eine riesige Tortenplatte, die Josephine Sieghardt sich im Marktcafé für ihn ausgeliehen hatte. Er streute gehackte Mandeln und reichlich Pinienkerne darüber. Den durchgezogenen Minzejoghurt hatte er in vier Schüsseln gefüllt, und den großen Stapel von dünnem Fladenbrot mit Kreuzkümmel auf zwei Teller verteilt und auf den Tisch gestellt. Und erst als alles eingedeckt und serviert war, durften die Gäste des Opferfestessens den Speiseraum betreten.

Zu dem großen Abendessen waren alle eingeladen, zu den anderen elf Jugendlichen auch Marikke, ihre

beiden Helferinnen Kerstin und Fritzi, Josephine Sieghardt, die Köchin des Heims, die sonst immer für alle
das Essen zubereitete und sich freute, dass sie auch einmal bekocht wurde, sowie Ezra, die an dem Tag ohnehin für den Deutschunterricht ins Seglerheim gekommen war.

Marikke Brummig sah erfreut zu, mit welchem Ap-
petit ihre Schützlinge sich über das Festmahl hermach-
ten, das sie zuletzt in ihrer Heimat gegessen hatten. Adil
wurde immer wieder gelobt, und auch die Betreuerinnen langten zu, nur Josephine Sieghardt nahm sehr wenig von dem süßen Fleischeintopf, ihr schmeckte das
Fladenbrot mit dem Minzejoghurt besser.

Kurz vor acht Uhr stoppte ein kleiner Bus mit der
Aufschrift »Müllers Busfahrten« vor dem Alten Seglerheim. Polizeiobermeister Bernhard Kremer und Polizeimeister Frank Aubrich stiegen aus dem Fahrzeug, sie
klingelten an der Tür und verlangten Marikke Brummig zu sprechen. Sie gingen mit ihr in ihr Büro und
baten sie mit ernster Miene, sich zu setzen.

»Was ist denn los?«, fragte sie. »Ist was passiert?«

Beide nickten.

»Frau Brummig«, begann endlich Bernhard Kremer
zu sprechen, »wir sind hergekommen, weil wir die Bewohner des Seglerheims zu einer Gegenüberstellung ab-
holen müssen. Alle, die hier untergebracht sind. – Sind
alle im Haus?«

»Eine Gegenüberstellung? Warum denn das? Was sollen meine Schützlinge denn angestellt haben?«

»Frau Brummig, ich frage Sie nochmals, sind alle unbegleiteten Minderjährigen der Einrichtung im Haus?«

»Ja, wir haben heute ein großes Essen. Sie feiern das Opferfest. Das ist einer ihrer wichtigsten Feiertage.«

»Geben Sie uns bitte die Personalpapiere von allen, ihre Ausweise und die Aufenthaltsgenehmigungen.«

»Darf ich erfahren, was Sie mit den Jugendlichen vorhaben?«

»Wir fahren mit ihnen aufs Revier nach Wildenberg zu einer Gegenüberstellung und bringen sie danach wieder her. Ich denke, zwischen zweiundzwanzig und dreiundzwanzig Uhr sind sie zurück. Jedenfalls alle, die sich nichts zuschulden kommen ließen.«

»Und was wirft man ihnen vor?«

»Es geht um sexuelle Belästigung. Oder vielmehr handelt es sich um eine Vergewaltigung.«

»Und einer meiner Jungen soll das gewesen sein?«

»Es besteht jedenfalls dringender Tatverdacht. Die Gegenüberstellung wird das klären.«

»Können Sie uns noch eine halbe Stunde Zeit lassen? Es ist ihr großes Opferfestessen, darauf haben sie sich seit Tagen gefreut und alles vorbereitet.«

»Nein, tut mir leid.«

»Es läuft Ihnen ja keiner weg. Eine halbe Stunde, ich bitte Sie.«

»Geben Sie uns bitte die Papiere aller Migranten und dann brechen wir auf. Wir haben noch anderes zu tun, wir können keine Rücksicht auf Beschuldigte nehmen.«

»Ich fahre mit.«

»Bedaure, das geht nicht.«

»Doch, ich fahre auf jeden Fall mit, das können Sie mir nicht verwehren. Ich bin für die Jugendlichen zuständig, sie sind ja noch minderjährig. Wenn Sie mir das verwehren, erlaube ich Ihnen nicht, sie zu sehen, mit ihnen zu sprechen oder sie gar mitzunehmen.«

»Wir haben das Recht, die Beschuldigten mitzunehmen. Wenn Sie oder die Migranten sich weigern, fordere ich Verstärkung an und wir bringen sie in Handfesseln zu der Gegenüberstellung. Wenn Ihnen das lieber ist, bitte, das können Sie haben.«

»Ich fahre auf jeden Fall mit. Ich trage die Verantwortung für diese Jugendlichen und ich will mich keinesfalls einer Verletzung meiner Pflichten schuldig machen.«

Marikke Brummig setzte sich an ihren Schreibtisch und holte aus dem seitlichen Nebenfach einen Ordner heraus, dem sie ein Bündel Papiere entnahm, die sie den Polizisten reichte. Dann ging sie mit ihnen in den Speiseraum, wo beim Erscheinen der uniformierten Beamten alle Gespräche sofort abbrachen.

Vom Maqclube waren auf der großen Tortenplatte

nur noch wenige Reste zu sehen, auch die Joghurt-Schüsseln waren geleert, nur einige Fladenbrote lagen noch auf einem der Teller. Frau Brummig erklärte den Jugendlichen den Anlass für den Besuch der Polizei und dass sie umgehend mit den Beamten nach Wildenberg fahren müssten. Sie werde mitkommen und nach der Gegenüberstellung wieder mit ihnen ins Seglerheim zurückfahren.

»Es tut mir leid, Jungs«, sagte sie und hob bedauernd beide Arme, »für unser schönes Festessen zum Opferfest hätte ich mir ein freudvolleres Ende gewünscht. Ich hatte gehofft, dass zum Abschluss jeder von uns ein Lied aus seiner Heimat singt. – Kommt, zieht euch an. Wir müssen los.« An ihre Mitarbeiterinnen gewandt bat sie: »Würdet ihr hier noch zusammenräumen und die Reste in den Kühlschrank stellen? Dann könnt ihr nach Hause gehen, ich bleibe und übernehme für heute Nacht die Aufsicht. Den Abwasch machen wir morgen.«

Bernhard Kremer und Frank Aubrich nahmen es unwillig hin, dass die Leiterin des Seglerheims gemeinsam mit den Jugendlichen in den kleinen Bus stieg. Aubrich kletterte als Letzter hinein und setzte sich an die Tür, Kremer stieg vorn ein und nahm neben dem Busfahrer Platz.

Auf dem Polizeirevier in Wildenberg erwartete sie eine Beamtin. In dem Raum, in dem die Gegenüberstellung stattfinden sollte, saß auf einem Stuhl am Fenster ein Mädchen im Teenageralter, sie wirkte verheult und verängstigt. Das Mädchen trug eine Sonnenbrille, sehr dunkle Gläser in einem riesigen Brillengestell aus billigem Plastik, das ihr halbes Gesicht verdeckte und ihr offenbar von der Polizei gegeben worden war, um ihre Identität zu schützen.

Kremer forderte die jungen Männer auf, sich auf der dem Fenster gegenüberliegenden Wand nebeneinander aufzustellen. Danach wies er Marikke Brummig an, sich zurückzuhalten.

»Kein Wort. Anderenfalls lasse ich Sie umgehend aus dem Revier schaffen.«

Er ging zu den jungen Männern, baute sich vor ihnen auf und musterte sie eingehend, dann stolzierte er vor ihnen auf und ab.

»Hört mir zu. Hört mir genau zu. Wir, die deutsche Polizei, sind zur Aufklärung und Verfolgung von Straftaten verpflichtet. Wir haben alle Gefahren für die öffentliche Sicherheit und Ordnung unseres Landes und seiner Bürger abzuwehren. Heute haben wir eine besonders widerliche Straftat aufzuklären, ein Sexualverbrechen, eine Vergewaltigung. Wir werden euch dem Opfer gegenüberstellen, damit das Opfer den Schuldigen erkennen und benennen kann. Der Täter sprach nur gebrochen Deutsch, sagte uns die Geschädigte, er war ein Ausländer, ein Migrant vermutlich. Da das Verbrechen in Guldenberg geschah und es von denen hier nicht allzu viele gibt, steht jeder Einzelne von euch unter dringendem Tatverdacht. Die Geschädigte wird euch der Reihe nach genau unter die Lupe nehmen. Stellt euch manierlich auf, zieht keine Grimassen, verhaltet euch natürlich.«

Er forderte das Mädchen auf, mit ihm an den jungen Männern vorbeizugehen und jeden einzelnen eingehend zu mustern. Sie lief mit eingezogenen Schultern an den Männern vorbei und streifte jeden mit einem verschämten Seitenblick. Drei oder vier von ihnen blickten schüchtern zu Boden, andere hatten offenbar Mühe, ein verlegenes Grinsen zu unterdrücken.

Am Ende der Reihe angelangt, schüttelte das Mädchen schließlich den Kopf, und Kremer ging mit ihr an seinen Schreibtisch.

»Nein, ich habe keinen erkannt. Es war aber auch schon dunkel.«

»Sie haben nichts bemerkt? Keine Auffälligkeit? Keine Narbe? Eine besondere Frisur oder einen Bart?«

Das Mädchen schüttelte den Kopf.

Bernhard Kremer stellte sich vor die junge Frau und redete auf sie ein, doch diese schüttelte immer wieder den Kopf. Der Beamte gab es auf, drehte sich um und ging zu den jungen Männern.

»So, meine Herren, ich schließe die Gegenüberstellung ab. Sie hat nichts gebracht oder vielmehr, wenig. Aber wir finden den Täter, das versichere ich euch. Ich habe es im Gefühl, einen von euch sehe ich sehr bald wieder.«

Er ging einen Schritt auf Marikke Brummig zu: »Der Bus wird Sie und die Jugendlichen zurück nach Bad Guldenberg bringen. Soll ich oder mein Kollege Sie begleiten?«

»Nein danke. Darauf kann ich gern verzichten.«

»Sie haben einen Anspruch darauf.«

»Danke, schon gut.«

Auf der Heimfahrt löste sich bald das bedrückte Schweigen der Gruppe auf. Sie unterhielten sich über ihren Auftritt in dem Polizeirevier und machten sich nun über das Benehmen des Polizisten lustig, seine Aufgeblasenheit. Der unerwartete, plötzliche Abbruch ihres Festessens schien sie nicht mehr zu bekümmern.

Nur Marikke Brummig saß schweigend und in sich gekehrt auf ihrem Platz. Adil bemerkte es und setzte sich zu ihr.

»Alles in Ordnung, Marikke?«

Sie sah ihn an und schüttelte den Kopf.

»Es ist doch gut gegangen«, meinte er, »von uns war das keiner.«

»Na ja«, erwiderte sie, »mal sehen, ob sie euch jetzt in Ruhe lassen. Ich glaube ja auch nicht, dass ihr das wart – aber unser Seglerheim wird so oder so Probleme bekommen. Die Stadt hat uns nie akzeptiert, und wenn sich das mit dem Mädchen rumspricht, haben wir keine ruhige Minute mehr.«

Erst gegen elf Uhr waren alle im Bett. Marikke Brummig holte ihr Bettzeug unter dem Sofa im Dienstzimmer hervor, bezog Kopfkissen und Decke und legte sich hin. Zwei Stunden lag sie schlaflos und grübelte. Die Stadt machte ihr plötzlich Angst.

14

»Dank für den Bebauungsplan, Walter. Wenn er vollständig ist, können wir ihn im Rat vorlegen. Er ist doch vollständig, oder?«

»Ich denke schon. Und es ist alles im Rahmen unseres Stadtentwicklungsplans. Ich habe zusätzlich noch einen Erschließungsplan aufgestellt, über den wir in der nächsten Sitzung ebenfalls entscheiden sollten.«

»Wozu ist der nötig? Nach unserem Stadtentwicklungsplan erübrigt sich das doch?«

»Die Wohnungsgenossenschaft drängt. Sie wollen, nein, sie müssen den Wohnungsbestand in Richtung single- und altengerechter Wohnungen umstrukturieren. Guldenberg wird seit zehn Jahren nicht größer, die Bewohner werden aber immer älter. Die Genossenschaft braucht sehr viel kleinere Wohnungen, die zudem barrierefrei sein müssen. Sie drängt auf eine umgehende Baugenehmigung, um mit den Umbaumaßnahmen beginnen zu können. Mit einem zusätzlichen Erschließungsplan können wir das normale Bebauungsplanverfahren verkürzen.«

»Ist das baurechtlich denn zulässig?«

»Wir haben es schon einmal so gemacht. Du hattest darauf gedrungen, damals bei Haubrich-Becker und seinem Muldefelsen.«

»Wir hatten, wenn du dich bitte erinnerst, damals keine andere Wahl. Haubrich-Becker hatte eine Zusage von uns, an die wir uns nicht gehalten haben. Er hätte prozessieren können, diesen Prozess hätte er höchstwahrscheinlich verloren, aber wir hätten drei Jahre auf eine Entscheidung warten müssen. Das Grundstück Muldefelsen war der einzige Ausweg. Jede Seite bekam, was sie wollte. Und der Stadtrat hatte daher mit großer Mehrheit zugestimmt.«

»Bis auf eine Gegenstimme. Bis auf die des eigentlich Zuständigen, nämlich des Dezernenten für Bau- und Stadtentwicklung.«

»Ja, Walter. Das ist unvergessen. Du warst dagegen, aber jetzt haben wir die schöne Villa, sie wurde nicht privatisiert und ist eine unvergleichliche Zierde unserer Stadt. Das musst du zugeben.«

»Wie auch immer. Jedenfalls, was bei einem Haubrich-Becker möglich war, sollte bei der Wohnungsgenossenschaft recht und billig sein.«

»Wieso liegt dir so sehr daran? Weil ihr Chef, der Fritz Herbert, ein Freund von dir ist?«

»Weil wir die Wohnungsgenossenschaft brauchen. Sie ist von öffentlichem Interesse. Anders als diese protzige Villa direkt am Naturschutzgebiet.«

»Na schön, dann gib auch deinen Erschließungsplan in die Ratsversammlung. – Wann will Herbert mit dem Umbau der Wohnungen beginnen? Und wie viele Wohnungen sollen umgebaut werden?«

»Kann ich nicht sagen, und er weiß es auch noch nicht genau. Ist alles noch in der Planungsphase. – Gibt es noch etwas?«

»Von meiner Seite nicht. Es sei denn, du hast mir noch etwas zu sagen. Es hörte sich vorhin am Telefon so an.«

»Konstantin, wir haben seit fünfzehn Jahren ein Stadtleitbild, und vor fünf Jahren haben wir als angemessene Perspektive für das Alte Seglerheim den Plan zu einem Umbau in eine Pflegestation verabschiedet. Wir sind massiv im Verzug und für dieses Jahr wären noch Landesmittel für den Umbau da.«

»Das Alte Seglerheim hat momentan eine Perspektive. Ich weiß nicht, wie lange es für die unbegleiteten Minderjährigen noch gebraucht wird, aber augenblicklich besteht für uns keinerlei Handlungsbedarf, und für den jetzigen Zweck ist es ausreichend komfortabel.«

»Es gibt auch anderswo Kapazitäten. Wir könnten sie aufteilen und irgendwo im Land unterbringen. Und dann könnten wir endlich unserem Stadtleitbild gerecht werden.«

»Irgendwo anders unterbringen? Du meinst irgendwo, wo die Migranten erwünschter sind als hier?«

»Lieber Konstantin, ich bin Dezernent für Bau- und Stadtentwicklung, ich muss darauf achten, dass unser Stadtentwicklungsplan nicht Makulatur wird. Ich will mich schließlich nicht eines Dienstvergehens schuldig machen.«

»Sei unbesorgt. Wir haben eine Notsituation zu bewältigen. Auch Guldenberg muss seinen Anteil dazu beitragen. Und die Jugendlichen irgendwo anders unterzubringen, das ist reines Wunschdenken von dir, Walter.«

»Das ist nicht nur mein Wunsch.«

»Ich weiß. Diesmal steht die halbe Stadt hinter dir und die andere Hälfte nicht unbedingt hinter mir. Ich mache mir da keine Illusionen. Wenn diese Ausnahmesituation noch länger anhält, wenn sie bis zur nächsten Wahl so bleibt, wirst du mich haushoch schlagen. Da wirst du gleich im ersten Wahlgang zum Bürgermeister gewählt.«

»Darum geht es doch gar nicht.«

»Natürlich geht es darum, Walter, nur darum. Seit du deine Firma aufgeben musstest, bist du zweimal gegen mich angetreten. In einer kleinen Stadt wie Guldenberg ist es mehr als ungewöhnlich, wenn einer der amtierenden Stadträte gegen den eigenen Chef antritt. Das hat die meisten mehr als überrascht und hat dich möglicherweise mehr Stimmen gekostet, als es dir Stimmen gebracht hat. Aber bei der nächsten Wahl darfst du mit der Mehrheit rechnen.«

»Ich bemühe mich lediglich nach Kräften, meine Aufgaben als Baudezernent zu erfüllen.«

»Sei's drum. Aber anderswo unterbringen? Bitte, versuche es. Sprich mit dem Kreis oder mit der Landesregierung. Auf meine Unterstützung musst du allerdings verzichten. Ich kann meine Arbeitszeit nicht mit Unsinnigkeiten vertun. – Was sagt eigentlich dein Pfarrer dazu, der Herr Fuschel? Ich hörte, er versucht, seine Gemeinde zur Vernunft zu bringen. Wenigstens einer in Guldenberg, der noch einen Arsch in der Hose hat.«

»Bitte lass die Kirche im Dorf, Konstantin. Oder vielmehr, lenke nicht vom Thema ab. Pfarrer Fuschel und meine Arbeit als Vorstand des Pfarrgemeinderats haben nichts mit meiner Zuständigkeit für Bau- und Stadtentwicklung zu tun.«

»War das alles, Walter?«

»Das Alte Seglerheim soll, entsprechend unserem Stadtleitbild, eine Pflegestation werden. Ich werde meinen Antrag schriftlich einreichen. Nur damit er nicht unter den Tisch fällt und mir später ein Vorwurf gemacht wird.«

»Tu, was du nicht lassen kannst.«

»Einen schönen Tag noch.«

15

Johanna Gesicke öffnete ihren kleinen Laden wie an jedem Samstag erst um neun Uhr. Keiner war an diesem Tag je vor neun gekommen, um eine Zeitung oder Zigaretten zu kaufen, und so hatte sie im vergangenen Jahr entschieden, samstags zwei Stunden später zu öffnen. Sie holte die drei Zeitungsbündel aus dem Einwurf, schnürte sie auf und zählte die gelieferten Exemplare durch.

Der erste Kunde, der ihren Laden betrat, war der alte Mückenbusch. Er war über achtzig, aber körperlich und im Kopf gut beieinander. Er kam jeden Samstag, kaufte seinen Pfeifentabak und das neueste Rätselheft und setzte sich dann auf den Besucherstuhl, um mit Johanna Gesicke und den vorbeikommenden Kunden zu plaudern.

»Hast du einen Kaffee für mich, Hanna?«

»Dort steht die Maschine, mach ihn dir selber. Ich muss die Zeitungen auspacken und zählen.«

»Kannst du ihn mir nicht machen? Ich komm mit diesen neumodischen Maschinen nicht zurecht, ich drücke immer den falschen Knopf. – Ich will einen ganz normalen Kaffee, keinen italienischen oder französischen. Und mit einem Stück Zucker, bitte.«

Johanna Gesicke unterbrach seufzend ihre Arbeit, ging zu dem Automaten, warf eine Fünfzig-Cent-Münze in den Schlitz, stellte einen Pappbecher unter den Auslauf und drückte einen der acht Knöpfe. Sie brachte den Becher zu Heiner Mückenbusch.

»Bitte. Macht fünfzig Cent. So billig wie bei mir bekommst du den Kaffee nirgends in der Stadt.«

»Weiß ich doch. Darum komme ich auch zu dir. – Hast du mein Heft schon ausgepackt?«

»Ich kann mich nicht zerreißen, Heiner. Wenn ich dir Kaffee machen muss, musst du mit deinem Rätselheft warten.«

»Lass dir Zeit, Hanna. Ich hab's nicht eilig.«

Josephine Sieghardt betrat den Laden, grüßte Johanna Gesicke, nickte Heiner Mückenbusch zu und bat um eine *Rundschau*, da die Zeitungen noch nicht in dem Metallständer auslagen.

Noch bevor Johanna Gesicke ihr eine geben konnte, kam Fred Krausnick in das Geschäft. Er grüßte nicht, sondern fragte die Ladeninhaberin: »Steht schon etwas über die Vergewaltigung in unserem Revolverblatt?«

»Eine Vergewaltigung?«, fragte Frau Gesicke erschrocken, »hier bei uns? Hier in Guldenberg? Nein, davon weiß ich nichts. Die Zeitung habe ich noch nicht gelesen. Ich habe ja eben erst aufgemacht.«

»Ja, eine Vergewaltigung. So weit ist es mit diesem Land gekommen. Geben Sie mir eine *Rundschau*«, sagte er.

»Davon habe ich auch nichts gehört«, meinte der alte Mückenbusch, »und Hanna müsste es ja als Erste wissen, wenn was davon in der Zeitung stünde.«

»Ich weiß es aus sicherer Quelle«, unterbrach ihn Fred Krausnick, »der Aubrich, der Bulle, hat gestern in der Kneipe was angedeutet. Sagen durfte er nichts, aber was er nicht sagen durfte, war klar, sie haben eine vergewaltigt, hier, in Guldenberg.«

Krausnick und die beiden Frauen hatten sich jeweils eine Zeitung genommen und den Lokalteil aufgeschlagen. Für einen Moment war es still im Geschäft, nur das leise Rascheln von Papier war zu hören.

»Na?«, erkundigte sich Heiner Mückenbusch, »habt ihr was gefunden? Steht davon was in der Zeitung?«

»Ich finde nichts darüber.«

»Das muss ja nichts heißen. Wahrscheinlich dürfen die darüber nicht berichten«, erklärte Fred Krausnick, »die wollen diese Typen auch noch schützen.«

»Warum denn das? Wer soll denn daran Interesse haben?«, erkundigte sich Frau Gesicke.

»Wer? Na diejenigen, die unsere Kultur zerstören wollen. Die einen Ausverkauf mit unserem Land machen.«

»Und wer ist das?«

»Die Staatsverbrecher. Mehr sage ich nicht.«

»Das ist doch Unsinn. Wenn bei uns wirklich eine vergewaltigt worden ist, wer soll denn dann geschützt werden? Wer will denn schon einen Vergewaltiger schützen? Aber wir wissen ja ohnehin gar nicht, ob das überhaupt stimmt. Wer sollte denn so was machen?«

»Na wer wohl.«

»Und wer?«

»Diese Asylanten. Die, die man jetzt alle ins Land reinlässt. Mehr sage ich nicht«, sagte Krausnick und nickte mehrmals grimmig.

Johanna Gesicke sah Josephine Sieghardt an, die nicht aufblickte, sondern noch immer in die Zeitung starrte und sich an dem Gespräch nicht beteiligte. Dann zog sie aus einem der Bündel ein Rätselheft und reichte es Heiner Mückenbusch.

»Hier, bitte sehr.«

»Danke dir. – Und woher wissen Sie das?«, erkundigte er sich bei Krausnick.

»Ich kann eins und eins zusammenzählen. Ein ganzes Leben konnte man unbesorgt in Guldenberg leben, jetzt sind hier überall Zigeuner oder was immer das für welche sind. Migranten heißen die heutzutage, als ob sie das zu was Besserem machen würde! Wer will die denn schon?«

»Unser Herrgott hat einen großen Tiergarten«, murmelte Heiner Mückenbusch, der noch immer mit seinem Kaffeebecher auf dem Besucherstuhl saß.

»Was wollen Sie denn damit sagen?«, fauchte Krausnick ihn an.

Mückenbusch hob resigniert die Schultern und erwiderte: »War nur so ein Gedanke von mir.«

Fred Krausnick verzog verächtlich den Mund: »Hier ist man seines Lebens nicht mehr sicher. Auswandern sollte man.«

»Und wohin wollen Sie auswandern?«

»Irgendwohin. Es wird doch noch Länder geben, die kein Gesocks reinlassen«, meinte Fred Krausnick, steckte das Wechselgeld ein, faltete die Zeitung zusammen und verließ grußlos das Geschäft.

Josephine Sieghardt hatte dem Gespräch schweigend zugehört, legte das Geld für die Zeitung auf die Ladentheke und wollte den Tabakladen gerade verlassen, als Johanna Gesicke sie ansprach: »Sie sind doch in diesem Alten Seglerheim beschäftigt, Frau Sieghardt. Haben Sie etwas gehört?«

»Nein. Ich koche da nur und halte die Küche sauber. Ich weiß von nichts,« erwiderte sie rasch, grüßte und verließ das Geschäft.

»Nun haben sie es plötzlich alle eilig«, meinte der alte Mückenbusch, »ich will dann auch mal, Hanna. Tabak, Rätselheft, Kaffee, was habe ich zu zahlen?«

»Sechs siebzig.«

Mückenbusch klaubte langsam die Münzen aus seinem Portemonnaie und legte sie eine nach der anderen auf die Glasplatte des Tresens, wobei er laut mitzählte.

Josephine Sieghardt war um elf im Seglerheim. Das Geschirr und Besteck vom Vorabend hatten Kerstin und Fritzi freundlicherweise noch in die Spülmaschine geräumt, sie konnte gleich mit den Vorbereitungen für das Mittagessen beginnen.

Die Jugendlichen waren alle im Haus. Marikke, Kerstin und Fritzi sprachen den ganzen Vormittag mit ihnen, Ezra übersetzte, wenn es nötig war. Die Jugendlichen waren von der gestrigen Gegenüberstellung noch immer aufgewühlt. Einige von ihnen wirkten eingeschüchtert, andere versuchten, mit kessen Sprüchen ihrer Aufregung Herr zu werden.

Nach dem Mittagessen machten sich die jungen Leute zusammen mit Kerstin und Fritzi auf den Weg in den Wald. Sie hatten ein paar Tage zuvor verabredet, an diesem Wochenende Pilze zu suchen. Kerstin war eine Pilzexpertin, die jeden Herbst in der Pilzberatungsstelle in Guldenberg für eine wöchentliche Sprechstunde zur Verfügung stand. Sie wollte den Jugendlichen die Pilze zeigen, die in den deutschen Wäldern wachsen, wollte, dass sie lernten, die essbaren von den ungenießbaren oder gar giftigen Pilzen zu unterscheiden. Kurz vor sechs Uhr waren sie mit drei gefüllten Körben zurückgekommen und brachten sie in die Küche, Josephine Sieghardt sollte sie am nächsten Tag zubereiten. Die Pilze sollten nach Sorten getrennt serviert werden, so dass jeder seinen Lieblingspilz herausschmecken könne.

Am Abend gingen alle in ihre Zimmer, um Musik zu hören. Josephine Sieghardt stellte das Geschirr in die Spülmaschine und um zehn vor acht konnte sie ihre Arbeit beenden.

Sie zog ihre Kittelschürze aus und hängte sie an den Haken der Küchentür. In dem Moment, als sie nach dem Lichtschalter griff, um die Deckenleuchte auszuschalten, zerbarst das große Glasfenster der Küche und begleitet von einem ohrenbetäubenden Klirren knallte ein halber Ziegelstein in das große Spülbecken. Josephine Sieghardt schrie auf und flüchtete aus der Küche. Die Betreuerinnen und die Jugendlichen kamen aus den Zimmern gelaufen. Noch bevor die Köchin erzählen konnte, was passiert war, hörte man, wie ein Motorrad gestartet wurde und laut röhrend davonfuhr.

Vorsichtig öffnete Marikke Brummig die Küchentür, und ohne das Licht anzumachen, besah sie sich im schwachen Schein der untergehenden Sonne den Schaden. Sie entschied, dass Kerstin und Fritzi Josephine Sieghardt auf dem Weg zu ihrer Wohnung begleiten sollten, verschloss hinter ihnen die Haustür und rief die Polizei, um den Überfall zu melden. Dann rief sie den Hausmeister an, erzählte ihm, was passiert war, und bat ihn, heute noch vorbeizukommen, um das zerstörte Fenster für die Nacht behelfsmäßig zu sichern.

16

Keiner wusste etwas Genaues. Es war nicht klar, wer denn nun vergewaltigt worden war oder wer den Ziegelstein durch die Scheibe im Alten Seglerheim geworfen hatte, aber alle redeten darüber und für alle waren die zwölf Jugendlichen, die Ausländer, die eigentlich Schuldigen.

Als hätte jemand die Bürger Guldenbergs zusammengerufen, hatten sich viele von ihnen in Schiffers Kneipe eingefunden, Frauen wie Männer, Alte und Junge. Jeder Stuhl war besetzt, einige hatten auf den Fensterbänken Platz nehmen müssen, und alle redeten durcheinander. Um sich Gehör zu verschaffen, sprach man laut, und da es keinen Versammlungsleiter gab, redete man ohne Rücksicht auf jene, die zuvor das Wort ergriffen hatten.

»Das alles wäre nie passiert, wenn diese Kerle geblieben wären, wo sie hergekommen sind und wo sie hingehören.«

»Hier haben sie jedenfalls nichts verloren!«

»Genau. Eingeladen hat sie keiner. Ich jedenfalls nicht.«

»Vielleicht werden wir sie jetzt ja endlich los, dann hätte diese schlimme Sache immerhin ihr Gutes. Besser wird es mit denen nicht mehr.«

»Ruhig Blut, erst muss alles untersucht und geklärt werden. Dafür haben wir ja unsere Polizei und unseren Rechtsstaat.«

»Von mir aus sollte man sie gleich abschieben. Warum sollen wir denen noch das Gefängnis bezahlen? Eine Zelle mit drei Mahlzeiten, Dusche und einem Fernseher, der reinste Luxus für die. Sollen sie doch dort ins Loch, wo sie herkommen. Da sind die Zellen noch so, wie es sich gehört.«

»Wer ist denn eigentlich das Mädchen? Oder die Frau? Ich meine, die da vergewaltigt wurde?«

»Keine Ahnung. Die Polizei gibt keine Namen heraus. Noch weiß keiner etwas.«

»Na ja, also ich kann mir schon denken, um wen es geht.«

»Ach, woher willst du das wissen? Hast du vielleicht einen Bruder bei der Polente?«

»Das nicht. Aber so zwei, drei scharfe Feger im Ort kenn ich schon. Bei den Schnecken könnte ich es mir vorstellen.«

»Willst du behaupten, das Mädchen sei selbst schuld?«

»So was kommt von so was. Mehr sage ich nicht.«

»Das Mädchen muss nicht von hier sein.«

»Sag mal, Heinz, weißt du nicht etwas? Die Grit,

deine Nichte, die ist doch bei den Bullen. Sie müsste doch Bescheid wissen.«

»Glaub ich nicht. Sie ist doch nur Polizeianwärterin oder wie das heißt. Also das ist so eine Art Lehrling. Da können die noch nichts, da wissen die noch nichts. Und sagen würde sie mir auch nichts. Darf sie gar nicht, da macht sie sich strafbar. Und seitdem der Aubrich sich in Stechers Imbiss verplappert hat, schweigt sie wie ein Grab. Dienstgeheimnis, sagt sie. Ist bei der Polente so heilig wie das Beichtgeheimnis.«

»Na, nun lass uns mal den Ball flach halten. Irgendetwas wird sie daheim doch verklickert haben.«

»Nö, die ist da sehr genau. Ich habe sie direktemang nach dem Alten Seglerheim gefragt. Sie hat nur den Kopf geschüttelt.«

»Diese Migranten müssen raus aus der Stadt. Dieses Pack. Heute noch. Marschieren wir doch alle zu dem Heim und sorgen dafür, dass sie sofort verschwinden.«

»Das sind Kinder, Helmut, Minderjährige.«

»Minderjährig, ha! Das sind keine Kinder, sondern geile Böcke, die scharf auf unsere Frauen sind!«

»Nu mach mal halblang.«

»Wenn ihr wie ich eine fünfzehnjährige Tochter hättet, würdet ihr anders reden.«

»Ach kommt, Leute! Was wissen wir denn? Der Aubrich, der Frank Aubrich hat beim Stecher irgendwas erzählt. Oder vielmehr hat angefangen, was zu erzählen, und dann ganz schnell wieder den Mund gehalten. Dafür, dass er sich verplappert hat, hat er sich wohl von seinem Chef auch einen gehörigen Rüffel eingefangen. Und seitdem sind bei den Bullen die Schotten dicht. Sind also alles nur Gerüchte bisher. Ob das überhaupt stimmt – wer weiß. Warten wir lieber mal ab.«

»Na ja, manches davon stimmt schon. Es gab eine Gegenüberstellung dieser Asylanten mit dem Mädel in Wildenberg. Sie haben die ganze Bande vorgestern Abend mit einem Bus aufs Revier gekarrt.«

»Das stimmt. Ich war heute Morgen im Alten Seglerheim, wegen der Scheibe, die hat ihnen einer eingeschmissen, der wahrscheinlich auch die Nase voll hat von denen. Es gab in Wildenberg eine Gegenüberstellung und die Brummig war dabei. Ich hab sie gefragt und sie konnte es nicht abstreiten.«

»Und was kam raus?«

»Das ist es ja. Nichts kam raus. Die Brummig sagt, das Mädel hätte keinen der Kerle wiedererkannt, sonst hätten die ihn ja gleich dabehalten.«

»Das heißt nichts, gar nichts. Kann sein, dass das Mädchen ihn nicht wiedererkannt hat, weil es dunkel war, als er über sie hergefallen ist. Oder weil die alle gleich aussehen. Ich kann die auch nicht unterscheiden, nicht am Tage und schon gar nicht in der Nacht.«

»Und das Mädchen? Hat die Brummig gesagt, wer das Mädchen war?«

»Nein. Darf sie nicht, hat sie erst gesagt. Dann hat sie gesagt, dass sie das Mädchen nicht kannte. Aber das war gelogen, das merkte ich ihr gleich an.«

»Wisst ihr was, lasst es uns doch selber in die Hand nehmen, wenn die Polizei es schon nicht hinkriegt. Wir schnappen uns diese Typen, einen nach dem anderen, und fühlen ihnen mal ein bisschen auf den Zahn. Ganz freundlich, so wie es unsere Art ist. Wir treten ihnen nur ein klein wenig auf die Füße, das, was die Polizei sich heutzutage nicht mehr traut.«

»Hört sich gut an. Eine Bürgerwehr. Ein Aufstand der Anständigen sozusagen.«

»Bürgerwehr? Das klingt nach Lynchjustiz. Ist meines Wissens strafbar, wenn ich mich nicht sehr irre.«

»Erlaubt, nicht erlaubt? – Was soll das, Chef? Wenn die Bullen unfähig sind, unsere Frauen zu schützen, machen wir das eben selber.«

»Jetzt lasst mal die Kirche im Dorf. Machen wir uns die Finger nicht schmutzig. Soll sich doch Kötteritz darum kümmern, schließlich hat er uns das eingebrockt. Er hat die hierhergeholt, er hat ihnen das schöne Seglerheim gegeben, also muss er auch dafür sorgen, dass sie wieder verschwinden.«

»Guter Vorschlag! Das klingt vernünftiger. Wir sind ja hier nicht bei den Wilden!«

»Gut. Ich bin auch dafür. Auf ins Rathaus!«

»Der wird grade auf uns hören! Auslachen wird er uns.«

»Das wollen wir mal sehen. Kötteritz ist der Bürgermeister, ja, das ist wohl wahr, aber er ist eben auch nur der Bürgermeister, nicht mehr und nicht weniger. Wir haben ihn gewählt, also soll er auch auf uns hören. Denn Guldenberg, die Bürger von Guldenberg, das ist nicht der Konstantin Kötteritz, das sind immer noch wir.«

»Da hat er recht, der Fritz. Zu sagen hat der Kötteritz uns nichts, wir ihm aber schon.«

»Na, Fritz, was du jetzt redest, das ist ein bisschen dicke, oder? Hast du deine Wahlschlappe immer noch nicht weggesteckt?«

»Ich sage nur, wie es ist. Wie es in einer Demokratie zuzugehen hat. Und das kann ich dir auch noch sagen: Mit mir hätten Kreis und Land nicht so umspringen können. Ich hätte niemals das Alte Seglerheim für irgendein bedürftiges Gesocks aus dem Ausland hergegeben. Wir haben genug eigene Bedürftige.«

»Wohl wahr. Nun müssen jetzt aber auch alle mitkommen zum Rathaus.«

»Dass keiner von euch kneift. Keiner oder alle. Das wird jetzt so was wie eine Neuwahl des Bürgermeisters.«

»Du auch, Schiffer. Drück dich bloß nicht.«

»Ich habe hier zu tun. Und mit meinem kaputten

Bein kann ich sowieso nicht bis zum Rathaus marschieren. Dann woll'n wir uns mal sauber machen. Rudi, du hattest einen Kaffee und ein Alkoholfrei, macht nach Adam Riese vier zwanzig.«

17

Fräulein Goldt öffnete die Haustür, als es klingelte. Walter Lichtenberger sah sie mit einem schiefen Lächeln an und nickte kurz.

»Ich muss den Pfarrer sprechen. Er ist doch da?«

»Der Herr Stadtrat. Guten Morgen oder guten Tag. So viel Zeit werden Sie doch haben.«

»Jaja, Guten Tag. Ist Fuschel da?«

»Hochwürden arbeitet an der Predigt. Da will er nicht gestört werden.«

»Ebendarum geht es, um die Predigt. Sagen Sie ihm, dass ich ihn sprechen muss. Wegen der Sonntagspredigt.«

»Ich glaube nicht, dass der Herr Stadtrat oder Herr Vorstand des Pfarrgemeinderats Hochwürden etwas zu seiner Predigt zu sagen haben. Das wäre neu.«

»Fräulein Goldt, melden Sie mich bei Fuschel an. Mit Ihnen habe ich nichts zu bereden.«

Die Haushälterin bat ihn nicht herein, sondern ließ ihn vor der Haustür stehen. Die Tür verschloss sie nicht, aber ließ sie nur einen Spalt breit geöffnet.

»Warten Sie«, sagte sie zu Lichtenberger und ging zum Arbeitszimmer.

Sie klopfte kurz an und öffnete im selben Moment die Tür.

»Es ist wieder mal Ihr Walter Lichtenberger. Will Sie, nein, muss Sie dringend sprechen, sagt er. Soll ich ihn wegschicken? Mach ich liebend gern.«

»Nein. Er soll im Sitzungszimmer auf mich warten. Sagen Sie ihm, ich käme gleich.«

Malka Goldt ging zur Haustür, öffnete sie mit einer einladenden Geste und führte Walter Lichtenberger ins Sitzungszimmer. Er setzte sich, während sie ihren Blick über den Tisch und die halbhohen Aktenschränke gleiten ließ, um zu prüfen, ob irgendwo Papiere offen herumlagen, die nicht für Lichtenbergers Blicke bestimmt waren. Als sie aus dem Zimmer ging, ließ sie die Tür halb geöffnet, so dass sie Walter Lichtenberger von der Küche aus im Blick hatte.

Pfarrer Fuschel erschien einige Minuten später im Sitzungszimmer, entschuldigte sich bei Lichtenberger, dass er ihn habe warten lassen, und fragte, was er wünsche. Walter Lichtenberger berichtete ihm, dass eine Gruppe empörter Guldenberger – er nannte sie: Vertreter der Bürger der Stadt – im Rathaus erschienen sei und vom Bürgermeister verlangt habe, das Alte Seglerheim umgehend zu räumen. Kötteritz habe auf den Aufteilungsschlüssel der Landesregierung und die Anordnung der Kreisverwaltung verwiesen und mehrfach wiederholt, dass er keinerlei Möglichkeit und überdies keinen Anlass sehe, diese Anordnung zu umgehen.

Alexander Fuschel nahm seinen Bericht wortlos zur Kenntnis, nickte lediglich, als Lichtenberger zum Ende gekommen war, und erkundigte sich, was der Herr Stadtrat eigentlich von ihm wolle, er sei wohl kaum eigens hergekommen, um ihn über die Ereignisse in der Stadt auf dem Laufenden zu halten.

»Ich meine, Herr Fuschel, Sie sollten am Sonntag dazu Stellung beziehen. Sie müssen sich in der Predigt hinter die Guldenberger stellen und sie unterstützen. Sie müssen der Gemeinde und der ganzen Stadt zeigen, dass die Kirche zu ihr steht und für sie eintritt.«

Der Pfarrer lächelte: »Und ich hatte bisher gemeint, ich solle am Sonntag in der Kirche das Wort Gottes verkünden. Jetzt soll ich von der Kanzel herab predigen, was der Vorstand des Pfarrgemeinderats und Stadtrat für die Bau- und Stadtentwicklung Bad Guldenbergs zu sagen hat, Herr Lichtenberger?«

»In der Bibel heißt es: Weh dem, der eine Stadt baut mit Unrecht!«

»Das Buch Habakuk, nicht wahr? Sie erstaunen mich, Herr Lichtenberger. Für so bibelfest hielt ich Sie bislang nicht. Ich hatte allerdings daran gedacht, am Sonntag etwas aus der Apostelgeschichte vorzutragen. Dafür benötige ich nicht die Erlaubnis des Pfarrgemeinderatsvorstands. In dem Buch der Bücher heißt es: Aber da wurden sie neidisch und eifersüchtig und holten Gesindel von der Straße herbei, Pöbelvolk, und veranlassten einen Aufruhr. So steht es in der Apostelgeschichte, Herr Lichtenberger.«

Walter Lichtenberger wurde bleich vor Wut. Er stand auf, schüttelte entgeistert den Kopf und ging ohne ein weiteres Wort aus dem Zimmer. Im Hausflur stand er der Haushälterin gegenüber, die ihn anlächelte. Er ahnte sofort, dass die alte Frau an der Zimmertür gelauscht hatte, sah sie verächtlich an, riss die Haustür auf und ließ sie laut hinter sich ins Schloss fallen.

Sie ging zum Sitzungszimmer, öffnete die Tür einen Spalt und fragte Alexander Fuschel besorgt: »Ist alles in Ordnung, Hochwürden?«

»Alles in bester Ordnung, Fräulein Goldt, besser könnte es gar nicht sein. Ich vermute, Sie haben wieder einmal heimlich gelauscht. Das ist bei den Katholiken wie bei den Protestanten eine Sünde, und gewiss auch bei den Juden.«

»Eine Sünde, nun ja. Aber nur eine lässliche, Hochwürden, keine Todsünde.«

»Nein, eine Todsünde ist es nicht, Fräulein Goldt, da haben Sie recht. Andernfalls wären Sie wohl schon hundertmal tot umgefallen.«

»Dieser Herr Lichtenberger, Ihr Pfarrgemeinderatsvorstand, ist ein Idiot, nicht wahr, Hochwürden?«

»Das ist nicht meine Sprache, Fräulein Goldt. Aber Sie haben recht: Er ist nicht eben eine Hilfe für mich. Ich hatte, als ich hierherkam, auf mehr Vertrauen und eine bessere Unterstützung gehofft.«

»Ach, Hochwürden, Schmocks und Krakeeler, wo gibt es die nicht? Derlei sollten Sie einfach ignorieren.«

»Ja, da haben Sie wohl recht, Fräulein Goldt.«

Seine Haushälterin lächelte schlitzohrig wie ein kleiner Junge, man sah ihr nicht an, dass sie im Sommer neunundsechzig Jahre alt geworden war.

Geboren wurde Malka Goldt 1948 in London, wohin neun Jahre zuvor ihre Eltern geflohen waren. Ihr Vater hatte als junger Mann im deutschen Konsulat in London gearbeitet und war für Reise- und Visumsangelegenheiten der Bürger Großbritanniens zuständig gewesen, bis er 1933 entlassen wurde und nach Deutschland zurückzukehren hatte.

Nach den Pogromen im November 1938 bemühte er sich, mit seiner Frau Deutschland wieder zu verlassen, was ihm mit Hilfe seiner Londoner Freunde im Frühjahr darauf gelang, die dafür gesorgt hatten, dass das junge Paar mit einem der vom britischen Premierminister Chamberlain tolerierten und von den Nationalsozialisten geduldeten Kindertransporte, dem *Refugee Children's Movement*, nach Hoek van Holland ausreisen durfte. Von dort gelangten sie inmitten einer großen Gruppe unbegleitet reisender Minderjähriger auf einem Schiff zu dem Hafen Parkeston Quay, einem Seehafen am Südufer des Flusses Stour, eine Meile stromaufwärts von der Stadt Harwich.

Die Kinder wurden in Harwich von Betreuern in Empfang genommen und zu ihren Pflegefamilien gebracht, das Ehepaar Goldt fuhr nach London, wo ihnen Freunde halfen, eine Unterkunft zu finden. Durch ihre Vermittlung fand der junge Mann auch Arbeit bei der öffentlich-rechtlichen Rundfunkanstalt des Vereinigten Königreichs, seine Frau bekam als ausgebildete Krankenschwester eine Stelle in einem Krankenhaus in der Nähe des Stadtbezirk Spitalfields im Ostteil der Stadt, wo sie wohnten. Dort erlebten sie den Krieg und die schwere Bombardierung, die sie obdachlos machten. Ihr Wohnhaus wurde gleich beim ersten Angriff, dem *Blitz*, wie er später genannt wurde, zerstört, und sie konnten erst Wochen später eine neue Unterkunft außerhalb der Hauptstadt finden, wodurch sie genötigt waren, täglich mit der Midland Main Line zur Arbeit zu pendeln.

Zwei Jahre nach der Geburt ihrer Tochter Malka, ihres einzigen Kindes, kehrte die Familie Goldt nach Deutschland zurück. Sie wohnten in den ersten zwei Jahren in Hanau, zogen dann nach Berlin, wo Malkas Vater eine feste Stelle beim Rundfunk im amerikanischen Sektor erhielt. Anfang 1968, ein gutes halbes

Jahr nach dem Sechstagekrieg, entschieden die Eltern, nach Israel auszuwandern.

Die zwanzigjährige Malka weigerte sich jedoch, Deutschland, das sie als ihre Heimat betrachtete, zu verlassen. Sie war in Berlin in eine Gruppe junger Juden integriert, die die israelische Politik der Vertreibung von Hunderttausenden von Palästinensern ebenso kritisierte wie den Bau jüdischer Siedlungen zur Kontrolle der besetzten Gebiete, und verstand nicht, wieso ihre Eltern in einen, wie sie sagte, aggressiven und gewalttätigen Staat ziehen wollten, der seinen Nachbarn brutal unterdrücke, rechtlos mache und ihm völkerrechtswidrig sein Land raube. Die Eltern wiederum machten ihr Vorwürfe, weil sie einen Staat verurteilte und beschimpfte, der als einziges Land auf der Welt Juden wie sie aufnehme und beschütze. Malka und ihre Eltern stritten sich bis zu dem Tag der Ausreise erbittert, und es vergingen zehn Jahre, ehe Malka bereit war, ihre Eltern in Haifa zu besuchen.

Malka hatte nach dem Abitur zwei Jahre in den Bodelschwinghschen Stiftungen Bethel gearbeitet und dort Menschen mit Behinderung betreut sowie pflegebedürftige Senioren. Danach ließ sie sich dreieinhalb Jahre zur Hebamme ausbilden und war sechsundzwanzig Jahre in den Kreißsälen und Wochenbettstationen von drei Krankenhäusern tätig.

Alexander Fuschel, war achtzehn Jahre jünger als

Malka Goldt. Er hatte sie bei seiner älteren Schwester in Berlin kennengelernt und ihr, als er erfuhr, dass sie den Hebammenberuf aufgeben wolle, da ihr der Schichtbetrieb in den Kliniken mittlerweile zu anstrengend geworden war, angeboten, bei ihm als Haushälterin zu arbeiten. Das Erzbistum Köln hatte ihm die Gemeinde St. Anna im Düsseldorfer Stadtteil Niederkassel anvertraut, und er stellte Malka Goldt ein ruhigeres und zweifellos gesünderes Leben dort in Aussicht, wenn sie bereit wäre, Berlin zu verlassen.

Malka Goldt hatte umgehend zugesagt, zumal ihre beste Freundin in Lörick lebte, einem linksrheinischen Stadtteil von Düsseldorf, unweit der Kirche St. Anna. Doch sie wies den Priester darauf hin, dass sie keine Katholikin sei, vielmehr Jüdin. Sie gehöre zwar keiner jüdischen Gemeinde an, sei auch nicht streng gläubig, sie sei eher so etwas wie eine messianische Jüdin. Er möge seine katholischen Kirchenoberhäupter fragen, ob sie etwas dagegen einzuwenden hätten, dass ein katholischer Priester eine Jüdin als Haushälterin habe.

Alexander Fuschel hatte sich mit einem Studienfreund beraten, der ihm sagte, es gäbe diesbezüglich keine Vorschriften, und wenn es eine schon ältere Dame sei, sei dies in jedem Fall besser, als wenn ein junges attraktives Mädchen bei ihm lebe. Fuschel meinte, mit einer Jüdin als Haushälterin wäre ihm insofern auch geholfen, da sie ihm dann am Sonntag voll zur

Verfügung stehe, da der Sonntag für sie kein heiliger Feiertag sei.

Allerdings erzählte Fuschel seinem Freund nichts von der Vereinbarung mit Fräulein Malka Goldt, ihr am Schabbat, dem jüdischen Ruhetag, der von Sonnenuntergang am Freitag bis zum Eintritt der Dunkelheit am folgenden Samstag dauert und an dem Juden keine Arbeit verrichten sollen, ein Essen zuzubereiten.

An den ersten beiden Samstagen servierte er ihr Spiegeleier mit Bratkartoffeln, jenes Essen, das er in seiner Studentenzeit mehrmals in der Woche aß. Doch da sie ihn dafür überschwänglich lobte, machte er sich beschämt daran, seine Kochkünste zu erweitern, kaufte sich Kochbücher und überraschte Malka Goldt nun an jedem Schabbat mit einem anderen Gericht, dem Melaveh Malka, der *Eskorte der Königin*, wie sie das Festmahl nannte. Malka, lernte er, heißt *Königin*. Er sagte zu ihr, es freue ihn, eine Königin als Haushälterin zu haben, und sie erwiderte, dann solle seine Kirche sie auch königlich bezahlen.

Mit Vergnügen buk er seitdem für sie an jedem Samstag zusätzlich zu der Mahlzeit eine Challa, ein Schabbatbrot, und seine Koch- und Backkünste wurden bei der für ihn ungewohnten samstäglichen Beschäftigung immer besser. Er wurde so routiniert, dass Fräulein Malka Goldt ihn eines Schabbatabends nach der gemeinsamen Mahlzeit in ihrer verschmitzten Art anstrahlte und schließlich zu ihm sagte: »Es war gut, Hochwürden. Es war heute sehr, sehr gut. Es war so gut, dass es vermutlich nicht koscher war.«

Alexander Fuschel lächelte und erwiderte: »Doch, doch, Fräulein Goldt, ich habe extra nachgefragt. Das Rezept wurde vom Vatikan als koscher eingestuft.«

»Nun, wenn sogar der Papst seinen Segen darauf gibt, dann kann ich völlig beruhigt sein.«

Dass sie auf die Anrede *Fräulein* großen Wert legte, hatte ihn gewundert, war sie doch bereits eine ältere Frau, doch anfangs nahm er es kommentarlos hin. Erst als ihm die Pfarrei in Magdeburg zugewiesen wurde, sie mit ihm dorthin umzog und er in seinem neuen Sprengel den Besuchern auch seine Haushälterin vorzustellen hatte, fragte er sie, wieso sie auf diese etwas altertümliche Anrede *Fräulein* so großen Wert lege, die heutzutage doch allenfalls ironisch für sehr, sehr junge Mädchen verwandt werde.

Sie verzog den Mund, grinste ihn in ihrer listigen Art an und meinte: »Hochwürden, das ist nur, damit die Kerle wissen, ich bin noch zu haben.«

18

»Du siehst müde aus, Oma. Sehr müde. Hast du schlecht geschlafen?«

»Gar nicht. Ich habe heute Nacht kein Auge zugetan.«

»Warum denn nicht? Gibt es irgendetwas, was dich beunruhigt und nicht schlafen lässt? Vielleicht hast du gesündigt.«

»Eine Sünde, die mich nicht schlafen lässt? Das wäre schön. Das wäre doch mal was, Fritzi. Aber für eine schöne Sünde bin ich zu alt. Das ist vorbei. Vorbei für immer.«

»Und warum schläfst du dann nicht?«

»Das sind die Stürme. Die Septemberstürme, da schlafe ich jedes Jahr schlecht. September und März, das war schon immer so bei mir. Je älter ich werde, desto heftiger spüre ich das Klima und den Wechsel der Jahreszeiten. Und dann ist da natürlich noch das Blech.«

»Von welchem Blech redest du? Was hat denn das Wetter mit Blech zu tun?«

»Das Blech oben. Oben auf dem Dach. Bei heftigem

Wind knallt es gegen die Dachziegel. Ist nicht richtig verschraubt. Oder die Schrauben haben sich mit der Zeit gelöst. Ich habe mich schon ein paar Mal beim Schubert, meinem Vermieter, beschwert. Er sagte, er kann wegen zwei losen Schrauben keinen Dachdecker hinaufschicken. Die Bleche werden wieder befestigt, wenn auf dem Dach etwas mehr zu tun ist, als zwei Schrauben festzuziehen. Aber der Krach, habe ich gesagt, bei Wind kann man in meiner Wohnung kaum schlafen. Er bringt mir zwei Ohrstöpsel vorbei, hat der freche Kerl gesagt. – Lass mal noch etwas heißes Wasser ein.«

»Mein Gott, es sind schon zweiundvierzig Grad in der Wanne. Du verbrühst dich noch.«

»Ich habe es gern warm. Ich habe immer kalte Füße, da will der Körper mal richtig durchgewärmt werden. – Schubert meinte, Ohrstöpsel aus Wachs, die helfen auch und sind billiger. So ein Unsinn, habe ich ihm gesagt. Die Ohren zustöpseln, wie soll ich da den Wind hören?«

»Du könntest die Miete kürzen, Oma. Wenn du willst, frage ich beim Mieterverein an. Die sitzen am Markt und haben jeden Mittwoch Sprechstunde.«

»Ich weiß nicht, Fritzi …«

»Das ist kostenlos. Fragen kann ich ja mal.«

»Nein, ich weiß nicht, so schlimm ist es nicht. Nur, dass das Blech die Stimme des Windes übertönt. Wenn es klappert, höre ich ihn nicht, verstehe nicht, was er mir sagt.«

»Wer? Der Wind?«

»Davon rede ich doch die ganze Zeit, Kindchen. Natürlich der Wind. Was glaubst du denn, woher ich alles weiß, was in der Stadt passiert? Du erzählst mir ja kaum was.«

»Ach, und der Wind erzählt dir alles? Das glaubt dir doch kein Mensch. Der Wind, dass ich nicht lache!«

»Kindchen, warum soll er mir nichts erzählen? Er erzählt es auch anderen, den Vögeln zum Beispiel.«

»Hör auf damit, Oma. Das ist total verrückt.«

»Nun pass mal auf, wir haben unsere Sprache, mit der wir uns verständigen, und die Tiere und Pflanzen haben ihre eigenen Sprachen. Wir verstehen sie nur kaum oder gar nicht, dennoch sind es Sprachen, mit denen die Tiere und Pflanzen sich verständigen. Und die können eben auch Wetter und Wind verstehen. Woher, meinst du, wissen die Vögel, wann sie in den Süden fliegen sollen? Vom Wind.«

»Nein, das ist genetisch. Angeboren ist das. Es steckt schon immer in ihnen drin, daher wissen sie, wann sie losfliegen müssen und in welche Richtung.«

»Ach so. So ist das? Was du nicht alles weißt. Und was war vor zwei Jahren? Die Weißstörche und die Kraniche sind nicht in ihren Winterurlaub geflogen, sie haben bei uns überwintert. Woher wussten sie, dass der Winter so milde wird, dass sie hierbleiben können? Sie wussten es und wir wussten nichts davon.«

»Ja, das war seltsam.«

»Nein, überhaupt nicht seltsam. Die Vögel und Pflanzen verstehen die Sprache des Wetters und des Windes. Sie haben zugehört und begriffen und haben sich nicht auf die anstrengende Reise gemacht. Das war es, Fritzi.«

»Ach, und du verstehst sie auch?«

»Ich bemühe mich. Und ich bewundere die Vögel. Das muss vor zwei Jahren ein großes Ereignis bei den Störchen und Kranichen gewesen sein. Jahrzehntelang, über Jahrhunderte flogen sie jedes Jahr im Herbst nach Afrika, und plötzlich sagte der Kranich oder die Störchin: Nein, dieses Jahr müssen wir nicht fliegen, es wird keinen Schnee geben. Wir wissen ungefähr, wie das Wetter in zwei Tagen sein wird. Manche dieser Wissenschaftler meinen sogar, die kommende Woche vorherzusagen. Das klappt manchmal und manchmal gar nicht. Aber das nächste halbe Jahr vorhersehen, das haben bisher nur die Vögel geschafft. Weil sie die Sprache von Wetter und Wind verstehen. Oder was meinst du?«

»Ich weiß es nicht.«

»Warum soll es nicht der Wind gewesen sein, von dem sie es erfahren haben? Oder hast du eine bessere Erklärung?«

»Der Wind, Oma, du mit deinem Wind. *Der Wind hat mir ein Lied erzählt von einem Glück, unsagbar schön.*«

»Sing weiter, du hast eine schöne Stimme. Oder kennst du den Text nicht? *Er weiß, was meinem Herzen fehlt, für wen es schlägt und glüht. Er weiß, für wen.*«

»Deine Stimme ist auch noch gut, Großmütterchen. Du solltest im Altersheim auftreten.«

»Im Altersheim? Warum nicht im Alten Seglerheim? Bin ich für deine jungen Männer dort nicht mehr fesch genug?«

»Nein, aber die haben andere Sorgen. – So, jetzt heb mal einen Fuß hoch. Deine Füße muss ich mit dem Bimsstein bearbeiten, bei der Hornhaut, auch wenn es wehtut.«

»Jaja, ich weiß. Ihr habt im Seglerheim ein großes Problem. Ein schlimmes.«

»Woher weißt du es? Vom Wind?«

»Unsinn. Die ganze Stadt redet darüber. Hoffentlich war keiner deiner Jungen der Schurke.«

»Hoffe ich auch. Das wird langsam die Hölle da. Jeden Abend gibt es Krawall vor dem Heim, es wird gebrüllt, Steine fliegen. Wir machen bei Einbruch der Dämmerung die Fensterläden zu, damit sie uns nicht noch mehr Scheiben zerdeppern.«

»Und wer war das Mädchen, Fritzi?«

»Weiß ich nicht. Weiß wohl keiner. Die Polizei lässt

nichts raus, in der Zeitung steht auch nichts. Ist wohl so eine Art Geheimhaltung. So etwas wie Schweigepflicht. Mit dem Ergebnis, dass es unzählige Gerüchte gibt. Jeder weiß etwas, jeder quatscht etwas herum.«

»Schön, dass das heute verfolgt wird. Dass es strafbar ist.«

»War es immer schon.«

»Nein, Kindchen. Es gab eine Zeit, da konnte eine Frau mit einer solchen Geschichte nicht zur Polizei gehen. Und auch nicht zu einem Anwalt. Da hat man es einer Frau einfach nicht geglaubt, wenn sie es nicht beweisen konnte. Aber was für Beweise gibt es da schon? Und wenn es ein Onkel aus der Familie war oder gar der Vater, dann wurde es für das Mädchen ganz schlimm. Dann konnte sie sich in der eigenen Familie nicht mehr sehen lassen.«

»Und woher weißt du das alles? Hat dir das auch wieder dein Wind erzählt?«

»Fritzi, ich hatte den Kolonialwarenladen, da bekam man einiges mit. Es kauften nur Frauen ein, und die tratschten. Ich kannte die Geschichten der ganzen Stadt. Ich war besser informiert als die Polizei oder der Bürgermeister. Und auch als der Priester.«

»Und du selbst? Wie ist es dir ergangen? Hast du auch Schlimmes erleben müssen?«

»Schlimmes erlebt? Na, wer von uns Frauen hat das denn damals nicht?«

»Und dein Mann? Wie war er? Auch so?«

»Pauls Vater? Das war ein Schwätzer vor dem Herrn wie kein zweiter. Und ein Ganove dazu. Aber im Bett, nein, da war er auch nur ein Schwätzer. Schlimm und übergriffig, das waren andere. Am fürchterlichsten waren immer die Onkel in den Familien, die, die eigentlich dazugehörten. Das sagten alle. Ältere, alleinstehende Männer, das waren die schlimmsten Teufel.«

»Und was machte man mit denen? Warum hat man sie nicht angezeigt?«

»Ist doch Familie, hieß es. Der schlimmste Onkel bei mir, der bekam in jenem Jahr nichts zu Weihnachten, von keinem in der Familie. Das war die ganze Strafe. Er gehört doch zur Familie, hieß es. Und vor allem war wichtig: Keiner in der Nachbarschaft durfte etwas erfahren. Und darüber hinaus hieß es: Und du, was hast du angestellt? Bist du so unschuldig, wie du tust, oder hast du ihn nicht angemacht? Mädchen, wir hatten keine Chance.«

»Und wie hast du es geschafft?«

»Ich habe mir einen Knüppel zurechtgetischlert.«

»Einen Knüppel?«

»Ja. Einen Eichenknüppel. Ein schöner dicker Eichenast, fast einen Meter lang. Den habe ich in Vaters Werkstatt glatt gehobelt, dann tagelang mit Sandpapier bearbeitet. Und der war tagsüber immer bei der Hand, und nachts lag er neben mir im Bett.«

»Ist ja schräg, Oma. Und hast du ihn einmal benutzen müssen, deinen Knüppel?«

»Einmal? Mehr als einmal, Fritzi. Ich konnte mit dem umgehen wie ein Kerl. Und ich schlug zu. War eine gute Einübung für später, für den Kolonialwarenladen. Da musste man sich auch manchmal seiner Haut wehren. Weißt du, die Lieferanten hatten stets ein großes Maul. Damals mangelte es an allem, war nach dem Krieg halt so. Mal fehlte das Mehl, mal die Nudeln, und Obst und Gemüse waren sowieso immer Mangelware. Jeder Händler bekam nur eine kleine Kiste. Und dann sagte einer dieser Kerle, extra für mich hätte er fünf Kisten zusätzlich geladen. Für einen kleinen Fick auf der Kellertreppe.«

»Oma!«

»Mädel, so redeten die. Die fünf zusätzlichen Kisten, meinte er, müsste ich nicht bezahlen, die würde er anderen aufs Auge drücken. Wer da zwei zusätzliche Kisten haben wollte, müsste halt drei bezahlen. Ach, ich merk schon, sagte ich, du bist kein Schlauberger, sondern ein schlauer Schlauberger.«

»Was für ein Schwein.«

»Na ja, mit solchen musste man als Geschäftsfrau klarkommen. Aber ich hatte ja meinen sandpapierpolierten Eichenknüppel. Bei mir gab es nie ein Extra auf der Kellertreppe. Und eine zusätzliche Kiste bekam ich trotzdem.«

»Mein Gott, ich habe ja eine so irre Urgroßmutter, das muss ich unbedingt meiner Freundin Marion erzählen. Eine Urgroßmutter mit einem schlagkräftigen Knüppel im Bett. – So, und jetzt gib mir den linken Fuß. Was ist das für ein Fleck hier?«

»Ich weiß nicht. Wie sieht es denn aus?«

»Blau und rot und dick angelaufen. Man könnte den Fleck fast für einen Furunkel halten. Hast du dich irgendwo gestoßen?«

»Kann sein, weiß nicht. Ich spüre nichts. – Trinken wir, wenn ich angezogen bin, noch einen Kaffee?«

»Nein, das geht leider nicht. Ich mach dir einen Kaffee und die Wanne sauber, aber dann muss ich los. Im Heim müssen jetzt zu jeder Tageszeit zwei Leute anwesend sein. – Dann wollen wir mal aus der Wanne klettern. Komm, stütz dich auf mich. Halt dich richtig fest, ich bin ja nicht aus Marzipan.«

»Danke, Fritzi. Ohne dich käme ich nicht in die Wanne und raus schon gar nicht. Dann müsste ich den Rest meines Lebens hier drinnen sitzen. Ich würde den ganzen Tag heißes Wasser nachlaufen lassen. Das wäre eigentlich auch ganz schön.«

19

Am Eingang des Marktes, wo die Trödler in mehreren Tischreihen ihre Stände aufgebaut hatten und mit Plakaten und Musik auf sich aufmerksam machten, sprachen Konstantin Kötteritz und seine Frau Anke Alexander Fuschel an, der von dort aus seinen Blick über die aufgebauten Tische schweifen ließ.

»Seien Sie herzlich willkommen, Herr Pfarrer. Zum Freibier kommen Sie allerdings zu spät. Das *O'zapft is!* war vor zwei Stunden, und ich glaube nicht, dass meine Guldenberger auch nur einen Tropfen übrig ließen.«

»Seien Sie gegrüßt, Frau Kötteritz, Herr Bürgermeister. Ich vermute, Sie hatten das Fass wieder anzuzapfen?«

»Ja, natürlich. Die erste und heiligste Pflicht eines Bürgermeisters.«

»Und wie viele Schläge benötigten Sie heute?«

»Drei. Leider wieder drei. Zwei Schläge, das schaffte ich noch vor drei Jahren. Wenn ich nächstes Jahr vier Mal zuschlagen muss, werde ich wohl das Amt des Bürgermeisters abgeben, bevor mich die Bürger mit Schimpf und Schande aus dem Amt jagen.«

»Gibt es für Bürgermeister denn keine Fortbildungen? Vielleicht sollten Sie mal eine machen, um das korrekte Anzapfen zu lernen.«

»Eine gute Idee, Hochwürden. Eine himmlische Idee. Danke. – Und Sie? Sie wollen sich gewiss hier kein Pferd kaufen, oder? Aber vielleicht ein paar Hühner. Hühner für Ihren schönen Pfarrgarten, und jeden Morgen ein frisches Ei, das würde doch Ihrem Fräulein Goldt gefallen. Meine Frau kann Ihnen bei Hühnern sicherlich eine Empfehlung geben. Nicht wahr, Anke?«

»Ich rate zu Leghorn und Friesenhühnern, wenn es um die Eier geht. Wenn Sie allerdings mehr auf das Fleisch Wert legen, dann würde ich zu Brahma-Hühner raten. Ich sah, die Händler auf der Wiese bieten alle Rassen an.«

»Danke, Frau Kötteritz, aber ich will kein Pferd und keine Hühner. Ich kam nur, weil ich Farbbänder benötige.«

»Farbbänder?«

»Ja, für meine alte Olivetti.«

»Sie schreiben noch mit einer mechanischen Schreibmaschine? Haben Sie denn keinen Computer, Herr Pfarrer?«

»Ja, sogar einen recht guten, aber für meine Predigten ist mir meine alte Olivetti lieb und teuer. Ich habe es mit einer elektrischen Schreibmaschine versucht und mit dem Computer, aber die sind mir zu nervös. Sie fordern mich immerzu auf, etwas einzugeben, weiterzuschreiben. Die Olivetti dagegen wartet gelassen, bis ich wieder einen Satz tippe. Es geht um die allmähliche Verfertigung der Gedanken, wie man das früher einmal nannte, und anders kann man nicht denken.«

»Allmählich, Hochwürden, dafür haben wir alle doch heutzutage keine Zeit.«

»Wir müssen sie uns nehmen. Allmählich, das ist wichtig, und dass die früheren Gedanken, die man beim Schreiben verworfen hatte, zwar auf dem Blatt Papier gestrichen wurden, aber noch lesbar vorhanden sind. Oft genug habe ich bei der Endfassung eine frühere Formulierung wieder aufgenommen.«

»Interessant, Herr Pfarrer. Das leuchtet mir ein, aber bei dem heutigen Tempo kann ich nicht auf Internet und Computer verzichten. Wir reisen doch auch nicht mehr mit der Pferdekutsche.«

»Gewiss, aber schneller denken können wir nicht als unsere Vorväter. Insofern verfertigen wir noch immer sehr allmählich, was wir zu sagen haben.«

»Dann viel Glück bei der Suche nach Ihren Farbbändern. Die werden wohl heutzutage gar nicht mehr hergestellt?«

»So ist es. Leider.«

»Das Ordnungsamt hat den Trödlern die Plätze nach ihren Angeboten zugewiesen. Was Sie suchen, müsste

– wenn überhaupt – in der vierten Reihe links zu finden sein. Viel Glück.«

»Danke, Herr Bürgermeister. – Ach, noch eins: Ich wollte in dieser Woche in Ihre Sprechstunde kommen, aber vielleicht kann ich mein Anliegen gleich jetzt loswerden.«

»Ja bitte.«

»Ich habe einen Wunsch. Könnten Sie mit Ihrem Stadtrat, dem Walter Lichtenberger, sprechen. Er macht mir im Pfarrgemeinderat unentwegt Ärger, macht Stimmung gegen mich und all meine Entscheidungen und behindert meine Arbeit und die des Gemeinderats. Er ist sehr rührig und überaus aktiv, nur verhält er sich, als habe man ihm das Pfarramt Guldenberg übergeben. Wenn Sie mäßigend auf ihn einwirken könnten, wäre ich Ihnen dankbar.«

Konstantin Kötteritz hatte dem Priester wortlos zugehört, dann grinste er plötzlich und begann, laut zu lachen.

»Entschuldigen Sie, Hochwürden«, sagte er schließlich, nachdem er sich beruhigt hatte, »ich lache nicht Ihretwegen. Darf ich es Ihnen erklären. Es ist nämlich so, als ich Sie auf den Markt kommen sah, machte ich meine Frau auf Sie aufmerksam und sagte zu ihr: Weißt du, Anke, ich sollte den Priester fragen, ob er nicht auf Pfarrgemeinderat Lichtenberger mäßigend einwirken könne. Denn im Stadtrat verhält er sich, als sei er der gewählte Bürgermeister, und behindert meine Arbeit, wo er kann. Hochwürden, wir werden wohl beide mit diesem Wichtigtuer auszukommen haben. Ich kann ihn nicht kontrollieren oder gar mäßigen und Sie offenbar ebenfalls nicht.«

Alexander Fuschel lächelte: »Ja, dann haben wir wohl damit zu leben. – Alles Gute für Sie.«

»Einen guten Tag, Herr Pfarrer. – Und wie gesagt, Ihre Farbbänder finden Sie, wenn überhaupt, in der vierten Reihe links.«

20

Stefan Haubrich-Becker hatte um zehn Uhr angerufen und bei Schrödingers Sekretärin um einen Termin
gebeten. Als sie ihn fragte, welcher Tag in dieser oder
der nächsten Woche ihm recht wäre, hatte er gesagt:
»Lieber heute als morgen.«

Sie bot ihm einen Termin für denselben Tag um
sechzehn Uhr an, dann müsse Klaus Schrödinger wieder zurück sein.

»Ich richte es ein. Ich bin Punkt vier bei Klaus.«

Der Anwalt empfing ihn derart gut gelaunt, dass Haubrich-Becker ihn fragte, ob er gerade einen Prozess ge-
wonnen habe.

»Ich war nicht im Gericht«, erwiderte Schrödinger,
»ich habe heute etwas viel Schöneres gemacht.«

Er stand auf, ging ans Fenster, schob die Gardine
beiseite und sagte stolz: »Ich habe heute mein Juwel abgeholt.«

Er wies auf seine beiden Garagen hinter dem Haus,
vor denen ein weißer Sportwagen stand, vier Meter
lang, der Motorraum des Fahrzeugs erstreckte sich über

zwei Drittel des Wagens, die niedrige Fahrerkabine war im hinteren Drittel. Es schien eher ein Rennwagen zu sein als ein Coupé.

»Mein Lotus Elite«, sagte Schrödinger. »Heute ist für mich ein Traum in Erfüllung gegangen, lieber Stefan. Seit fünf Jahren jage ich diesem Wagen hinterher. Anfangs hatte ich noch mit einem Aston Martin geliebäugelt, aber dann musste es der Lotus sein, der Elite. Hundertsechzig PS und Schiebedach. Sonst keinerlei Schnickschnack, aber Servolenkung hat er bereits und eine Klimaanlage.«

»Ich bin beeindruckt. Der Wagen scheint, soweit ich das von hier aus sehen kann, in einem tollen Zustand zu sein, als sei er eben erst aus dem Werk gerollt. Aber ich vermute, er hat schon ein paar Jährchen auf dem Buckel?«

»So was Feines wird heute gar nicht mehr gebaut. Nein, mein Lotus ist vor genau 40 Jahren vom Band gegangen. Erstzulassung war 1977. Eine alte Dame, aber fabelhaft gepflegt.«

»So alt und fährt noch?«

»Läuft wie am ersten Tag. Die beiden Vorbesitzer sind sehr, sehr pfleglich mit ihr umgegangen, haben sie nicht überfordert. Der Tacho zeigt vierundsiebzigtausend an, das heißt, sie sind höchstens zweitausend im Jahr gefahren, nicht zu viel, aber ausreichend, um den Motor nicht einrosten zu lassen.«

»Zweitausend im Jahr, dann war es ein Zweit- oder Drittwagen?«

»Selbstverständlich. Um für das Wochenende einzukaufen, dafür wurde er nicht gebaut, und eine Autobahn hat dieses Schmuckstück auch nie sehen müssen. Wer sich in einen Lotus setzt, der will nicht einfach schnell von A nach B, nein, einen Lotus hat man, um das Leben zu genießen. Man fährt zu einem See, einem Picknick, oder fährt einfach nur spazieren. Vergnügen pur, das ist Lotus. In diesem Coupé wird man mich selten sehen, nur zu besonderen Gelegenheiten.«

»Herzlichen Glückwunsch, Klaus, dieser Wagen ist wirklich eine Augenweide. Für eine kleine Spritztour aber würdest du ihn mir mal ausleihen?«

»Ausleihen? Stefan, verzeih, doch bei diesem Gedanken graust mir. So einen Wagen jemandem auch nur für zehn Minuten zu überlassen, das wäre ja so, als ob ich meine Ehefrau oder Geliebte verleihen würde. Nein, auf dem linken Ledersitz wird sich nie ein anderer Arsch breitmachen als meiner.«

»Das dachte ich mir schon.«

»Kann ich dir einen Kaffee bringen lassen?«

»Nein danke.«

»Und was hast du auf dem Herzen? Uschi sagte, du müsstest mich dringend sprechen.«

»Zuerst einmal: Am übernächsten Samstag, am Sechzehnten, wollen Susanne und ich unsere Villa Muldefelsen einweihen, also eine Housewarming Party geben, wie das heute heißt. Ab sechzehn Uhr. Wir würden uns freuen, wenn du und Annegret kommen. Und ich hoffe, ihr kommt in deinem Lotus Elite.«

»Sehr, sehr gern. Am Sechzehnten, sechzehn Uhr, mit Anne und natürlich mit meinem Lotus Elite. Anders vorzufahren, das geht nicht bei einer Housewarming Party am Muldefelsen. Ich habe es notiert. Danke für die Einladung.«

»Wer, wenn nicht du, muss zu dieser Party kommen. Ohne deine Hilfe hätten wir das Grundstück samt Baugenehmigung kaum bekommen, jedenfalls nicht so schnell.«

»Nun, es war ja irgendwie ein Deal mit Kötteritz und der Stadtverwaltung. Ich ziehe seit Jahren eine Verständigung in den Verfahren einer endgültigen Klärung und Festlegung vor, das kostet meine Klienten weniger Zeit und Geld.«

»Es hat uns jedenfalls sehr geholfen. So schnell hatte ich nie eine Baugenehmigung. – Das wäre das eine, weshalb ich hier bin. Das andere ist leider weniger vergnüglich.«

»Ich höre.«

»Ein Kunde ist dabei, mich zu bescheißen. Oder vielmehr, er hat es bereits getan. Ein Beschiss im großen Stil. Es ist ein Rumäne, Popescu, Bobe Popescu. Er lebt in Craiova, das liegt in der Kleinen Walachei. Vor fünf

Jahren erschien er zum ersten Mal bei mir, er machte einen guten Eindruck, dieser Popescu, wirkte seriös, fast wie ein Preuße, überaus korrekt und genau. Trat in feinem Tuch auf, stets mit Krawatte und Einstecktuch. Die Verhandlungen mit ihm liefen erfreulich, er wusste genau, was er haben wollte, und akzeptierte, was ich verlangte. Er wollte Töfflis kaufen, in großer Stückzahl. Vierhundert Fahrzeuge, für die er Käufer in Rumänien, Bulgarien, der Ukraine, Bosnien, Kroatien, Serbien und Slowenien hätte. Es gäbe billigere Motor-Dreiräder als meine, sagte er, doch die seien, verglichen mit meinen Töfflis, nur Schrott, und er wolle seinen Kunden Qualität liefern. Vor drei Jahren habe ich ihn einmal aufgesucht, bin nach Bukarest geflogen und dann drei Stunden mit dem Auto nach Craiova gegondelt. Seine Import-Export-Firma wirkte gediegen, gut ausgestattet. Alles rundum seriös. Mit den vertraglich vereinbarten Stückzahlen über drei meiner Modelle hatte ich für mein Werk Aufträge und eine Absicherung für fast vier Jahre. Drei Modelle, für die die Abnehmerpreise zwischen viertausendvierhundert und fünftausenddreihundert Euro lagen.«

Haubrich-Becker machte eine Pause und atmete tief durch. Klaus Schrödinger sah ihn besorgt an, er wartete schweigend darauf, dass sein Freund fortfuhr.

»In den ersten zwei Jahren lief alles prächtig. Mein Werk arbeitete nur noch für Popescu. Vereinbart war die Übergabe am Umschlagbahnhof in Dresden-Friedrichstadt, ab dort war Popescu für den Transport zuständig. Da er die Töfflis mit der Bahn nach Craiova transportierte, waren, um seine Transportkosten zu minimieren, jeweils größere Stückzahlen vereinbart, nicht unter fünfzig, nach Möglichkeit meines Werks noch lieber achtzig Fahrzeuge pro Lieferung. So weit alles in Ordnung. Bei Vertragsabschluss waren fünf Prozent der Gesamtsumme fällig, und die zahlte er auch.«

»Fünf Prozent. Wie viel war das?«

»Hunderttausend.«

»Und diese Summe bezahlte er?«

»Auf der Stelle. Und zwar buchstäblich. Er griff in seine Aktentasche und legte die Hunderttausend in bar auf den Tisch. Ich sagte, so gehe das nicht bei uns. Ich könne nicht mit einer solchen Summe Bargeld in der Bank erscheinen, da hätte ich gleich die Steuer und die Polizei auf dem Hals. Er war überrascht oder tat wenigstens so. Murmelte etwas von deutscher Pedanterie und versprach, dass die nächste Rate überwiesen werde. Ein Jahr später war sie fällig, zwanzig Prozent. Er erschien wiederum in meinem Büro mit einer Aktentasche und legte vierhunderttausend Euro auf den Tisch.«

»Um Himmels willen!«

»Ja, ich war fassungslos. Ich sagte ihm, dass ich die Summe auf dem Konto sehen wolle und nicht auf meinem Schreibtisch. Mit solchen Barsummen könne ich nicht zur Bank gehen. Er erzählte mir daraufhin eine wüste Geschichte. Er misstraue der Bank in Craiova, da sei im letzten Jahr zu viel schiefgelaufen, einer der Direktoren sei im Gefängnis gelandet, und er selbst sei dabei, sein Konto künftig über eine sicherere Bank in Temeswar laufen zu lassen, über die HDT Unicredit Transilvania. Der Bankwechsel aber sei bei größeren Konten zeitaufwendig, die zweite Rate hätte ich erst Monate später erhalten können, darum habe er sich in meinem Interesse für eine Barzahlung entschieden. Ich möge die Scheine prüfen und das Geld zählen, andernfalls werde er die Rate von Temeswar aus überweisen lassen, aber da wisse der Himmel, wann das Geld auf dem deutschen Konto eintreffe. Damit steckte ich in einer Zwickmühle. Ein solcher Haufen Bargeld brachte mir Probleme, anderseits war ich mit der Produktion notwendigerweise in Vorleistung gegangen und hatte Zulieferer und Monatslöhne zu zahlen.«

»Und was hast du gemacht? Das Geld unters Kopfkissen gelegt und die Löhne in der guten alten Lohntüte überreicht?«

»Ich bin zu meinem Steuerberater gegangen und gemeinsam mit ihm zum Finanzamt. Ich hatte alle Papiere dabei, die Verträge mit Popescu vor allem, den gesamten Schriftverkehr mit ihm. Ich habe sozusagen im Finanzamt die Hosen runtergelassen. Es ging alles gut, nach fünf Tagen bekam ich ein langes Schreiben vom Amt, mit diesem Schein in der Hand konnte ich das Geld zu meiner Bank bringen.«

»Warum bist du nicht zu mir gekommen?«

»Ich dachte daran, Klaus, aber ich wollte nicht mit einem Anwalt im Finanzamt erscheinen. Sie sollten nicht den Eindruck bekommen, ich benötigte einen Rechtsbeistand, weil an der Geschichte irgendetwas faul sei. Übrigens, bei der Gelegenheit bekam ich mit, dass ich nicht der Einzige war, der dieses Bargeldproblem hat. Ein Chef des Gorkier Automobilwerks in Nischni Nowgorod hat sich hier eine Yacht bauen lassen, und er erschien offenbar mit zwei Millionen Cash in der Werft.«

»Und die Geldscheine waren alle okay? Keine Blüten dabei?«

»Nein, da war alles in Ordnung. Ich ließ weitere Töfflis für Popescu bauen, er konnte die zweite und dritte Charge in Friedrichstadt in Empfang nehmen, damit hatte ich ihm zweihundertfünfundzwanzig Fahrzeuge geliefert. Die vierte Serie sollte hundert Stück umfassen, so war es vereinbart, doch da war zuvor wieder eine Zahlung fällig, diesmal allerdings ordnungsgemäß per Banktransfer. Sechs Monate später teilte ich ihm mit, wir könnten die hundert Töffli zum Güterbahnhof bringen lassen, er möge zuvor das Geld überweisen. Von ihm kam ein Schreiben, dass er alles in die

Wege geleitet habe, beigelegt war eine Zahlungsanweisung seiner Bank. Ich wartete vierzehn Tage, es kam kein Geld und seine Töfflis verstellten mir meine Produktionshallen. Ich fragte wieder und wieder an, er schickte Papiere seiner Bank, die mir in einem Bankerkauderwelsch die Verspätung erklären sollten. Er bestand auf sofortiger Lieferung, wie vereinbart, da seine Kunden ihn angeblich bedrängten und ihm drohten, ihre Bestellungen rückgängig zu machen. Ich sagte ihm, ohne Zahlungsempfang würde ich die neue Serie nicht liefern können. Wenn die Bank unfähig sei, solle er in Teufels Namen wiederum cash zahlen. Als Antwort kam erneut ein Schreiben seiner Bank, sie könne den Überweisungsauftrag stornieren, das würde jedoch aus bürokratischen und technischen Gründen etwas Zeit kosten.«

Klaus Schrödinger stieß einen Pfiff aus und stöhnte: »Ganoven, Ganoven, Ganoven.«

Haubrich-Becker nickte und fuhr fort: »In einem beigelegten Brief schrieb Popescu, dass er seine Bestellung rückgängig machen müsse, wenn die Töfflis nicht in vierzehn Tagen bei ihm seien, da seine Kunden ihn zeitlich unter Druck setzten. Wenn er ihnen bis zum Monatsende die Fahrzeuge nicht liefern könne, würden diese sich an einen der rumänischen Autobauer wenden und bei ihm bestellen. Ich war doppelt unter Druck, ich war im Verzug, hätte längst liefern müssen, meine Hallen quollen über, und Popescu hatte scheinbar eine weiße Weste, da seine Bank die Verspätung verschuldet hatte und sie sich immer wieder bei mir entschuldigte. Ich konsultierte meinen Steuerberater, der hatte noch nie einen solchen Fall, gab aber zu bedenken, dass der Rumäne möglicherweise völlig schuldlos sei, ich jedoch die Ware absichtsvoll einbehalte. Wenn der Rumäne prozessiere, könne dieser Umstand gegen mich sprechen. Nach einer schlaflosen Nacht entschied ich mich, umgehend zu liefern. Drei Tage später waren meine Töfflis auf dem Güterbahnhof, zwei weitere Tage später verladen und abfahrbereit. Und das war es dann.«

»Das war es? Was heißt das, Stefan?«

Haubrich-Becker hatte, während er dem Anwalt berichtete, den Blick starr auf seine Hände gerichtet. Er blickte nun auf und sagte mit einem schmerzlichen Lächeln: »Nun ja, das war's. Ab Friedrichstadt lag der Transport ja in Popescus Händen, ich forschte aber später nach und erfuhr von der Bahn, dass die Güterwagen mit meinen Töfflis am Fünfzehnten in Craiova eintrafen und noch am selben Abend entladen wurden. Von Popescu hörte ich nichts, keine Empfangsbestätigung, keinerlei Nachrichten. Und es floss nicht ein Cent.«

Er seufzte und fuhr dann fort: »Ich wartete tagelang. Telefonisch war er nicht erreichbar, auf meine Mails antwortete er nicht, meine Briefe an seine Bank wurden mir mit einem unleserlichen Stempelaufdruck zurückgeschickt. Ich wurde, wie du dir vorstellen kannst, immer unruhiger, vor vier Tagen reiste ich schließlich nach Craiova. Und dort war zu meiner großen Überraschung von seiner seriösen, einstmals gut ausgestatteten Import-Export-Firma nichts mehr zu sehen. In den Räumen des Hauses, wo ich ihn zwei Jahre zuvor besucht hatte, war nun eine Firma, die offensichtlich Handys im Eigenbau herstellte oder auch nur vertrieb. Das Mobiliar, schien mir, war noch immer dasselbe, wohl auch die Computer. Es waren offenbar Geschäftsräume, die man voll möbliert und ausgestattet mieten konnte.«

»Feine Geschäftsräume, die man anmietet, um zu kassieren und rasch zu verschwinden.«

»Ja, ein Geschäftsmodell für genau solche Leute wie diesen Gauner Popescu. Das Firmenschild war ausgetauscht worden, doch dem alten auffallend ähnlich. Offensichtlich war es nur aus einzelnen Buchstaben zusammengesetzt, die man innerhalb weniger Minuten samt der Beleuchtung austauschen konnte. Die nun dort residierende neue Gesellschaft wusste nichts von Popescus Import-Export-Firma, sie hatte drei Monate zuvor die Räume übernommen. Ich ließ mir die Adresse der Gesellschaft geben, der dieses Haus gehörte. Dort zeigte man mir die Papiere, die man von Popescu hatte. Er habe nach nur vier Monaten die Räume überraschend gekündigt, also gleich nach meinem früheren Besuch in Craiova. Man sagte mir, Popescu sei ihnen zwei Monatsmieten schuldig geblieben, sei aber bisher unauffindbar.«

»Scheint ein nettes Kerlchen zu sein.«

»Am selben Nachmittag musste ich einen weiteren Schlag einstecken. Unter der angegebenen Adresse gab es in Temeswar keine Bank namens HDT Unicredit Transilvania. In ganz Rumänien gibt es keine Bank mit diesem Namen, Popescu hatte sämtliche Bankpapiere gefälscht. Am nächsten Morgen ging ich zur Polizei in Craiova und stellte Strafanzeige. Und jetzt brauche ich deine Hilfe, Klaus.«

»Wie hoch ist der Schaden bisher?«

»Geliefert hatte ich ihm dreihundertfünfundzwanzig Töffli, er hat mir insgesamt fünfhunderttausend Euro bezahlt und blieb mir bisher achthunderttausend schuldig.«

»Achthunderttausend Euro?«

»Ja, aber dazu kommen noch die vereinbarten restlichen Fahrzeuge, die nach seinen speziellen Wünschen derzeit noch in Arbeit sind. Hier droht mir, wenn ich sie nicht anderweitig loswerde, ein Schaden von weiteren dreihunderttausend. Insgesamt also mehr als eine Million Euro. Und bei den verbliebenen fünfundsiebzig Fahrzeugen bin ich vollkommen unschlüssig. Soll ich weiterbauen, was ich in der speziellen Form nur schwer verkaufen kann, oder Kurzarbeit anordnen, da ich andere Aufträge Popescus wegen nicht angenommen hatte? Und wenn ich die Produktion in meinem Werk vorübergehend einstelle, wie halte ich die Arbeiter und Angestellten trotzdem bei der Stange? Zumindest etwa eine Handvoll von ihnen sind nicht ersetzbar, und ich weiß, die finden spielend anderswo ihr Auskommen.«

»Oha. Eine üble Geschichte. Was unternahm die Polizei in diesem Craiova?«

»Nicht viel. Ich habe alle Unterlagen mitgebracht. Alles, was ich von Popescu habe und von der rumänischen Polizei. Ich habe auch die Zahlungsbestätigung des Finanzamtes dazugelegt und die Briefe meines Steuerberaters. Können wir von hier aus Popescu auf die Füße treten?«

»Rein formal geht das, aber es ist nicht sonderlich aussichtsreich. Ich werde einen Kollegen einbeziehen, der in Bukarest sitzt. Popa heißt er. In Rumänien heißt ja jeder zweite Popa oder Popescu. Der Mann ist gut, ich hatte mit ihm in zwei grenzüberschreitenden Fällen zusammengearbeitet. Von Bukarest aus kann er viel mehr erreichen als ich. Und die deutsche Kriminalpolizei wird so eine Geschichte ohnehin auf eine sehr, sehr lange Bank schieben. Ich spreche mit Popa, einverstanden?«

»Wenn wir damit weiterkommen, sehr gern. Danke. Ich brauche das Geld, ich habe monatlich allein an Direktlohn und Personalzusatzkosten über einhunderttausend aufzubringen. Und meine Zulieferer treten mir auch schon auf die Zehen.«

»Den Mann aufzuspüren und ihn vor Gericht zu bringen, ist das eine, Stefan, aber ob wir damit an dein Geld kommen, ist sehr fraglich«, gab Schrödinger zu bedenken, »nach meinen Erfahrungen hat er deine Töfflis längst verhökert und das Geld verschwinden lassen oder verprasst.«

Haubrich-Becker nickte verzweifelt.

»Versuch dein Bestes«, sagte er nur.

»Und nächste Woche, deine Housewarming Party am Sechzehnten, willst du sie trotz allem veranstalten?«

»Unbedingt. Ich will nicht, dass irgendjemand von dieser Sache Wind bekommt. Ich bitte dich um absolute Diskretion. Wenn bekannt wird, dass ich betrogen wurde, wenn irgendjemand meine Solvenz anzweifelt, meldet sich alles, was noch einen Cent von mir zu bekommen hat. Dann kann ich den Laden endgültig dichtmachen.«

»Über Vertraulichkeit müssen wir kein Wort verlieren, Stefan.«

»Pardon, aber ich bin in einer Mordsstimmung, ich könnte diesen Popescu umbringen. Erwürgen mit meinen eigenen Händen, wenn's sein muss.«

Er streckte seine beiden Arme, sah auf seine Hände und nickte dann mehrmals.

»Ich werd dann mal«, sagte er und stand auf.

»Ich rufe Popa gleich an und berede alles mit ihm. Sobald ich etwas weiß, melde ich mich, Stefan.«

Haubrich-Becker nickte und ging zur Tür. Er hatte diese gerade geöffnet, als er sie wieder schloss und sich zu dem Anwalt umwandte.

»Sag mal, Klaus, diese jungen Leute im Alten Segler-heim, sind da auch Rumänen darunter? Weißt du da was? Hattest du mit ihnen zu tun?«

»Keine Ahnung. Afghanen sind dort, hörte ich, und Syrer, aber ob da auch Rumänen dabei sind, das weiß ich nicht. Ich glaube nicht, Rumänien ist kein Kriegs-gebiet. Warum fragst du?«

»So ein junger Rumäne könnte vielleicht etwas mehr herausbekommen als wir hier. Und sicher sehr viel mehr als unsere Kriminalpolizei, bei der nicht einer ein Wort Rumänisch spricht. Außerdem, bei uns unter-nehmen Polizei und Staatsanwalt erst etwas bei Perso-nenschaden. Wenn im Heim ein Junge aus Rumänien dabei ist, dann könnte ich ihn bezahlen, ihm Geld ge-ben, damit er für mich in seine Heimat zurückreist und diesen Bobe Popescu auffindet.«

»Nein, Stefan, das ist keine gute Idee. Das ist eine rich-tige Schnapsidee. Ich verstehe, dass du verzweifelt bist, aber das geht gar nicht. Wie kommst du nur darauf?«

»Kötteritz schlug vor, dass ich mir die Jungen mal ansehe. Unsere Jugendlichen sind sich ja zu schade für ehrliche Arbeit, scheint's, und ich brauche dringend Lehrlinge – na ja, jedenfalls bis vor Kurzem. Das hat sich jetzt wohl auch erledigt. Und ein Rumäne könnte mir jetzt wohl gute Dienste leisten.«

»Das sind Schulkinder, Stefan! Minderjährige! Willst du mit ihnen Emil und die Detektive spielen?«

»Sie bekommen von mir Geld und machen etwas Nützliches. Eine Win-win-Situation.«

»Stefan, ich bitte dich! Die Jungs brauchen einen soliden Job, statt Verbrecher zu jagen. Dieser Popescu ist ein Gauner, der vor nichts zurückschreckt. Schlag dir das bitte aus dem Kopf.«

Haubrich-Becker seufzte resigniert: »War ja nur so ein Gedanke, Klaus. Ruf deinen Popa bitte an. Sag ihm, wenn er ihn findet, gibt es eine dicke Prämie für ihn. Wenn's sein muss, geb ich mein letztes Hemd, um diesen Gauner zu finden.«

Er stand auf.

»Ich werd dann mal«, sagte er.

»Ich rufe Popa gleich an und berede alles mit ihm. Sobald ich etwas weiß, melde ich mich, Stefan.«

Haubrich-Becker nickte und ging zur Tür. »Wir sehen uns. Spätestens am Sechzehnten.«

»Du hörst eher von mir. Alles Gute.«

21

»Komm, Hakim, setz dich. Wir wollen anfangen. Hast du dein Deutschheft dabei?«

Hakim wechselte ins Arabische: »Wieso muss ich eine Deutschstunde extra machen? Die anderen sind schon in ihrem Zimmer und dürfen abhängen.«

»Du musst gar nichts, Hakim. Und ich muss auch gar nichts, hast du verstanden? Ich gebe euch diesen Deutschunterricht, weil ich meine, ohne gute Deutschkenntnisse kommt ihr nicht weiter. Wer soll euch Arbeit geben, wie soll euch einer einstellen, wenn ihr nicht versteht, was er sagt? Und eine Fachausbildung bekommt ihr auch nur, wenn ihr gut genug Deutsch könnt. Du, Hakim, du bist der Älteste von euch allen und sprichst am schlechtesten. Weil du faul bist.«

»Stimmt nicht. Das ist falsch, Ezra, ganz falsch.«

»Faul und desinteressiert. Darum gebe ich dir die zusätzlichen Stunden. Damit du es schaffst, irgendwann eine Lehrstelle zu bekommen. Aber alles ist freiwillig. Wenn du nicht begreifst, dass wir dir helfen wollen, dann lassen wir es.«

»Ich bin nicht faul. Aber Sprachen liegen mir nicht.

Ich bin mehr technisch begabt. Einen Motor auseinanderschrauben, reinigen und zusammensetzen, das ist es, was ich machen will. Automechaniker oder so, das will ich werden. Adil, der hat mit Sprachen gar keine Probleme, und Karim ist sowieso schlau. Schlau wie ein Mullah.«

»Sprachen liegen dir nicht? Aber du bist nach Deutschland gekommen, da ist es völlig egal, ob dir Deutsch liegt oder nicht. Du musst die Sprache des Landes lernen, in dem du leben willst.«

»Ich will ja nicht leben hier. Ich will weg.«

»Zurück nach Syrien? Ich glaube nicht, dass das geht.«

»Nein, nach Frankreich. Ich will nach Paris. In zwei Monaten bin ich achtzehn, dann kann ich gehen, wohin ich will. Dann sage ich: bye, bye Guldenberg, arrivederci Paris.«

»Oh ja, mit Sprachen hast du es wirklich nicht. Arrivederci, weißt du was das heißt?«

»Im Französischen heißt das: Guten Tag. Oder so ähnlich.«

»Ah ja. *Oder so ähnlich*, ich würde eher sagen: oder so unähnlich. Na dann, viel Spaß in Paris.«

»Werde ich haben, Ezra.«

»In Frankreich musst du Französisch können. Kannst du das? Ich habe nicht den Eindruck. Glaubst du, es fällt dir leichter, Französisch zu lernen statt Deutsch?«

»In Frankreich muss keiner Französisch können. In Paris wohnen viele, wohnen Tausende Syrer, die kein Französisch können. Wir sind da bei Freunden, bei Leuten aus meinem Land.«

»Oh ja, Hakim, deine Landsleute in Paris habe ich gesehen. Weißt du, voriges Jahr war ich im September da. In einer Nacht konnte ich nicht schlafen, ich bin aufgestanden und aus der Pension rausgegangen. Ich wollte irgendwo einen Kaffee trinken und ein Croissant essen, aber so weit ich auch lief, nachts um halb drei ist in Paris nichts offen. Doch da habe ich deine Leute gesehen. Ich bin fast eine Stunde durch die Stadt gelaufen, ich habe nicht einen Franzosen, nicht einen Pariser gesehen, nur Syrer und Afrikaner, und die fegten die Straßen. Nachts um halb drei kannst du dort deine Landsleute treffen, so viele du willst, und mit einem Besen in der Hand. Willst du das? Willst du Straßenkehrer in Paris werden?«

»Manche werden Straßenkehrer, andere werden Straßenkönig. Und die fahren dann mit einem dicken Auto über sauber gekehrte Straßen.«

»Und du wirst Straßenkönig in Paris?«

»Du musst wissen, Ezra, Hakim und Straßenbesen, das geht nicht zusammen. Ein Straßenkreuzer aber, der passt zu mir.«

»Ach, Sprachen liegen dir nicht, aber um dumme Sprüche bist du nie verlegen. Was dir liegt, das weiß ich. Wir haben dich zweimal mit Alkohol erwischt. Marikke hat sich mit mir und Fritzi beraten, wir haben es nicht gemeldet, was eigentlich Vorschrift ist. Es gibt eine Heimordnung und Verstöße werden nicht geduldet.«

»Ich weiß. Danke, Ezra. Alkohol rühre ich in meinem Leben nie wieder an. Versprochen.«

»Wenn wir dich noch einmal mit einer Flasche erwischen, dann müssen wir es melden. Ansonsten machen wir uns strafbar. Bei euch zu Hause ist es doch auch streng verboten. In deiner Heimat kann man deswegen ins Gefängnis kommen.«

»Ich weiß. Das waren nur die Deutschen, die deutschen Freunde. Die Deutschen trinken alle Bier, trinken viel, viel Bier.«

»Öffne dein Heft. Seite zweiundzwanzig.«

»Warum soll ich Deutsch lernen, wenn ich sowieso nach Paris gehe? Kannst du mir nicht Französisch beibringen?«

»Nein, kann ich nicht. Ich bin keine Französischlehrerin. Und ich habe euch in Deutsch zu unterrichten, dafür werde ich bezahlt. – Hast du jemanden in Paris? Wird dir dort einer helfen? Du brauchst ein Zimmer in Paris, du brauchst Arbeit, wie willst du das schaffen ohne Sprachkenntnisse?«

»Ich kriege Geld, wenn ich in Frankreich bin. Sehr viel.«

»Hast du denn Verwandte in Paris?«

»Nein.«

»Und von wem bekommst du dann viel Geld?«

»Von einem Bruder.«

»Ein Bruder? Du hast also doch Verwandte in Paris?«

»Nein, kein richtiger Bruder. Ein guter Mensch, der mir helfen will.«

»Ein guter Mensch will dir viel Geld geben? Wieso? Was sollst du für ihn tun?«

»Weiß ich nicht. Das erfahre ich bald. Wenn ich achtzehn bin und losfahre.«

»Und wer ist dieser gute Mensch? Ein Landsmann von dir? Ist das ein Syrer oder ein Franzose?«

»Das weiß ich nicht. Ich habe ihn noch nicht getroffen.«

»Das wird ja immer verrückter. Irgendeiner, den du nicht kennst, den du noch nie gesehen hast, ein guter Mensch, will dir viel Geld geben. Wo gibt es denn so etwas?«

»In Paris bekomme ich das Geld.«

»Wie viel Geld?«

»Dreitausend Euro.«

»Um Himmels willen, Hakim, da ist doch etwas faul. Wie bist du denn an den gekommen? Oder hat er dich angesprochen?«

»Das war ein Freund von ihm, der in Wildenberg wohnt.«

»Ein Freund? Vermutlich auch ein guter Mensch.«

»Six heißt er.«

»Six? Komischer Name. Ist er Deutscher?«

»Ja.«

»Wie heißt er denn richtig?«

»Weiß ich nicht. Ich habe ihn nur als Six kennengelernt. Gesagt hat er, unter dem Namen Six kennt ihn jeder Kämpfer in Wildenberg, aber wenn ich noch einen Nachnamen brauche, soll ich ihn Six Six nennen. Und dann hat er gelacht.«

»Und wo hast du ihn kennengelernt? Warst du in Wildenberg, ohne uns zu informieren?«

»Nein. Kennengelernt habe ich ihn im Fitnesscenter. Dort hat er mit mir gesprochen.«

»Er hat dich angesprochen und zu dir gesagt: Geh nach Paris, dort bekommst du dreitausend Euro.«

»Ja. So war das. Genau so.«

»Sollst du für ihn Drogen transportieren?«

»Nein.«

»Oder, Hakim, sollst du für ihn in Paris anschaffen gehen? Du bist ein hübscher Junge, diese Kriminellen suchen gutaussehende junge Männer.«

»Ezra! Was denkst du! So einer ist er nicht. Er ist gottesfürchtig.«

»Wer sagt das? Dieser Six?«

»Ja.«

»Gottesfürchtig, das klingt mir ganz nach heiligem

Krieg. Will er dich zu einem Kämpfer machen? Zu einem Gotteskrieger?«

»Nein. Ich muss nur zu dem Freund nach Paris fahren, und dort bekomme ich alles Geld.«

»Und wann willst du fahren?«

»Wenn ich achtzehn bin. Wenn ich reisen kann, wohin immer ich will. Und an meinem achtzehnten Geburtstag fahre ich früh zu Six und von dort aus nach Paris.«

»Hakim, da stinkt etwas ganz gewaltig. Ich schlage vor, an deinem Geburtstag fahren Marikke oder ich mit dir zu diesem Six, und wir sprechen mit ihm.«

»Das geht nicht. Ich darf mit keinem darüber sprechen. Wenn du mitkommst, schickt er mich nicht nach Paris und ich bekomme das Geld nicht.«

»Das ist ein Ganove, Hakim. Ich komme auf jeden Fall mit.«

»Du musst nicht. Das bringt nichts. Er wird nicht mit dir reden, kein Wort. Six redet nicht mit Frauen. Er sagt, die Frauen sind für die Küche gut und für die Kinder. Frauen taugen für das Bett. Aber reden mit ihnen, das soll kein Mann.«

»Hakim, da stimmt etwas nicht.«

»Ich brauche das Geld. Ich muss Geld verdienen.«

»Verdienen, ja. Verdienen heißt, man arbeitet und bekommt als Gegenleistung Geld. Aber nur so nach Paris zu fahren und dort dreitausend Euro in die Hand gedrückt zu bekommen, das ist kein Verdienst, das ist etwas Schmieriges. Das kann dich ins Gefängnis bringen. – So, und jetzt machen wir auf Deutsch mit unserem Unterricht weiter, auch wenn dir die Sprache nicht liegt. Ich muss schließlich auch Geld verdienen. – Was sind unregelmäßige Verben? Das hatten wir in der letzten Stunde.«

»Sein und müssen.«

»Ja, welche noch?«

»Dürfen, treffen und können.«

»Richtig. Und warum heißen sie unregelmäßig?«

»Weil sie sich verändern.«

»Weil ihre Stammformen nicht vollständig aus dem Infinitiv abgeleitet werden können. – Ein Beispiel bitte.«

»Ich treffe, ich traf.«

»Gut, Hakim. Du wirst noch eine Koryphäe im Deutschen.«

22

Fräulein Goldt öffnete die Tür.

»Weiß Hochwürden, dass Sie kommen? Hat er Sie herbestellt?«

»Nein. Ich wollte nur nochmal mit dem Herrn Pfarrer sprechen und mich bei ihm bedanken.«

»Na, dann kommen Sie rein. Setzen Sie sich dorthin. Ich gebe Hochwürden Bescheid. Ich frage, ob er Zeit für Sie hat.«

Bärbel Nimrod setzte sich auf den ihr zugewiesenen Stuhl im Flur des Pfarrhauses und betrachtete den hinfälligen, altertümlichen Eichenschrank, dessen Türen derart verzogen waren, dass er nur durch einen zusätzlichen Holzriegel zu verschließen war. Fräulein Goldt war rasch wieder bei ihr.

»Kommen Sie, setzen Sie sich ins Sitzungszimmer, Hochwürden ist gleich bei Ihnen.«

Die Haushälterin war aus dem Arbeitszimmer gekommen und hatte für Bärbel die Tür zum Sitzungszimmer geöffnet. Das Mädchen stand auf, dankte mit einem Kopfnicken und ging hinein. Sie wusste nicht, ob sie sich setzen oder lieber stehend auf den Priester warten sollte. Unschlüssig stellte sie sich ans Fenster und sah auf die Straße. Autos waren dort dicht an dicht abgestellt, aber man sah keinen Menschen. Die Kirchstraße war eine Sackgasse ohne Geschäfte und Leben, nur geeignet, um Autos zu parken.

»Guten Tag, Bärbel. Ich darf Sie doch Bärbel nennen? Ein ›Frau Nimrod‹ ist für mich etwas sehr steif und ungewohnt, da Sie ja gerade noch in meinem Unterricht waren.«

»Guten Tag, Hochwürden. Ja, bitte nennen Sie mich Bärbel. Sie können mich auch duzen. Wie früher.«

»Nein, Sie sind jetzt erwachsen und ja sogar eine werdende Mutter. – Setzen wir uns. – Ich vermute, Sie kommen, um sich zu verabschieden. Dann hat das mit dem betreuten Wohnen geklappt?«

»Ja, ich habe einen Platz bekommen. Und es ist schön weit weg von Guldenberg. Es ist in …«

»Sagen Sie es mir nicht. Dann kann ich es auch nicht aus Versehen ausplaudern. – Und was ist mit Ihrem Freund, dem Vater des Kindes?«

»Ich habe ihm nichts gesagt. Das ist besser so. Für mich und für das Kind.«

Der Pfarrer nickte und sah sie voller Anteilnahme an.

»Und Ihre Eltern?«, fragte er nach einigen Sekunden des Schweigens, »was ist mit Ihren Eltern? Alles in Ordnung? Ihre Eltern wissen es doch inzwischen?«

Bärbel wurde flammend rot und blickte zu Boden: »Meine Mutter hat beim Wäschewaschen etwas bemerkt. Weil ich seit drei Monaten nicht mehr die Periode hatte. Sie hat es an der Wäsche bemerkt und mich dann ins Gebet genommen. – Entschuldigen Sie, Hochwürden, das ist mir jetzt so rausgerutscht. Ins Gebet nehmen, das sagt man bei uns so.«

»Ich weiß, ich bin doch nicht weltfremd, mein Kind. – Und was hat die Mutter gesagt?«

»Gesagt? Sie hat mit mir rumgeschrien, dass ich mir meine Zukunft versaue und dass das ja kein Wunder wäre, dass ausgerechnet mir das passiert. Wegen der Jungs und so … natürlich wollte sie wissen, wer mir das Kind gemacht hat, ich hab's aber nicht verraten. Sie darf nicht wissen, dass ich mit ihm zusammen bin, weil ich weiß, dass sie nix von ihm hält …«

»Und Ihr Vater?«

»Mutter hat es ihm zum Glück noch nicht gesagt.«

»Wissen Sie, es ist nicht so ungewöhnlich, dass Eltern aus allen Wolken fallen, wenn die Tochter so früh schwanger wird. Lassen Sie ihnen ein bisschen Zeit. Oft freuen sie sich dann später doch auf das Enkelkind, Ihre Eltern wären da nicht die Ersten«.

»Hoffentlich haben Sie recht.«

»Aber da ist noch etwas, was ich Sie fragen muss. Mir kam vor ein paar Tagen ein Gedanke, der mich beunruhigt. Es ist nur, weil Sie mir so wenig erzählen wollen über den Kindsvater. – Durch die Stadt schwirrt seit ein paar Tagen ein Gerücht, von dem ich nicht weiß, ob es begründet ist oder nicht. Die Leute sind aufgebracht, einige sogar richtig hysterisch. Wie ich hörte, wurde eine junge Frau vergewaltigt. Und der Täter sei kein Deutscher, sondern ein Südländer. Die ganze Stadt vermutet nun, es sei einer aus dem Alten Seglerheim, einer der jungen Migranten. Haben Sie auch davon gehört?«

Das Mädchen nickte.

»Und was genau? Was haben Sie gehört?«

»Nichts«, erwiderte sie rasch.

»Du weißt nicht vielleicht, wer die junge Frau sein könnte, um die es dabei geht?«

Sie schüttelte vehement den Kopf, sagte jedoch nichts.

»Was hast du denn deiner Mutter erzählt, wer der Kindsvater ist, wenn sie nichts von deinem Freund wissen darf?«

»Gar nichts.«

»Du hast ihr nicht etwa erzählt, du seist von einem Ausländer vergewaltigt worden?«

Bärbel hatte den Kopf gesenkt, sie war rot geworden und flüsterte etwas.

»Bitte? Ich habe dich nicht verstanden. Kannst du bitte laut und deutlich sprechen.«

»Nein«, stieß sie hervor, ohne ihn anzusehen.

»Und dein Freund, der Vater deines Kindes, hat dir das auch nicht unterstellt? Oder dich gedrängt, so etwas zu erzählen, damit keiner auf die Idee kommt, ihn in die Verantwortung für das Kind zu nehmen?«

Sie schüttelte wieder nur den Kopf.

»Ich muss jetzt gehen. Meine Mutter wartet auf mich.«

»Natürlich. Aber bitte mach dir bewusst, dass eine falsche Beschuldigung schwerwiegende Folgen haben kann. Du könntest einen Unschuldigen hinter Gitter bringen. Und zudem kann diese Sache in unserer Stadt großes Unheil anrichten.«

»Ja, ich weiß.«

»Denke daran, dass man nach der Geburt den Vater des Kindes leicht ermitteln kann, das ist heutzutage kein Problem mehr. Eine winzige Blutprobe reicht aus.«

Sie nickte und atmete schwer.

»Falls du also doch etwas damit zu tun hast, dann solltest du dich schnellstens bei der Polizei melden und eine möglicherweise vorschnelle falsche Aussage korrigieren. Noch ist das möglich und nicht strafbar. Du korrigierst lediglich eine Aussage.«

»Ich muss jetzt gehen, Hochwürden. Meine Mutter wird sonst sauer.«

Sie stand auf und auch der Pfarrer erhob sich. Er brachte sie bis zur Haustür.

»Hast du verstanden, was ich dir gesagt habe?«

»Ja, Hochwürden. Und vielen Dank für Ihre Hilfe.«

Sie eilte die stille Kirchstraße entlang, der Priester sah ihr nach, sie wandte sich nicht um.

23

»Jungs, bitte, bleibt ruhig. Lasst all eure Sachen liegen, nehmt nichts mit. Kommt, kommt hinter mir her. Wir gehen nicht auf die Straße, noch nicht. Wir gehen alle ins Gartenzimmer. Dort sind wir vorerst sicher. Das Feuer wird bald gelöscht sein, und im Gartenzimmer sind wir weit entfernt von den Flammen. Notfalls können wir dort durch die Terrassentür raus. Aber wir bleiben im Haus, bis Polizei und Feuerwehr eingetroffen sind. Vorerst ist es zu gefährlich. – Enis, bitte, werde nicht hysterisch. Nimm dir ein Beispiel an den anderen. Hier heult keiner, hier schreit keiner. Kommt. Rasch, rasch. Sind alle da? Drei, sieben, zehn, zwölf, na endlich. – Kerstin, du bleibst bei den Jungs. Ich sehe nach, wie es vorne aussieht, und ich will aus dem Büro die Schlüssel holen. – Hört ihr? Das ist die Feuerwehr oder die Polizei. Ich geh ihnen entgegen. Ihr bleibt hier, bis ich wiederkomme oder einer von der Polizei.«

Marikke Brummig verschloss schnell die Tür zum Gartenzimmer hinter sich, es sollte nichts von dem Rauch eindringen, der bereits durch den Flur waberte.

Sie gelangte durch die Terrassentür ins Freie und lief um das Haus herum zum Vordereingang.

Die Feuerwehr stand in der Einfahrt des Seglerheims. Das Martinshorn war bereits ausgeschaltet, nur das Blaulicht drehte sich weiterhin. Zwei der Männer entrollten einen schweren Schlauch. Als Frau Brummig auf sie zutrat, fragte sie einer der Männer, der sich ihr als Einsatzleiter Mertens vorstellte: »Sind alle raus aus dem Haus? Ist noch irgendjemand drinnen?«

»Ja, meine Jugendlichen.«

»Raus mit denen. Gibt es einen hinteren Ausgang?«

»Ja.«

»Zeigen Sie ihn mir.«

Marikke Brummig rannte zurück, der Feuerwehrmann ihr hinterher.

»Wie viele Personen sind da noch im Haus?«

»Zwölf, nein, dreizehn. Zwölf Jugendliche und meine Assistentin Kerstin Roland.«

Als sie im Heim die Tür zum Gartenzimmer aufriss, schob der Feuerwehrmann sie zur Seite.

»Alle hinaus ins Freie. In den Garten. Und Abstand halten zum Haus, fünfzig Meter mindestens. Geht am besten bis runter an den See. Es besteht die Gefahr des Funkenflugs.«

Er wandte sich an die Heimleiterin: »Sie sorgen dafür, dass alle in Sicherheit sind. Ich mache einen Kontrollgang hier im Haus. Sind Türen verschlossen?«

»Nein, nur die vordere Haustür. Da, wo es brennt.«

»Gut. Dann raus mit euch.«

»Kerstin, geh du vor. Bring sie zu den Bäumen am Ufer. – Und nun rasch, Jungs.«

Der Raum leerte sich schnell, die Jugendlichen rannten Kerstin hinterher. Frau Brummig war an der Tür stehen geblieben, zählte ihre Schützlinge und lief ihnen dann nach Richtung See.

Vor dem Heim war ein zweites Fahrzeug mit zuckendem Blaulicht erschienen, ein Polizeiwagen, aus dem zwei uniformierte Beamte stiegen und zum Einsatzleiter der Feuerwehr gingen. Sie sprachen kurz miteinander und der Einsatzleiter wies mit der Hand auf die Wiese hinterm Haus.

Die beiden Polizisten gingen zu der Gruppe, fragten nach Marikke Brummig und erkundigten sich, ob es Zeugen gebe, ob irgendjemand etwas Zweckdienliches aussagen könne. Da keiner etwas gesehen hatte, baten sie Marikke Brummig, mit ihnen zu ihrem Wagen zu kommen, damit sie dort den Tathergang zu Protokoll geben könne.

Die Heimleiterin erzählte ihnen, dass es kurz nach achtzehn Uhr, als sie alle zusammen im Speiseraum saßen und das Abendbrot einnahmen, plötzlich laut krachte und das Splittern von Glas zu hören war. Sie habe die Jugendlichen angewiesen, sitzen zu bleiben, habe vorsichtig die Tür zum Hausflur geöffnet und sei zur Vordertür gegangen. Im selben Moment schossen in der Küche und vor dem Hauseingang meterhohe Flammen hoch.

Sie habe sofort den Notruf gewählt und zudem angeordnet, dass alle in das Gartenzimmer zu gehen hätten, das am weitesten von der brennenden Eingangstür entfernt lag und durch dessen Terrassentüren man leicht ins Freie gelangen könne. Sie hatte verhindern wollen, dass die Jungs hinausliefen, bevor Polizei oder Feuerwehr eintrafen, da sie nicht wusste, ob die Angreifer noch vor dem Haus stünden und sie vielleicht sogar direkt attackieren würden. Zum Schluss fragte sie die Polizisten, was sie nun tun solle, sie könne mit den Jugendlichen nicht über Nacht im Seglerheim bleiben, es sei zu gefährlich und die Jugendlichen würden in diesem Haus so bald nicht wieder zur Ruhe kommen.

»Wir sprechen nachher darüber«, sagte einer der Polizisten, »nach dem *Brand-aus-Signal* der Feuerwehr. So lange bleiben wir auch hier. Und Sie sollten so bald wie möglich den Hauseigentümer informieren und Ihre Gebäude- und Hausratversicherung. Von uns aus geht eine Mitteilung an die Staatsanwaltschaft, die ist für die Brandursachenermittlung zuständig. Alles Weitere erfolgt erst, wenn der Staatsanwalt entschieden hat. Wir werden nach dem Löschen einen Teil des Gebäudes sperren. Sie haben dafür zu sorgen, dass keiner, aber wirklich keiner der Jugendlichen den abgesperrten Bereich betritt. Unsere Kriminaltechnik wird morgen alles untersuchen, da dürfen keine Spuren verunreinigt werden. Haben Sie verstanden?«

»Ja. Aber wo bleibe ich mit den Jungs?«

»Wir sprechen nach dem *Brand-aus* darüber«, wiederholte er, »bis morgen Mittag wird auf jeden Fall eine Brandwache hier stationiert. Die hat ohnehin für die Sicherheit der Bewohner zu sorgen. – Gehen Sie jetzt zu Ihren Schützlingen. Bis zum Abschluss der Löscharbeiten sollten Sie dort hinten am See bleiben.«

»Kann ich mit einem der Jungen ins Haus gehen, um Jacken und Decken zum Draufsitzen für alle zu holen?«

»Muss ich klären. Warten Sie hier.«

Der Polizist stieg aus dem Wagen und sprach mit dem Einsatzleiter. Dann kam er zurück und sagte, er selbst würde sie und den Jungen begleiten.

Marikke Brummig ging in den Garten, rief Karim zu sich und ging mit ihm und den Polizisten durch den Hintereingang ins Heim.

Kurz nach einundzwanzig Uhr brachten die Feuerwehrleute die Schläuche, Äxte und weitere Werkzeuge aus dem Seglerheim heraus und legten alles neben ihre Wagen. Der Einsatzleiter kontrollierte mit einem der Wehrmänner vom Dachboden bis zum Keller sämtliche Räume des Hauses. Nach einigen Minuten kam er zu seinen Leuten, die an dem Wagen standen und rauchten.

»Brand aus!«, rief er laut, woraufhin alle ihre Zigaretten austraten, ihre Helme absetzten, die beiden Schläuche aufrollten und mit dem Werkzeug in den Wagen räumten.

Der Einsatzleiter lief zur Hintertür und rief die Bewohner des Heims zu sich. Er wartete, bis alle um ihn versammelt waren, dann erklärte er: »So, Sie haben es gehört. Brand aus. Aber das heißt für uns nicht, dass der Einsatz zu Ende ist. Sie können zurück ins Haus und dort die Nacht verbringen, aber bitte, Augen auf und Vorsicht.«

Er hielt den rechten Zeigefinger mahnend in die Höhe.

»Wir haben heute zweitausend Liter Wasser eingesetzt, aber bei einem Brand besteht stets die Gefahr eines erneuten Aufflammens, weil man leicht ein Glutnest übersieht. Deshalb und zu Ihrem Schutz und zum Schutz des Gebäudes wird eine Brandwache hier im Haus bleiben, die alle vier Stunden abgelöst wird. Sie sind also geschützt, was Sie aber nicht unvorsichtig machen sollte.«

Noch einmal erhob er warnend den Zeigefinger.

»Morgen entscheidet der Staatsanwalt darüber, wie es weitergeht. Sicherlich wird ein Brandermittler ins Haus kommen und die Spurensicherung. Ich bin kein Kriminaltechniker, aber alles deutet auf eine Brandstiftung hin, das werde ich auch zu Protokoll geben. Den

Eingangsbereich und die Küche haben wir gesperrt, keiner von Ihnen darf diesen Bereich betreten, zu Ihrer eigenen Sicherheit und wegen der Spuren. So, nun schicke ich Ihnen die erste Brandwache. Gegen zwei Uhr kommt die Ablösung ins Haus. Sie können nun in Ihre Zimmer gehen, aber wie gesagt: Vorsicht, Vorsicht, Vorsicht.«

Er sah Marikke Brummig an, dann nickte er knapp und ging zum Wagen. Kurz darauf übernahm einer seiner Männer die erste Brandwache und bat um die Hausschlüssel. Er würde sich in den Aufenthaltsraum setzen, habe aber alle dreißig Minuten einen Rundgang durch das ganze Haus zu machen. Er müsse bei seinen Kontrollgängen die Türen sämtlicher Zimmer öffnen, auch der Schlafräume, man möge sich darauf einstellen.

Marikke Brummig schlug vor, dass alle Jugendlichen sich mit Kerstin und ihr noch ein Weilchen in den Speiseraum setzten.

»Sie sind sicherlich zu aufgeregt, um bald schon schlafen zu können«, meinte sie.

»Die jungen Männer wirken erstaunlich gelassen«, meinte der Feuerwehrmann, »als hätten sie das schon einmal erlebt.«

»Die haben daheim Schlimmeres durchgemacht. Da gab es nicht nur Brände, da wurde bombardiert und geschossen.«

Sie fragte den Feuerwehrmann, ob er ihnen aus der Küche einen Kasten Mineralwasser bringen könne.

Der Mann schüttelte den Kopf: »Das Feuer hat ganze Arbeit geleistet, die Flaschen sind sicher von der Hitze geborsten. Und was das Feuer nicht vernichtet hat, das hat unter unserem Löschschaum gelitten. Falls Sie in Ihrer Küche doch noch Lebensmittel finden, müssten Sie die entsorgen.«

Frau Brummig bat die Jungen, eventuelle Getränkevorräte aus ihren Zimmern zu holen. Ein paar von ihnen standen auf und kamen mit Wasserflaschen zurück, die sie für alle auf den Tisch stellten. Marikke Brummig bemerkte, dass Hakim noch eine weitere Flasche in seiner Jackentasche mitgebracht hatte, die er heimlich an zwei seiner Zimmernachbarn weiterreichte. Sie ahnte, dass wohl Alkohol in dieser Flasche war, doch sie wollte an diesem Abend nichts unternehmen und erst in den nächsten Tagen mit den drei Jugendlichen sprechen, um sie an die Hausordnung zu gemahnen.

Gegen Mitternacht bat sie die Jugendlichen, ins Bett zu gehen. Sie und Kerstin übernachteten im Haus und zudem sei der Mann von der Brandwache da, sie könnten also unbesorgt schlafen.

Zögerlich gingen sie auf ihre Zimmer. Kerstin war hinausgegangen, um für Marikke und sich selbst im Büro die Notbetten herzurichten.

Adil stand als Letzter vom Tisch auf. Als er sich in der Tür umwandte und Marikke Brummig zunickte, traf sie sein niedergeschlagener Blick.

»Was ist Adil? Wir haben es doch überstanden.«

»Glaube ich nicht. Das bleibt so. Alle sind gegen uns hier. Es ist wie daheim, sie wollen uns alle töten.«

»Wir brauchen Geduld, Adil. Vor sechs Monaten war die Stimmung in Guldenberg viel schlechter, geradezu gefährlich für uns. Die Leute müssen sich erst daran gewöhnen, dass ihr jetzt hier seid. Das heute war vermutlich nur ein kleiner, unbelehrbarer Idiot. Ich hoffe, die Polizei schnappt ihn.«

»Sie verachten uns, Marikke. Alle verachten uns. Sie sagen immer *du* zu uns, als seien wir kleine Kinder. Nur kleine Kinder duzt man, oder?«

»Ich weiß«, seufzte Marikke Brummig.

»Weißt du, Marikke, es gibt hier in Guldenberg keine Liebe. Auf der Straße schauen sie uns voller Hass an. Als seien wir tollwütige Hunde oder Schweine. Dabei machen wir doch gar nichts!«

»Nicht alle sind so.«

»Und jetzt versuchen sie, uns umzubringen.«

»Ich halte zu euch, Adil. Und ich freue mich, dass ihr hier seid.«

»Ja, du. Aber nur du. Du bist wie meine Mama.«

»Schlaf gut.«

»Gute Nacht, Mamarikke.«

24

Bernhard Kremer erschien zwei Tage nach dem Brandanschlag im Guldenberger Rathaus, um den Bürgermeister über den Stand der Ermittlungen zu informieren und um mit ihm über notwendige und realisierbare
Schutzmaßnahmen für die Bewohner des Alten Seglerheims zu sprechen.

Er berichtete ihm, dass die Ermittler vor allem zwei
Spuren nachgingen. Zum einen könnte ihnen der ble-
cherne Benzinkanister weiterhelfen, den sie am Brand-
ort gefunden hatten und mit dem wohl die Molotow-
cocktails befüllt worden seien, da er ein älteres Modell
sei und kaum noch in Gebrauch. Sie wären dabei, in
den verschiedenen Tankstellen der Umgebung nachzu-
fragen, ob einer der Angestellten jemanden mit einem
solchen Kanister gesehen habe. Zum anderen hätten
mehrere Zeugen im gegenüberliegenden Wohnhaus aus-
gesagt, sie hätten nach dem Splittern des Türglases das
Aufjaulen zweier Motorräder gehört, die Räder und ihre Fahrer jedoch nicht mehr sehen können. Die Nach-
forschungen könnten sich daher auf die Motorradfah-
rer der Stadt und Umgebung konzentrieren.

Würde das Verfolgen beider Spuren zu keinem Ergebnis führen, setze die Kripo eine Belohnung aus für Hinweise, die zur Ergreifung der Täter führen könnten. Nach seiner Erfahrung sollte dies allerdings nicht zu früh erfolgen, da Delinquenten dazu neigten, sich in ihrem Bekanntenkreis ihrer Taten zu rühmen – was ein Straftäter natürlich unterließe, wenn er fürchten müsse, verpfiffen zu werden.

Über den erweiterten Schutz des Seglerheims habe man im Revier gesprochen, doch sie hätten dafür zu wenig Beamte, zumal es im Landkreis drei Objekte gäbe, in denen Migranten untergebracht seien.

»Wir, also das Revier, haben entschieden«, sagte Bernhard Kremer, »dass eine Streife einmal in der Woche und an unterschiedlichen Tagen nach Einbruch der Dunkelheit an diesen Objekten vorbeifährt. So auch am Alten Seglerheim. Mehr ist von unserem Revier aus nicht zu leisten, Konstantin, schließlich dürfen unsere anderen Aufgaben nicht vernachlässigt werden. Wir raten denjenigen Stadtverwaltungen, die es betrifft, die Häuser, in denen die Migranten wohnen, mit Videokameras auszurüsten. Das schreckt ab, das ist ein wirksamer Schutz.«

Kötteritz erwiderte, daran habe er bereits gedacht und am Vortag eine Überwachungsanlage anschaffen lassen, ein Set mit vier Kameras, deren Daten zentral gespeichert würden, so dass bei der Zerstörung einer Kamera die Aufnahmen auch noch nach Beschädigung gesichert seien. Die Geräte würden heute oder morgen Vormittag in entsprechender Höhe angebracht.

Kremer nickte: »Das ist gut, Konstantin. Ich hoffe, wir kriegen diese Typen. Du weißt, ich habe, was diese massenhafte Aufnahme von Flüchtlingen betrifft, eine andere Haltung als du, aber das geht zu weit. Brandstiftung, mehrfacher versuchter Mord, Heimtücke, gemeingefährliches Mittel, da kommt einiges zusammen, das reicht für ein paar Jahre Knast.«

Der Bürgermeister stimmte ihm zu.

»Es sind Jugendliche«, sagte Kötteritz, »Minderjährige ohne Eltern, teilweise schwer traumatisiert. Frau Brummig, die Leiterin des Seglerheims, erzählte mir, einer der Jungen sei ihr von der Aufnahmeeinrichtung als Taubstummer gemeldet worden.«

»Ein taubstummer Asylant?«

»Wir sagen Migranten, Bernhard, das klingt weniger abwertend. – Ja, einer der zwölf, die wir hier in Guldenberg untergebracht haben. Frau Brummig meinte, sie hätte Gründe gehabt, diese Auskunft anzuzweifeln, da sie vor Jahren mit taubstummen Kindern gearbeitet hatte. Dieser Junge reagierte anders, zeigte unerwartete Aufmerksamkeit und sie bemühte sich darum, mit ihm zu reden. Nach sechs Wochen begann er zu sprechen. Der Junge hatte volle vier Monate kein Wort gesagt, er schwieg, seit er aus dem Mittelmeer gefischt worden war. Langsam, sehr zögerlich habe er ihr seine Geschichte erzählt. In Latakia seien seine Familie, Freunde und Bekannte mit einem großen Fischerboot in See gestochen, mehr als achtzig Personen.«

»In einem Fischerboot? Das ist heller Wahnsinn. Wie kann man mit einem Fischerboot ein Meer überqueren wollen! Das grenzt doch an Selbstmord.«

»Die Hälfte von ihnen habe die Fahrt nicht überlebt, sie seien verdurstet, verhungert, ertrunken. Er hätte seinen Vater und seinen besten Freund nur noch tot aus dem Wasser ziehen können.«

»Gott im Himmel!«

»Er weigerte sich, die Leichen über Bord zu werfen, und trotz der wütenden Proteste der anderen verteidigte er die toten Körper. Einen Tag später hielten zwei Männer ihn fest und ein dritter stieß die beiden Leichen ins Wasser. Der Junge schrie und schrie, er hörte nicht mehr auf zu schreien. Er schrie so lange und so laut, dass die anderen ihm drohten, sie würden ihn über Bord werfen, wenn er nicht endlich Ruhe gäbe. Da sei er verstummt und habe kein Wort mehr gesprochen, nicht mit den anderen im Boot, nicht mit seinen Rettern in Italien, die ihn und die anderen von Bord holten, nicht bei seiner Registrierung in Deutschland. Er konnte es einfach nicht, er konnte kein Wort herausbringen, er habe selber geglaubt, für immer stumm zu bleiben, nie wieder ein Wort finden zu können, in keiner Sprache.«

»Er hat zusehen müssen, wie sein eigener Vater ertrank?«

»Ja, das Mittelmeer ist inzwischen ein Totenmeer geworden mit den vielen Leichen, die über Bord gingen. Viel Nahrung für die Fische.«

»Mach keine dummen Witze.«

»Das ist kein Witz. Was meinst du denn, was mit den Toten im Meer passiert?«

»Schon gut, hör auf.«

»Was für eine Welt, nicht wahr? – Und was passiert jetzt? Wie geht es weiter?«

»Konstantin, ich schnapp diese Burschen. Ich bin sicher, dass die Brandstifter aus Guldenberg sind. Für so einen Anschlag kommen sie nicht extra aus dem Nachbarort, was scheren die sich um unser Seglerheim. Es sind Guldenberger, Kerle, die sich hier auskennen. Und diese Typen werden irgendwo, irgendwem gegenüber mit ihrer Tat prahlen. Die wollen vor ihren Kumpels damit angeben und sich dafür auch noch feiern lassen, da bin ich mir sicher. Vielleicht hast du jemanden, der sich da vorsichtig umhören kann?«

»Nein, tut mir leid. Verdeckte Ermittler haben wir nicht im Budget.«

»Ich hoffe, dir in den nächsten Tagen eine Liste aller Kradfahrer von Guldenberg und der unmittelbaren Umgebung schicken zu können. Das ist natürlich etwas heikel von wegen Datenschutz und dergleichen, also geh bitte vertraulich damit um. Vielleicht sind ja ein, zwei Kandidaten dabei, denen du einen solchen Anschlag zutrauen würdest.«

»Du meinst es wirklich ernst.«

»Ich schnapp mir diese Kerle. Ich bin wahrlich kein Freund dieser Asylanten, das weiß keiner besser als du, aber ich habe für Recht und Ordnung in Guldenberg zu sorgen, und das werde ich. Da lasse ich mir von keinem Ganoven, ob nun aus Guldenberg oder aus dem Orient, in die Suppe spucken. Für Bad Guldenberg bin ich zuständig, und Brandstiftung gibt es bei mir nicht.«

»Nochmals, danke, dass du gekommen bist, Bernhard. Ich hatte zwar gehofft, ihr könnt dem Seglerheim mehr Schutz anbieten, aber nun muss ich eben hoffen, dass die Kameras die Kerle abhalten. Ich hatte unseren Kämmerer gebeten, ein möglichst auffälliges Set kaufen zu lassen, damit sie als effektive Abschreckung dienen. – Komm gut zurück. Und schick mir die Liste. Ich sehe sie durch und frage auch mal ein bisschen rum, vielleicht hat ja jemand was gehört. Bis dahin also!«

25

»Was hast du nur, Mädchen?«

»Nichts, Oma.«

»Aha. Nichts also. – Ich nehme gern noch ein Stück von deinem Zitronenkuchen. Schneidest du mir eins ab?«

»Natürlich.«

»Das ist mal ein richtiger Zitronenkuchen. Mit feinen Zitronenscheiben. So was habe ich noch nie gegessen. Aber ich war auch nie eine große Bäckerin. Für wen auch. Für die Kundschaft zu backen, das ging nicht, da hätte ich Ärger mit dem Schulschmitt bekommen, unserem alten Bäcker. Und für mich allein einen Kuchen zu backen, der wäre verschimmelt, bevor ich die Hälfte aufgefuttert hätte. – Was ist denn, Mädchen? Du machst ein Gesicht wie drei Tage Regenwetter. Hattest du wieder Ärger mit deinem Vermieter?«

»Nein.«

»Und auf der Arbeit? Ist im Seglerheim alles in Ordnung?«

»In Ordnung? Was soll da schon in Ordnung sein, wenn man uns abfackeln will? Jetzt haben wir im Erdgeschoss vor allen Fenstern Gitter. Eiserne Gitter. Und überall Kameras. Man kommt sich ständig beobachtet vor.«

»Wenn es hilft, warum nicht.«

»Die Jungen trauen sich kaum noch aus dem Haus, und wir sehen sie auch lieber drinnen als draußen. Wir sind schließlich für sie verantwortlich. Doch wie können ein paar Frauen die Jungs schützen, wenn alle gegen sie sind? Wir fünf, Marikke, Kerstin, Josephine, Ezra und ich, werden in der Stadt schief angesehen und müssen uns von wildfremden Leuten blöde Sprüche anhören. Dabei machen wir nur unsere Arbeit.«

»Und was ist mit dieser Vergewaltigung? Stimmt das? Kennt man das Mädchen?«

»Alles nur Gerüchte! Keiner weiß, wer das Opfer sein soll, stattdessen Klatsch und Tratsch. Es schwirren Namen und Vermutungen herum, wo ich auch hinkomme. Aber dass es einer von unseren Jungs gewesen sein soll, da scheinen sich alle ganz sicher zu sein. Ein Guldenberger würde so was ja nie machen.«

»Macht dir das Angst? Ist es das, was dich so unglücklich macht, Fritzi?«

»Nein. Also ja, Angst schon.«

»Und was ist es dann? Hast du wieder mit diesem Fridolin, entschuldige, mit dem Frieder Zoff?«

»Lass gut sein. Das Thema hatten wir.«

»Ich will dich doch nicht ärgern, Fritzi. Ich kann es

213

nur nicht mitansehen, wie unglücklich du durchs Leben stolperst. Mit den Männern ist das immer so eine Sache. Ich war da auch nicht allzu pfiffig. Warum ich damals ausgerechnet bei dem Wilhelm, ich meine bei Pauls Vater, gelandet bin – heute kann ich mich gar nicht verstehen. Aber als junge Frau sucht man einen Schutz, einen Halt, einen Menschen, an den man sich anlehnen kann. Man will nicht allein sein, und daher rührt das ganze Unglück in der Welt. Verheiratet war ich mit ihm zehn Jahre, aber zusammengelebt haben wir gerade mal ein Jahr. Dann ging er fremd, erst hier in Guldenberg, dann in Spora, schließlich fand er was in Wildenberg. Ich wusste immer Bescheid, die Leute tratschten und er bemühte sich gar nicht erst, es vor mir zu verheimlichen. Er war darauf wohl sogar noch stolz. Bei der in Wildenberg blieb er bis zu seinem Tod. Sie hatte ihn nach seinem dritten Schlaganfall zu pflegen, vier Jahre lang. Das hätte ich neben dem Kolonialwarenladen gar nicht machen können. Glaub mir, Kind, da war ich erleichtert. Ab und zu habe ich einen Mann vermisst, ja gewiss, ich kam mit der ständigen Einsamkeit nicht zurecht. Heute bin ich froh, allein zu leben. Ich kann tun und lassen, was ich will, keiner hat mir was zu sagen, keiner meckert rum, keinen muss ich von früh bis abends bedienen. Jetzt ist das Alleinsein ein großes Glück für mich, das ich genieße. Kannst du das verstehen?«

»Ach, Großmütterchen, er ist kein schlechter Kerl, aber er will sich nicht binden. Eine Ehe wäre für ihn die Hölle, sagt er. Ständig beisammen sein, immerfort zusammenhocken, das ist nichts für ihn. Er nennt sich motorcycle aficionado, er sei ein Motorradfreak, sagt er, und die brauchen zu ihrem Glück kein Ehebett, sondern einen heißen Ofen zwischen den Beinen und eine Landstraße. Er ist einfach freiheitsliebend – damit meine ich jetzt gar nicht, dass er fremdgeht, aber eine Familie wäre für ihn wohl ein Klotz am Bein.«

»Das hört sich an, als sei er noch grün hinter den Ohren.«

»Ja, ich weiß. Irgendwie ist er immer noch ein Junge. Das gefällt mir aber auch an ihm.«

»Warum suchst du dir nicht einen richtigen Mann? Einen, der mit einer Frau was anzufangen weiß und mit dem du eine Familie gründen kannst, statt einen Luftikus, der nur von Landstraßen träumt und schweren Motorrädern?«

»Ich liebe ihn, Oma. Ich liebe ihn, wie ich noch nie einen Menschen geliebt habe.«

»Ach, Liebe! Es gibt auch vernünftige Männer. Die sind selten und schwer zu finden, aber es gibt sie.«

»Ich liebe aber Frieder.«

»Fritzi, der muss doch einen Vergoldeten haben.«

»Oma, wie redest du denn! Du solltest dich schämen.«

»Ach, schämen, meine Kleine, das konnte ich früher mal. Ich konnte das sehr gut. Da habe ich mich für alles Mögliche geschämt. Heute lache ich darüber. Mein Gott, Mädchen, wofür hatten sich die Frauen nicht alles zu schämen! Sie hatten sich zu schämen, wenn sie dicke Beine hatten oder krumme. Und die größte Scham, das war, wenn sie ihre Tage hatten. Darüber sprach man nicht, das war peinlich. Allenfalls hieß es, sie hat ein Frauenleiden. Dabei sind die Blutungen das Natürlichste der Welt, ohne die Blutungen der Frauen gäbe es keine Kinder, wäre die Welt ausgestorben. Wenn die Männer diese Blutungen hätten, wären diese Tage ein Fest, wären das die Tage der stolzen Männlichkeit, Tage des Ruhms und der Ehre. Aber wir Frauen, wir hatten uns zu schämen. Schön, dass das vorbei ist. Und ich, Kindchen, ich schäme mich überhaupt nicht mehr. Selbst wenn ich mir mal aus Versehen in die Hosen pinkle, lache ich nur.«

»Nein, lachen, das kann ich noch nicht.«

»Was kannst du nicht?«

»Ich kann nicht lachen, wenn alles schiefläuft. Ich kann nicht lachen, wenn ich spüre, dass Frieder lieber mit seinen Motorradfreaks abhängt, als mit mir Zeit zu verbringen.«

»Versuche es, Fritzi. Wenn er dir dumm kommt, dann nimm einen Stapel Teller, schmeiß sie auf den Fußboden – und lach einfach laut darüber!«

»Du bist wirklich völlig verrückt, Großmütterchen. – Willst du jetzt deinen Bitterlikör?«

»Nur zu. Schenk ein. Aber bitte auch ein Gläschen für dich, damit wir anstoßen können. Auf die brauchbaren Männer, Fritzi!«

26

Als Marikke Brummig den Warteraum des Polizei-
reviers betrat, grüßte sie freundlich die beiden Frauen,
die dort beieinandersaßen und sich unterhielten. Beide
Frauen nickten nur kurz, ohne Marikkes Lächeln zu er-
widern.

»Wollen Sie auch den Revierleiter sprechen?«, erkundigte sich Marikke.

»Was denn sonst!«, knurrte die ältere der beiden
Frauen feindselig.

Sie wandte sich ihrer Nachbarin zu und die beiden
setzten ihr Gespräch fort.

»Natürlich, sie hatten schlimme Schicksale, und sie
tun mir auch leid, aber das ist noch lange kein Grund,
sie hier durchzufüttern. Wir können uns ja nicht um
das Elend der ganzen Welt kümmern.«

»Und mit denen kommen Kriminelle und Drogen-
dealer.«

»Und Vergewaltiger. Das gab es früher nicht bei uns.
Das arme Mädchen.«

»Und dann steckt man es denen vorn und hinten rein.
Das sind Steuergelder, Geld, für das wir uns krumm

gemacht haben. Denn arbeiten tun die ja nicht. Müssen sie ja nicht.«

»Können es wahrscheinlich gar nicht. Bei denen zu Hause im Busch haben sie das nicht gelernt.«

»Wenn das so weitergeht, geht unsere ganze Heimat vor die Hunde. Die haben ja schon überall ihre Finger im Spiel, und was ist mit uns? Das ist unser Land hier.«

»So wird es kommen! Die wollen alles übernehmen. Und wir können gucken, wo wir bleiben. Am Ende verjagen sie uns noch aus dem eigenen Land! Dann müssen wir weg.«

Die Tür zum Dienstzimmer öffnete sich, ein Mann trat in den Warteraum, knurrte verärgert und sortierte umständlich einige Papiere, die er in seine Jackentasche steckte, dann verließ er das Revier.

Die ältere Frau war sofort aufgestanden, sie ging zu der offen stehenden Tür und klopfte im Hineingehen kurz an. Die andere Frau warf einen verächtlichen Blick auf Marikke Brummig und griff nach einer der ausliegenden Zeitschriften.

Marikke Brummig entschloss sich nach einem längeren Zögern, die Frau anzusprechen: »Sie haben es vielleicht noch nicht gehört, aber die Jungen aus dem Seglerheim haben nichts mit dieser Vergewaltigung zu tun.«

»Ich weiß, was ich weiß«, erwiderte die Frau, ohne

den Blick von der Zeitung zu heben. »Und von wegen Jungen! Wer Mädchen schändet, ist ja wohl kein Junge mehr!«

»Es war keiner von ihnen. Das hat die Polizei unzweifelhaft klären können.«

»Jaja, das war klar, dass die das sagen. Um die zu schützen.«

»Wen zu schützen?«

»Diese Ausländer, diese Kriminellen. Kommen zu uns und machen, was sie wollen. Und der Staat schützt sie auch noch.«

»Das ist doch Unsinn.«

»Ich weiß, was ich weiß. Uns kann man nicht belügen.«

Die Frau kniff die Lippen zusammen und drehte sich auf ihrem Stuhl, so dass sie Marikke Brummig den Rücken zuwandte.

Als Marikke Brummig an der Reihe war und das Dienstzimmer betrat, stand Bernhard Kremer auf, kam ihr ein paar Schritte entgegen, reichte ihr die Hand und erkundigte sich nach dem Seglerheim und ihren Schutzbefohlenen.

»Es ist schwierig. Die Leute haben zu viele Vorurteile und wollen alles meinen Jungs in die Schuhe schieben«, sagte sie.

Der Beamte meinte, das sei nicht nur in Bad Guldenberg so. Fremde, und gar aus dem Ausland, seien

in diesen Landstrich bislang höchstens als Touristen gekommen, als willkommene Gäste, da sie den Hotels
und den Gaststätten Geld einbrachten und nach zwei,
drei Tagen wieder verschwunden seien.

»Aber kommen wir zu Ihrem Anliegen, Frau Brummig. Was kann ich für Sie tun?«

»Es geht um einen der Jungen, der gerade volljährig
geworden ist, um Hakim Darzi. Ich habe seine Papiere
mitgebracht, die Unterlagen von der Erstaufnahmeeinrichtung. Hakim sollte Ende des Monats in Magdeburg Arbeit in einer Großküche und eine Unterkunft
bekommen, das war alles geregelt und er war einverstanden – das hat er jedenfalls gesagt. Doch jetzt ist
er schon seit zwei Tagen verschwunden.«

»Vielleicht ist er zu einem Freund gefahren?«, meinte der Polizist, während er Hakims Papiere durchsah.

»Das könnte sein, ein paar der Migranten, die gemeinsam mit ihm nach Deutschland geflohen sind, sind
hier im Kreis untergebracht. Obwohl sich alle bei uns
abzumelden haben, wenn sie nicht im Seglerheim über-
nachten, kam es immer wieder vor, dass einer von ihnen für ein oder zwei Tage verschwunden war, ohne
uns zuvor zu informieren. Aber Hakim ist jetzt volljährig, da haben wir weniger Handhabe, ihm Vorschriften
zu machen.«

»Dann warten Sie doch noch etwas. Ich schlage vor,
wenn dieser Hakim sich in zwei, drei Tagen immer

noch nicht zurückgemeldet hat, dann rufen Sie mich an, und ich werde sehen, was ich tun kann.«

»Ich fürchte, wir können nicht warten. Eine meiner Mitarbeiterinnen, Ezra Moushian, berichtete mir gestern von einem Gespräch mit Hakim. Er hatte ihr kürzlich erzählt, dass er nach Paris wolle, sobald er volljährig sei. Ein Deutscher aus Wildenberg, der sich Six nennt, hätte ihn angesprochen und ihm in Aussicht gestellt, dass er bei seinem Kumpel in Paris dreitausend Euro bekomme. Wofür das Geld sei, wusste Hakim aber auch nicht.«

Bernhard Kremer sah sie überrascht an.

»Dann sieht die Sache natürlich anders aus. Dreitausend Euro, einfach dafür, dass er nach Paris fährt und sich dort meldet? An der Sache ist doch was faul.«

Er ließ sich von Marikke Brummig alles berichten, was Hakim Ezra erzählt hatte, und schrieb mit, während sie sprach.

»Dieser Hakim ist Syrer?«

»Ja. Bei uns im Seglerheim leben nur Minderjährige aus Syrien und Afghanistan.«

»Syrer und Afghanen unter einem Dach?«, fragte Bernhard Kremer verwundert, »geht das denn? Ich meine, vertragen die sich?«

»Überhaupt nicht, sie sind sich spinnefeind. Wir versuchen, sie nach Möglichkeit zu trennen. Die Afghanen haben zwei Zimmer im Erdgeschoss, die Syrer drei

Zimmer im ersten Stock. Aber die Mahlzeiten müssen sie zusammen einnehmen, wir haben nur einen Essensraum. Und auch im Aufenthaltsraum, wo der Fernseher steht, begegnen sie sich natürlich. Und da gibt es regelmäßig Krach. Sie hassen und beschimpfen sich.«

»Da haben Sie ja gut zu tun.«

»Sie sagen es. Ohne ständige Aufsicht würden sie jeden Tag aufeinander losgehen, da genügt der kleinste Anlass. Sie können sich ja auch schlecht miteinander verständigen, da kommt es immer wieder zu Missverständnissen. Ich habe mit der Erstaufnahmeeinrichtung gesprochen und ihnen gesagt, dass die Jugendlichen nach Nationalitäten getrennt werden müssten, aber die sagten mir nur, dafür fehlten die nötigen Kapazitäten, das müsse vor Ort gelöst werden.«

»Vor Ort. Die machen es sich einfach, und wir haben den Ärger am Hals.«

»In einer Einrichtung im Harz haben die Kollegen ein noch größeres Problem. Ich musste wegen einer anderen Sache mit dem dortigen Leiter telefonieren. Er erzählte, einer seiner syrischen Jugendlichen sei Jude, der würde ständig von allen angegriffen, von den Syrern, von den Afghanen, einfach von allen. Die Erstaufnahmeeinrichtung kann nichts machen, will nichts machen. Mein Kollege dort ist kurz vor einem Nervenzusammenbruch. Beim Thema Juden und Homosexuelle, da rasten viele der Jugendlichen aus, diese Menschen gelten in vielen arabischen Ländern nicht als gottgefällig, so wurden sie daheim erzogen.«

»Ja, ich las in der Zeitung, dass sehr viele muslimische Flüchtlinge Antisemiten sind.«

»Ich versuche immer wieder, mit ihnen darüber zu sprechen, aber so schnell kriegt man das natürlich nicht aus den Köpfen raus. Das Schlimme ist, dass die Jugendlichen sich von einer Frau nichts sagen lassen. Eine Frau, meinen sie, hat einem Mann nichts zu sagen, auch wenn dieser Mann noch grün hinter den Ohren ist.«

»Frau Brummig, wir werden versuchen, diesen Six – oder wie auch immer er richtig heißt – in Wildenberg aufzuspüren. Irgendjemand wird ihn kennen. Vielleicht ist er ja bereits auffällig geworden und wir haben eine Akte über ihn, das ist vorstellbar. Sie hätten allerdings sehr viel früher zu mir kommen sollen, gleich nach dem Gespräch, denn was Sie mir erzählt haben, klingt nach einer Anwerbung.«

»Ezra hat es mir erst gestern Abend erzählt. Sie hielt es für starken Tobak. Manche der Jungs prahlen ab und zu mit wilden Geschichten, um sich wichtig zu machen, aber das hier, glaube ich, müssen wir ernst nehmen.«

»Sprechen Sie mit Ihren Mitarbeiterinnen, fragen Sie sie, ob vielleicht noch mehr Jungs angesprochen wurden. Die Papiere von diesem Hakim behalte ich einstweilen, wenn Sie einverstanden sind. Hoffen wir, dass es blinder Alarm ist, Frau Brummig.«

»Danke, Herr Kremer. Und ja, ich lasse Ihnen die Unterlagen gerne da.«

Sie stand auf und verabschiedete sich. Bernhard Kremer holte sein Handy aus der Tasche und rief die Dienststelle in Wildenberg an.

27

»Schiffer, bring uns noch drei Pils. Aber zapf sie diesmal, wie es sich gehört. Drei Minuten und nicht wie sonst auf die Schnelle und dann mit Tropfbier auffüllen.«

»Ich zapf ganz nach Wunsch. Wenn ihr wollt, auch zehn Minuten. Der Kunde ist König. Dann kann ich sie aber erst in einer halben Stunde liefern.«

»Zehn Minuten! Ja, das bringst du fertig. Wer will die Plörre denn dann noch trinken?«

»Ach, Schiffer, Kneipe studiert hast du jedenfalls nicht.«

»Du musst es ja wissen, Haber. Drei Pils. Und drei Kurze, wie immer?«

»Das musst du noch fragen? Und bitte heute und nicht erst morgen.«

»Euretwegen schaffe ich mir noch Rollschuhe an.«

»Sigurd, was sagst du zu dem Brandanschlag? Das hatten wir in Guldenberg seit Jahrzehnten nicht mehr.«

»Was soll ich schon sagen! Irgendwelche Ganoven. Dumme Schuljungen. Ich hoffe, man schnappt sie bald.«

»Das waren keine Jugendlichen. Einen Molotow-cocktail durch ein Fenster zu jagen, da muss man schon ein wenig geübt sein, wenn das klappen soll.«

»So ist es. Außerdem heulten Motorräder vor dem Heim auf. Gesehen hat er nichts, aber mehrere Motorräder hat er gehört, sagt Krusche, der im Haus gegen-über wohnt.«

»Ein Brandanschlag, mein Gott, das hatten wir in den letzten fünfzig Jahren nicht mehr. Davor hat es ja ständig irgendwo gebrannt. Die Werkstätten von dei-nem Vater, Bernhard, erst die alte Tabakscheune, dann seine Tischlerei in der Molkengasse. Kurz danach brann-te Beuchlers Werkstatt.«

»Vergiss nicht den Anschlag auf meine Werkstatt. Ein halbes Jahr nachdem sie fix und fertig war.«

»Richtig, Bernhard, aber da wurde zum Glück nichts zerstört. Da hattest du einen unverschämten Massel. Nach dem Krieg gab es hier alle zwei, drei Jahre einen Brand, da hat es in Guldenberg häufiger und mehr ge-brannt als bei der Bombardierung.«

»Hoffen wir, dass es diesmal kein Feuerteufel ist, wie vor zwei Jahren in Spora. Bis sie den geschnappt haben, hatte er drei Gartenlauben und zwei Scheunen abge-fackelt.«

»Ja, und dann hat er sich einen Paragrafen geben las-sen. Da musste er nicht in den Knast, sondern kam in ein Heim für Bescheuerte. Und dort hat er nun Rundumversorgung, drei Mahlzeiten, Fernsehen, Spaziergänge im Park und alles auf unsere Kosten.«

»Ein Feuerteufel, nein. Diesmal nicht. Das waren welche, die etwas gegen diese Flüchtlinge haben. So wie ich. Nur, dass ihre Einwände etwas heftiger ausfielen als meine.«

»Und das sagst gerade du? Du bist doch auch kein geborener Guldenberger. Ihr wart auch Flüchtlinge damals.«

»Komm, komm, komm. Mein Vater war kein Flüchtling, er war ein vertriebener Deutscher. Die Russen haben uns aus Schlesien verjagt, und als Deutsche hatten wir ein Recht darauf, uns irgendwo anders in Deutschland anzusiedeln. Das ist etwas völlig anderes als bei diesen Orientalen. Die gehören nicht hierher, Detlev, das sind keine Deutschen.«

»Stimmt schon, aber deshalb muss man sie ja nicht gleich abfackeln. Ich weiß nicht, wer nicht alles in der Stadt was einzuwenden hat gegen die, aber Brandstiftung, nee, das ist kriminell. Und meine Generation hat zu viele Brände erlebt, sei es aus Leichtsinn oder mit Absicht, da gibt es keinen, der diese Kerle nicht hinter Gittern sehen will.«

»Ich sag doch nichts anderes. Ich meine nur, die Stadt und der Bürgermeister haben da auch Schuld. Einen Haufen Asylanten bei uns aufzunehmen und ihnen vorne und hinten alles reinzuschieben, nein, damit haben sie uns auch ganz schön provoziert. Fünf Frauen kümmern sich rund um die Uhr um die! Das hätte ich auch mal gern. Nein, für den Brandanschlag ist Kötteritz höchstpersönlich verantwortlich.«

»Na komm, das war doch nicht seine Entscheidung. Das wurde vom Land beschlossen, und er hatte sich zu fügen.«

»Wir leben in einer Demokratie, da muss er sich nicht fügen. Im ganzen Landkreis gibt es nur zwei oder drei Städte, die Asylanten aufgenommen haben. Die anderen haben sich gewehrt. Kötteritz nicht.«

»Drei Pils und drei Kurze. Sehr zum Wohl, die Herren.«

»Na, das hat doch mal eine richtige Schaumkrone. Oder hast du wieder zwei halbvolle Gläser zusammengeschüttet?«

»Ach, leck mich.«

»Na dann, Prösterchen!«

»Zum Wohl!«

»Was will denn dein Sohn bauen? Neben dem Muldepark hat er ja einen riesigen Bauplatz absperren lassen.«

»Wohnhäuser. Sogenannte Stadtvillen. Er will dort sechs Häuser bauen. Einfamilienhäuser mit allem Drum und Dran.«

»Und die will er vermieten.«

»Nein, verkaufen. Als Vermieter hat man doch nur

Ärger. Zoff mit den Mietern, Streit um jeden Cent, Mietnomaden und so weiter … Nein, Paul verkauft.«

»Und an wen?«

»Er sagt, drei Häuser hat er schon verkauft.«

»Und er baut sechs Häuser, sagst du?«

»Ja.«

»Das sind zwei Millionen.«

»Etwas mehr. Paul will nur das Feinste vom Feinen.«

»Und du bist damit einverstanden?«

»Er führt die Geschäfte, da muss er mich nicht mehr fragen.«

»Dein Sohn kriegt wohl nie genug.«

»Darum geht es nicht, Detlev. Paul muss immer etwas vorhaben. Er führt nun meine Tischlerei und das Möbelwerk, für Sigurd managt er den Straßenbau. Und vermutlich hat er sich an einem Sonntagnachmittag so sehr gelangweilt, dass er auf die Idee mit den Stadtvillen kam.«

»Für solche Ideen hat er genügend Geld?«

»Das macht er mit Bankkrediten, Abschreibungen und Umverteilungen. Zusammen mit seinem Steuerberater hat er sich irgendwelche Finanzkonstruktionen ausgedacht, wodurch es für ihn billig wird.«

»Ein Filou.«

»Und das wird noch nicht die letzte seiner Unternehmungen sein.«

»Ganz der Vater.«

»Nö, Paul übertrifft mich. Ich habe zeit meines Lebens dem Herrgott auch nicht den Tag gestohlen, aber so umtriebig wie Paul waren wir beide nicht, Sigurd, oder?«

»Ja, das ist ein Prachtkerl. Auf Paul lasse ich nichts kommen. Ich hatte ja gehofft, dass es mit ihm und einer meiner dussligen Töchter was wird. Bei Jenny schien es mir so, die beiden hingen immerfort zusammen, aber selbst da war er schlau. So dumm, sich mit einer meiner Flitscherln einzulassen war er nicht. Jetzt hat er die Anne, das ist doch eine ganz andere Hummel. Die sieht, wo es fehlt, und packt selbst mit an. – Wann heiraten die denn?«

»Er heiratet, wenn sie schwanger ist, vorher nicht, sagte er mir. Er braucht zwei, drei Söhne, denen er seine Firmen übergeben kann, und da will er schon sicher sein, dass das mit seiner Anne klappt.«

»Und wenn die Anne nicht schwanger wird, probiert er es dann mit einer anderen?«

»Sagt er jedenfalls.«

»Der macht's richtig.«

»Meine beiden, die Liane und die Jenny, das sind Hupmädchen, da hab ich nichts zu erwarten. Die wollen nicht meine Unternehmen weiterführen, das können sie gar nicht. Die warten aufs Erbe, um sich dann einen faulen Lenz zu machen. Da ist dein Paul anders, Bernhard.«

»Ach, übrigens, ich hörte, der Martens soll völlig debil sein.«

»Rudolf Martens?«

»Ja. Genau der.«

»Ich wusste gar nicht, dass der noch lebt. Wie alt ist der denn? An die hundert, oder?«

»Noch nicht ganz. Eher so Mitte neunzig.«

»Und er ist wirklich debil? Da hat er ja Glück gehabt.«

»Wie meinst du das?«

»Na, die Debilen vergessen doch alles. Dann wird er sich gar nicht mehr daran erinnern können, was für eine Sau er war.«

»Weiß Gott, Martens war die größte Sau im Ort.«

»Zu meinem Vater kam Martens 1961 und sagte, mein Vater sei Großbauer und Kulak. Dabei hatten wir nur vier Hektar. Doch zu der Zeit stand seit drei Monaten die Mauer, wir konnten nicht mehr verschwinden, Vater musste samt Vieh, Maschinen, Haus und Stall in die Genossenschaft. Seit der Zeit hat mein Vater nie wieder ein Wort mit ihm gesprochen. Und ich bin auch auf die andere Straßenseite, wenn ich ihn gesehen hab.«

»Martens hat vor fünfundsechzig Jahren dafür gesorgt, dass mein Onkel Hinrich, der ältere Bruder von meiner Mutter, Hals über Kopf mit seiner Familie fliehen musste. Der Onkel hatte in Bornau einen großen Hof, einen riesigen Hof, fünfundfünfzig Hektar, Familienbesitz seit Generationen. Und dann kam dieser Martens, der auch für Bornau der zuständige Funktionär der Landwirtschaft war, und bedrängte ihn. Erst sagte er, Onkel Hinrich hätte beim Hektarertrag betrogen und sein Abgabesoll nicht einmal zur Hälfte erfüllt. Dann schwenkte er plötzlich um und beschuldigte Hinrich des Steuerbetrugs. Martens sorgte dafür, dass er verhaftet wurde und nach Wildenberg ins Gefängnis kam. Mein Vater ging bis zum Bischof, und der protestierte bei der Landesregierung und erreichte tatsächlich, dass mein Onkel nach drei Tagen entlassen wurde. Und noch in der Nacht packten mein Onkel und meine Tante ein paar Habseligkeiten in ihr Auto, holten die Kinder aus dem Bett und verschwanden über Berlin in den Westen.«

»Ja, und nun ist er debil, dieses Schwein.«

»Gottes Mühlen mahlen Feinmehl.«

»Ja, und manchmal mahlen sie auch schneller.«

»So, aber nun Schluss mit dem Gequatsche. Wir sind zum Skat hier, nicht zum Plaudern. – Sigurd, es hat sich schon mal einer totgemischt, nun teil endlich aus.«

»Nächste Runde, Leute? – Schiffer, komm doch mal. Wir verdursten!«

28

Als Alexander Fuschel das Revier betrat, saßen bereits drei Personen im Wartezimmer. Er nickte freundlich und wurde mit einem wortlosen Nicken ebenso begrüßt, dann setzte er sich neben einen älteren Mann, erkundigte sich nach dessen Gesundheit und bat ihn, seine Frau von ihm zu grüßen. Da alle schweigend warteten, stand er schließlich auf und nahm sich eine der zerlesenen Zeitschriften von der Fensterbank, ein Wochenmagazin.

Nach einer guten halben Stunde wurde er ins Dienstzimmer gerufen, wo Frank Aubrich hinter dem Schreibtisch saß. Als er den Priester erblickte, stand er auf und kam ihm entgegen.

»Mein Name ist Fuschel, Alexander Fuschel. Ich bin der Priester der katholischen …«

»Ich weiß, wer Sie sind, Herr Fuschel«, unterbrach ihn der Beamte, »mein Vorgesetzter, Polizeiobermeister Bernhard Kremer, und seine Frau sind Mitglieder Ihrer Gemeinde. Mein Name ist Frank Aubrich, ich bin Polizeimeister. Herr Fuschel, was kann ich für Sie tun?«

»Ich kam, weil ich möglicherweise etwas für Sie tun kann.«

Der Polizist zog die Augenbrauen hoch, räusperte sich überrascht und sah ihn fragend an.

»Derzeit herrscht ziemliche Unruhe in der Stadt, die Leute sind nervös. Auch die Mitglieder meiner Gemeinde sind beunruhigt ...«

»Ja, dieser Anschlag ist besorgniserregend. In unserem Kreis gab es, seit ich im Dienst bin, noch nie ein solches Verbrechen. Wenn Sie uns da weiterhelfen könnten, wäre das wunderbar. Wir haben Spuren und Hinweise, die uns hoffentlich zu den Feuerteufeln führen, aber noch haben wir keinen konkreten Verdacht. Hat sich einer der Brandstifter bei Ihnen gemeldet? Hat einer sich offenbart?«

»Nein. Und selbst wenn das so wäre, könnte ich Ihnen nichts sagen. Dann würde das *sub rosa dictum* für mich gelten, das *unter der Rose Gesagte*. Um mich verständlich auszudrücken: Ich wäre an das Beichtgeheimnis gebunden. Nein, ich komme wegen dem anderen Vorfall, der unser kleines Guldenberg erregt. Dieses Gerücht, ein Mädchen sei vergewaltigt worden. Hier könnte ich Ihnen möglicherweise einen entscheidenden Hinweis geben.«

»Herr Fuschel, bitte setzen Sie sich. Ich bin ganz Ohr.«

»Wie ich höre, denken viele Guldenberger, dass es

einer der jungen Migranten aus dem Seglerheim war, doch keiner kennt, soviel ich weiß, den Namen des Mädchens.«

Aubrich nickte zustimmend: »Ja, und das wird auch so bleiben. Opferschutz.«

»Können Sie mir streng vertraulich den Namen des Mädchens nennen, Herr Aubrich?«

Der Polizist lächelte und schüttelte den Kopf: »Nein, Herr Fuschel, auch wir haben eine Art Schweigegelübde ablegen müssen. Den Namen des Opfers zu nennen, wäre ein Dienstvergehen.«

»Ich verstehe«, sagte der Priester. Er senkte den Kopf, dann sah er den Beamten an und meinte: »Ja, ich verstehe Sie, aber ich kann Ihnen ohne Not den Namen des Mädchens auch nicht nennen. Da ich nicht weiß, ob das Gerücht irgendetwas mit der Person zu tun hat, die sich mir anvertraut hat, wäre das ungehörig.«

Er machte eine Pause und fuhr dann fort: »Vielleicht gibt es einen Ausweg aus unserem Dilemma. Ich könnte Ihnen die Initialen des Mädchens nennen, das verstößt nicht gegen das Beichtgeheimnis. Wenn diese nicht mit den Initialen des Opfers übereinstimmen, dann hat sich mein Besuch bei Ihnen erledigt. Keiner von uns beiden hätte gegen seine Verschwiegenheitspflicht verstoßen.«

Der Polizeimeister sah den Priester überrascht an und überlegte. Dann nickte er und sagte: »Sehr fein, sehr spitz gedacht, Pater. Das ist wohl Sophistik, wie ich einmal lernte.«

Alexander Fuschel lächelte: »Nein, sophistisch ist das nicht. Ich fürchte, Sie beschuldigen mich der Kasuistik, aber ich suche lediglich einen Ausweg aus unserer Zwickmühle. Was halten Sie von meinem Vorschlag, Herr Aubrich?«

»Wir können es versuchen. Bitte.«

»Die junge Frau, von der ich spreche, hat die Initialen B und N.«

Für den Bruchteil einer Sekunde weiteten sich die Augen des Beamten, doch er schwieg und dachte nach.

»Verehrter Herr Fuschel«, sagte er schließlich nach einer längeren Pause, »ich kann und will eine Übereinstimmung weder bestreiten noch kann ich diese eingestehen, ohne mich eines Dienstvergehens schuldig zu machen. Sagen wir: Ich bin interessiert an dem, was Sie zu sagen haben. Ich bin sehr interessiert und bitte Sie fortzufahren. Wäre das für Sie in Ordnung?«

Der Priester lächelte und nickte.

»Sie erlauben, dass ich mir ein paar Notizen mache?«, sagte Aubrich, holte einen Schreibblock aus dem Schubfach vor und griff nach einem der Stifte. »Ich höre«, sagte er.

»Das Mädchen ist – Sie werden es wissen – minderjährig, gerade fünfzehn Jahre alt. Sie kam in großer Bedrängnis zu mir in die Beichte, gab aber wenig preis und weigerte sich, auf meine Nachfragen zu antworten. Was ich weiß, ist, sie ist schwanger, etwa im dritten Monat, und sie hat Angst vor den Eltern und offenbar auch vor ihrem Freund, dem Kindsvater.«

»Wie heißt dieser Freund?«

»Sein Name ist mir nicht bekannt. Die Eltern wussten zu der Zeit, wo sie mich erstmals aufsuchte, offenbar nichts von der Schwangerschaft ihrer Tochter. Die junge Frau hatte es verschwiegen, da sie großen Ärger seitens ihrer Eltern befürchtete, möglicherweise sogar Schläge. Ihr Freund, der Kindsvater, bemühte sich, sie zu einem Abbruch zu überreden. Das will sie jedoch keinesfalls, allerdings will sie das Kind auch nicht behalten. Sie beabsichtigt, das Kind zur Adoption freizugeben. Ich hatte ihr den Kontakt zu einer Beratungsstelle für minderjährige Schwangere vermittelt. Nun lebt sie in einer anderen Stadt in einer Einrichtung für betreutes Wohnen.«

»Wissen Sie, wer ihr Freund ist? Wie heißt er?«

»Das weiß ich nicht. Sie wollte mir nichts über ihn sagen. – Bei unserem letzten Gespräch fragte ich behutsam bei ihr an, ob die Gerüchte über eine Vergewaltigung, die durch die Stadt wabern und geradezu eine Pogromstimmung erzeugt haben, irgendetwas mit ihrer Schwangerschaft zu tun haben könnten. Auch dazu wollte sie nichts sagen. Aber es war ein recht beredtes Schweigen – Sie verstehen, was ich meine –, so dass ich ihr dringend riet, schnellstmöglich zur Polizei zu gehen und eine eventuelle Falschaussage zu korrigieren. War sie bei Ihnen?«

Der Beamte schüttelte den Kopf.

Der Priester sah ihn bedrückt an und sagte: »Ich habe ihr zu erklären versucht, dass eine falsche Beschuldigung eine Straftat ist, die für alle Beteiligten Folgen hat, aber sie ist wohl noch zu unreif, die Tragweite dessen zu verstehen. Sie ist ja erst fünfzehn. Vielleicht könnten Sie ja, da es naheliegt, dass das Opfer mit dem Mädchen, das bei mir war, identisch ist, und es also keine Vergewaltigung gab, die Anzeige unter den Tisch fallen lassen?«

Frank Aubrich hob hilflos die Schultern: »Das ist völlig ausgeschlossen, Herr Fuschel. Wo kämen wir da hin? Wir leben, gottlob, in einem Rechtsstaat.«

»Ich könnte dem Mädchen schreiben und sie nochmals dringend auffordern, eine Berichtigung schriftlich zu verfassen.«

»Und wenn sie sich weiterhin weigert?«

»Befragen Sie ihren Freund, den Kindsvater. Fragen Sie ihn, ob er auch glaube, dass seine Freundin vergewaltigt worden sei. Vielleicht lässt er sich ja eher davon einschüchtern, dass eine Falschaussage strafbar ist, und knickt ein ...«

»Sie wissen leider seinen Namen nicht, Herr Fuschel, und ich ebenso wenig.«

»Lieber Herr Aubrich, den herauszufinden dürfte in einer so kleinen Stadt wie Guldenberg für Sie wohl kaum ein Problem sein. Hören Sie sich um, machen Sie die Freundinnen des Mädchens ausfindig, die werden wissen, mit wem sie zusammen war.«

»Ja, das wäre ein möglicher Weg ....«

»Und die Stadt hätte ein Problem weniger. Aus diesen falschen Verdächtigungen erwächst nichts Gutes, das haben wir ja gerade erst wieder gesehen.«

»Ja, derlei habe ich hier in Guldenberg noch nicht erlebt.«

»Dann war mein Besuch bei Ihnen nicht ganz umsonst?«

»Danke, Herr Fuschel, Sie haben uns möglicherweise entscheidend geholfen. Mit den Initialen sind wir ein Stück weitergekommen. Leben Sie wohl.«

»Gott mit Ihnen, Herr Aubrich.«

29

Walter Lichtenberger betrat das Vorzimmer, nickte Lise Hartwig zu und fragte, ob der Bürgermeister allein sei.

»Sie können zu ihm. Herr Kötteritz erwartet Sie.«

Lichtenberger klopfte kurz an die Tür und öffnete sie im selben Moment.

»Du wolltest mich sprechen, Konstantin.«

»Ja. Setz dich. – Du kannst dir Kaffee nehmen, es ist frisch gebrühter in der Thermoskanne.«

»Danke nein. Was gibt es?«

»Diese angebliche Vergewaltigung, das hat sich ja aufgeklärt. Oder hast du zu dem, was uns der Polizeiobermeister mitgeteilt hat, noch Fragen?«

Walter Lichtenberger schüttelte den Kopf.

»Für dich ist die Sache also aus der Welt?«

»Ich verschwende keinen Gedanken mehr daran. Was soll deine Frage?«

»Dann verstehe ich nicht, wieso deine Leute noch immer das Gerücht verbreiten, dass die Migranten es gewesen seien, und gegen die Jugendlichen Stimmung machen.«

»Von wem sprichst du?«

»Von Spielhagen.«

»Von Siegfried?«

»Ja. Ich hörte, dass er in der Stadt rumposaunt, einer der Migranten sei der Täter. Ein Syrer, behauptet er, sei so gut wie überführt und werde in Kürze verhaftet.«

»Davon weiß ich nichts. Hast du bei ihm nachgefragt?«

»Ja. Er streitet es ab. Aber mich haben bereits drei Leute darauf angesprochen und alle sagten, sie wüssten es von Spielhagen. Sprich bitte mit ihm. Da er offenbar nicht verstehen will, worum ich ihn bat, musst du es ihm klarmachen. Ich lasse mir nicht von einem meiner ehrenamtlichen Stadträte auf der Nase herumtanzen. Er provoziert und stachelt die Leute auf. Das kann Folgen haben, die er zu verantworten hat. Mach das deinem Parteifreund klar.«

»Gut, ich spreche mit ihm. Wird sicherlich nur ein Missverständnis sein und keine böse Absicht.«

»Davon bin ich leider weniger überzeugt«, meinte Kötteritz.

Mit dem ehrenamtlichen Stadtrat Spielhagen kam er nicht zurecht. Siegfried Spielhagen hatte einst Mastställe aus den Beständen der landwirtschaftlichen Genossenschaft preisgünstig kaufen können und in diesen Stallungen Großmastanlagen für die Intensivtierhaltung von Schweinen, Gänsen und Hühnern errichtet.

Zur selben Zeit ließ er sich für den Stadtrat aufstellen, und es war ein offenes Geheimnis, dass er sich nur deshalb um dieses Amt bemühte, weil er dadurch frühzeitig über die Vergabe sämtlicher städtischer Aufträge informiert wäre und bei den Abstimmungsrunden im Rat seine eigenen Interessen ausreichend durchsetzen konnte.

Vier Jahre später wurde in seiner Gänsemastanlage das Vogelgrippevirus unstrittig nachgewiesen und die Tiere wurden ausnahmslos gekeult. Er verlor fünfzehntausend Gänse, für die er nicht einen Cent Schadenersatz erhielt, und hatte überdies die Beseitigung der Kadaver zu bezahlen, da er aus Unerfahrenheit oder Geiz keinerlei Versicherungen für seine Ställe abgeschlossen hatte. Vom Ruin bedroht, bemühte er sich, die Kosten seiner Mastanlagen zu minimieren.

Zwei Jahre später wurde seine Schweinemastanlage vom Veterinäramt geschlossen, nachdem Fotos und Videomaterial über die katastrophalen Zustände in seinen Stallungen im Internet veröffentlicht worden waren und die Presse darüber berichtet hatte. Ihm wurde zudem die Verwendung von Antibiotika zum prophylaktischen Einsatz und als Wachstumsförderer bei der Tiermast nachgewiesen, eine Praxis, die zu dieser Zeit bereits seit drei Jahren untersagt war.

Es hieß, es seien offenbar Tierschützer illegal in seine Anlage eingedrungen, Spielhagen vermutete allerdings, dass es keine Aktivisten gewesen waren, denn die Türen der Stallungen waren stets verschlossen gewesen und Spuren eines gewaltsamen Eindringens konnte auch die Polizei nicht feststellen. Er glaubte daher, einer seiner Angestellten, mit dem er über Kreuz lag, habe heimlich die Aufnahmen gemacht und sie anonym dem Betreiber einer Website für Tierrechte zugespielt, ein Verdacht, für den er allerdings nie einen Beweis fand.

Nachdem seine Versuche, mit Mastanlagen das große Geld zu verdienen, gescheitert waren, übernahm er das Blumengeschäft seiner Frau und entschloss sich, zusätzlich zu dem Laden eine eigene Gärtnerei aufzubauen. Wie in seinen früheren landwirtschaftlichen Betrieben arbeitete er selbst nicht mit, sondern verstand sich als Geschäftsführer mit rein administrativen Aufgaben. Er hatte fünf Angestellte, neben seiner Frau noch eine weitere Floristin im Laden für den Blumenverkauf und eine Frau und zwei Männer in der Gärtnerei. Für den Stadtrat kandidierte er bei jeder Wahl, und da es kaum Bewerber gab, wurde er zum Bedauern von Kötteritz immer wieder gewählt. Den langjährigen Bürgermeister störte der unverhohlene Eigennutz, der sich bei Spielhagen in fast jeder Ratssitzung deutlich zeigte.

Bevor Lichtenberger den Raum verließ, sagte der Bürgermeister: »Übrigens, auch wenn es noch nicht offiziell ist, kann ich es dir schon sagen: unsere minderjährigen Migranten werden verlegt. Sie sollen in einem anderen Heim untergebracht werden, fern von Guldenberg.«

»Wegen dem Brandanschlag?«

»Es gibt wohl mehrere Gründe. Die für uns zuständige Erstaufnahmeeinrichtung teilte mir mit, dass sich die Lage entspannt habe und man einige der Flüchtlingsunterkünfte auflösen könne. Guldenberg gehört dazu, die Jugendlichen werden auf andere Unterkünfte verteilt. – Das freut dich, Walter, wie?«

»Ich bin nicht eben unglücklich, wenn die Asylanten, entschuldige: die Migranten, aus der Stadt rauskommen. Und ich hoffe, die Bürokraten kriegen das rasch umgesetzt. Andererseits, Konstantin, ist das ein fatales Signal. In der Stadt wird es heißen, erst durch einen Brandanschlag sei man sie losgeworden.«

»Ja. So wird es aufgefasst werden.«

»Können wir da irgendwie gegensteuern? Wir können nicht zulassen, dass Brandstifter meinen in Guldenberg die Kommunalpolitik bestimmen zu können.«

»Ich wüsste nicht, wie. Hast du eine Idee?«

»Wir müssen die Brandstifter schnappen und an den Pranger stellen, das könnte helfen. Sonst fühlen sie oder andere sich ermuntert, Gewalt anzuwenden, wann immer ihnen etwas in der Stadt nicht passt.«

»Die Polizei hat sie nicht aufgespürt, und der Anschlag war vor zwei Monaten. Die wenigen Spuren führten ins Leere, die Ausschreibung einer Belohnung hat nichts gebracht. Ich fürchte, die Polizei tappt da komplett im Dunkeln.«

»Seien wir froh, dass es keinen weiteren Anschlag gab. Die Gitter vor den Fenstern und die Kameras haben wohl ihren Zweck erfüllt. – Wann werden die Jugendlichen Guldenberg verlassen?«

»Ich weiß es nicht. Im Rat sprechen wir erst darüber, wenn der Kreis entschieden hat und uns einen Termin nennt. – Ach so, noch eins, Walter, du müsstest morgen zu Martens gehen. Rudolf Martens wird morgen fünfundneunzig. Ruf bei seiner Enkelin an, bei Bettina, und frage sie, zu welcher Uhrzeit du ihm morgen gratulieren kannst, wann es ihm passt. Lise Hartwig bringt dir morgen früh einen Blumenstrauß für Martens vorbei. Ansprechbar ist er nicht mehr, wie ich hörte, aber die Stadt muss ihm zum Fünfundneunzigsten gratulieren.«

»Zu gratulieren, das ist deine Aufgabe, Konstantin. Die Guldenberger erwarten, dass der Bürgermeister bei solchen Jubiläen persönlich kommt und gratuliert.«

»Ich gehe nicht zu Martens. Das tue ich mir nicht an bei allem, wie er damals mit meinem Vater umgesprungen ist. Warum willst du diesmal nicht hin? Zu seinem neunzigsten bist du auch gegangen.«

»Wieso soll ich diesem Arschloch gratulieren?«

»Weil du mal Mitglied seiner Partei warst, darum.«

»Das war vor Jahrzehnten. Und das war nur, weil ich

Chef vom Bebel-Werk werden wollte. Ein Täuschungsmanöver, gewissermaßen. Ist als Kriegskunst erlaubt und zulässig. Alles ewig her und vergessen.«

»Von wegen ewig her und vergessen. Ich kenne noch eure Sprüche von damals. *Das sei unser Vermächtnis: ein gutes, ein scharfes Gedächtnis.* Habt ihr das nicht damals gesungen?«

»Lass gut sein.«

»Ja, unser Gedächtnis ist die stachlige Kehrseite unseres Lebens, Walter, die Erinnerungen bleiben. Das ist es, was man ein Vermächtnis nennt. – Übrigens, du musst Rudolf Martens nicht von mir grüßen. Das erwartet er nicht.«

»Konstantin, diese fade Ironie solltest du unterlassen. Ich lasse mir das nicht länger von dir bieten.«

»Habe ich irgendetwas gesagt, womit ich dir zu nahe getreten bin?«

»Ja. Und wenn du einen Moment Zeit hast, erkläre ich es dir.«

»Bitte. Setz dich.«

»Jetzt nehme ich mir doch einen Kaffee, wenn's recht ist.«

»Nur zu. Schenk dir ein. Ich höre.«

»Worauf du mit deiner unverschämten Bemerkung anspielst, ist klar. Ich war in der Partei, du warst es nicht. Du bist also der Held und ich bin ein angepasster Opportunist. Das kannst du so sehen, das kümmert mich nicht. Ja, obwohl ich Christ war, bin ich damals in eine atheistische und kirchenfeindliche Partei eingetreten. Ich bin eingetreten, weil ich anders niemals Direktor der Bebel-Werke hätte werden können. Das war die Bedingung, das wurde mir ganz unmissverständlich klargemacht, und ich habe nicht lange überlegt. Ich wollte es, und da hätte ich mich notfalls auch auf schlimmere Bedingungen eingelassen. Du bist jetzt ein Held, weil du dich damals nicht angepasst hast. Und ich weiß, das hat dich einiges gekostet.«

»Weiß Gott. Für Haltung zahlt man.«

»Trotz deines erfolgreichen Studiums hast du nicht einmal das Wasserwerk bekommen, sondern der Stefanski, einer mit einem Parteibuch der CDU. Dass sich da mal was drehen würde, das ahnte damals natürlich keiner. Und es hätte durchaus sein können, dass du bis zur Rente dort nur die dritte Geige spielen darfst. Und genau das wollte ich für mich nicht. Ich wollte meinen Traumjob. Und ich wollte auch immer das Geld, weil ich mit siebzehn ein Motorrad haben wollte und fünf Jahre später ein Auto, und zwar ein richtiges Auto. Dafür war ich zu vielem bereit. Wenn man in einem Staat, und zwar in jedem Staat, Karriere machen will, muss man sich an dessen Regeln halten. Damals war ein Parteibuch erwünscht oder sogar Voraussetzung, heute gelten andere Regeln, und die hat man ebenso einzuhalten, andernfalls kannst du deine Karriere in den Kamin schreiben. Ich trat in die Partei ein, obwohl ich Kirchenmitglied war, und so erreichte ich, was ich wollte.«

»Das hast du dir gut zurechtgelegt.«

»Konstantin, ich bin kein Gandhi und kein Nelson Mandela, ich wäre nie für eine Idee jahre- oder gar jahrzehntelang ins Gefängnis gegangen. Ideen sind hübsch, aber die kann ich auch für mich behalten. Die Gedanken sind frei, heißt es so schön, und da ich auch frei sein wollte, habe ich meine Gedanken und Ideen nur geäußert, wenn sie in den jeweiligen Kram passten. Ja, ich habe den Mund gehalten, wenn meine Meinung mir Ärger eingebracht hätte. So konnte ich Christ sein und Parteimitglied, und ich konnte Karriere machen. Und so verfahre ich noch heute, und ich stehe dazu. Das habe ich wohl von meinem Herrn Papa gelernt. Der hatte in viel härteren Zeiten sein Geschäft zu führen, und es gelang ihm. Er konnte damals in der Kirche bleiben, weil er mit den Deutschen Christen sympathisierte. Das waren nicht unbedingt stramme Nazis, aber sie verhielten sich loyal zu Führer und Vaterland. Anders als die, die sich die Bekennende Kirche nannten, von denen einige Ärger bekamen, großen Ärger.«

»Das nennt man geschmeidig sein, Walter.«

»Wieder deine Ironie? Nein, Konstantin, für mich heißt das, das Leben zu verstehen und zu verstehen, das Leben zu leben. Ich bewundere Mandela, aber ich bin kein Held. Wie gesagt, ich wollte ein Motorrad, ein Auto und vor allem Frauen. Vielleicht hatte Mandela auch solche Wünsche und Träume, aber als er aus dem Gefängnis kam, da war er schon über siebzig. Da hatte es sich vermutlich für ihn ausgeträumt, jedenfalls habe ich nie ein Foto von ihm gesehen, wo er auf einer schnittigen Kawasaki sitzt. Das ist in meinen Augen ein ungelebtes Leben. Er hat für irgendeine Idee alles aufgegeben und sein ganzes Leben verpasst.«

»Das heißt, einen Menschen wie diesen Nelson Mandela kannst du nicht verstehen?«

»Verstehen? Oh doch, ich kann ihn verstehen, durchaus. Aber ich begreife ihn einfach nicht. Mir ist das alles zu abstrakt.«

»An dieser Ansicht hältst du nach wie vor fest?«

»Bis heute, ja. Und ich bin überzeugt, wir kamen in die Welt, um in ihr zu leben, um mit ihr zurechtzukommen, um das eine oder andere zu ändern und zu verbessern, aber auch, um uns ab und zu ein wenig anzupassen, wenn es denn notwendig ist.«

»Aber bei den Migranten hast du plötzlich eine andere Haltung als von oben vorgegeben, anders, als Bund und Land verfügt haben.«

»Ich bin Guldenberger, Konstantin, das zuallererst. Ich bin Stadtrat und ich bin im Kirchenvorstand. Ich muss und will das umsetzen, was die Einwohner meiner Stadt wollen. Und die Bürger wollen etwas anderes als du, Konstantin, als du und die in Berlin. Und ich setze mich für die Bürger meiner Stadt ein. Im Stadtrat und in meiner Kirche, dafür wurde ich gewählt.«

Er stand auf und verabschiedete sich mit einem knappen Kopfnicken.

30

Der Krankenwagen traf nur wenige Minuten vor der Polizeistreife ein. Marikke Brummig öffnete den beiden Sanitätern die Tür und rannte ihnen voran in den Speiseraum, wo Kerstin und Karim auf dem Fußboden lagen.

Kerstin hielt ein Küchenhandtuch um ihren linken Oberarm gewickelt und wimmerte unaufhörlich. Karim presste einen Stapel Papiertücher gegen seine rechte Hüfte und stöhnte verhalten. Die Tücher bei beiden waren blutgetränkt. Adil kniete neben ihnen und bemühte sich, jedem ein Kissen unter den Kopf zu schieben.

Die Sanitäter gingen zu Kerstin, wickelten das Handtuch ab und begutachteten die Wunde. Einer der beiden Sanitäter hob den verletzten Arm der jungen Frau an und legte ihr mit geübten Handgriffen einen Druckverband an, wobei er sanft auf sie einredete. Sein Kollege hatte sich neben den Jungen gekniet und behutsam dessen Hand mit den blutigen Papiertüchern angehoben. Vorsichtig öffnete er Karims Jeans und streifte sein Hemd hoch, um die Verletzung zu sehen.

Marikke Brummig bemerkte das Blaulicht eines weiteren Autos und ging vors Haus. Frank Aubrich und ein zweiter Polizist stiegen aus dem Streifenwagen und kamen ihr entgegen.

Sie führte sie in ihr Arbeitszimmer, wo Fritzi mit Enis saß. Marikke Brummig hatte die Polizisten mit wenigen Worten darüber informiert, dass einer ihrer Schützlinge, Enis, mit dem Messer auf Karim losgegangen sei, ihm einen Stich versetzt und dann, als Kerstin die beiden trennen wollte, auf sie eingestochen und am Arm verletzt habe.

Frank Aubrich zog einen Kabelbinder, eine Handfessel aus Kunststoff, aus seinem Holster.

»Es ist zu seiner eigenen Sicherheit und zu unserer«, sagte er und forderte den jungen Mann auf, aufzustehen, sich umzudrehen und die Hände auf den Rücken zu legen. Dann fesselte er Enis, der alles ruhig über sich ergehen ließ.

»Schauen wir erst mal nach den Verletzten«, sagte er zu Marikke Brummig. Dann wandte er sich an seinen Kollegen: »Bleib bei dem Knaben hier. Ich bin gleich zurück.«

Auf dem Flur des Seglerheims kamen ihnen die beiden Sanitäter entgegen, die Kerstin stützten und zum Krankenwagen führten. Sie wimmerte unentwegt. Einer der Sanitäter sagte im Vorbeigehen halblaut zu dem Polizisten: »Bei beiden Verletzten besteht nach unserem ersten Eindruck keine Lebensgefahr. Bei der Frau ist der Schock schlimmer als die Wunde. Und für den jungen Mann holen wir die Trage, aber das ist eine reine Vorsichtsmaßnahme.«

Marikke Brummig und Frank Aubrich gingen in den Speiseraum. Karim lag noch immer auf dem Fußboden, aber Adil hatte ihm ein Kissen untergelegt.

»Hallo, Marikke«, sagte Karim leise und versuchte zu lächeln.

»Sprich nicht, Karim«, erwiderte sie, »bleib ruhig liegen, versuche regelmäßig zu atmen und streng dich nicht an.«

»Was wird mit Enis? Kommt er ins Gefängnis?«

»Das weiß ich nicht.«

»Wir werden ihn heute mitnehmen. Vorerst bleibt er bei uns in Gewahrsam«, erklärte Aubrich, »mindestens für eine Nacht.«

»Wir haben hier ja auch Gitter an unseren Fenstern, Karim, richtige Eisengitter«, mischte sich Adil ins Gespräch, »das ist wie in einem Gefängnis.«

»Das ist zu unserer Sicherheit, Adil. Das ist etwas ganz anderes«, widersprach ihm die Heimleiterin.

»Bei uns daheim hat man keine Eisengitter vor den Fenstern. Nur in den Gefängnissen ist bei uns alles vergittert.«

»Mit den Gittern sind wir geschützt, denk daran. Wir wollen nicht noch einen solchen Anschlag erleben.«

»Bei mir daheim steckt man nicht die guten Menschen hinter Gitter. Bei uns kommen die Gangster ins Gefängnis, die andere umbringen wollen oder verbrennen. Und solche wie Enis.«

Der Polizist lachte kurz auf: »Das ist auch bei uns nicht anders. Aber solange wir die Gangster nicht erwischt haben, müsst ihr geschützt werden, so gut es geht.«

»Bei euch ist alles andersrum als bei uns. Ihr habt eine verdrehte Welt.«

»Aber Enis bleibt doch nicht bei uns?«, fragte Karim, »er schläft nicht hier, oder?«

»Wir werden ihn heute mitnehmen. Vorerst bleibt er bei uns in Gewahrsam«, erklärte Aubrich, »mindestens für eine Nacht.«

»Inschallah! Und ich? Wohin komme ich?«

»Du wirst ins Krankenhaus gebracht. Man wird dich dort sicher röntgen, Karim, und dann alles tun, damit du bald wieder auf den Beinen bist.«

Die Sanitäter kamen mit der Trage in den Raum, betteten ihn mit geübten Handgriffen darauf, verabschiedeten sich mit einem Kopfnicken und brachten den jungen Mann zum Krankenwagen.

Marikke Brummig und der Beamte gingen in ihr Arbeitszimmer. Frank Aubrich forderte Enis auf, sich auf die Fensterbank zu setzen. Er selbst nahm auf dem Schreibtischsessel Platz, holte sein Laptop hervor und bat Marikke Brummig, ihm die Personalpapiere und die Aufenthaltsgenehmigung zu geben und zu berichten, was genau vorgefallen war.

Sie erzählte, dass es beim Abendessen Streit zwischen den Syrern und den Afghanen gegeben hätte, aber es wären die üblichen und alltäglichen Beleidigungen gewesen, nicht anders als an anderen Tagen. Sie hätten sich in ihren Muttersprachen beschimpft, auf Arabisch und Paschtunisch, aber auch auf Deutsch, weil das die einzige Sprache sei, in der sich die beiden Gruppen miteinander verständigen könnten.

»Ich sollte besser sagen, in der sie sich verständlich beleidigen können«, fügte sie ein.

Enis habe sich als Jüngster der gesamten Gruppe herausgehalten. Nach dem Essen seien alle in ihre Zimmer gegangen, waren also nach Nationalitäten getrennt. Dann habe es eine lautstarke Auseinandersetzung in Enis' Zimmer gegeben, vermutlich hatten seine Mitbewohner ihn gehänselt, weil er sich aus dem Streit mit den Afghanen herausgehalten hatte. Ihre Kollegin Kerstin Roland sei in das Zimmer gegangen, um die Jugendlichen zu beschwichtigen, doch in dem Moment habe Enis ein Messer gezogen und auf Karim eingestochen. Kerstin ging dazwischen und wollte ihm das Messer abnehmen, woraufhin er auch auf sie einstach.

»Dieser Junge, dieser Enis, spricht er Deutsch? Versteht er unsere Fragen und kann er sie beantworten?«

»Er spricht verhältnismäßig gut Deutsch.«

»Und ist er Ihnen als besonders aggressiv aufgefallen?«

»Nein, im Gegenteil, er ist ein sensibler, zurückhaltender Junge. Er ist der Jüngste, er ist eingeschüchtert, wagt weder etwas gegen die Afghanen zu sagen noch gegen seine Landsleute. Nachts weint er im Bett. Ich habe deswegen im Hauswirtschaftsraum eine Matratze für ihn ausgelegt, damit er dorthin gehen kann, wenn er die anderen zu sehr stört oder Ruhe braucht. Der Junge hat vor einem Jahr seine Eltern verloren, sie sind auf der Flucht umgekommen.«

»Wir fahren jetzt mit ihm aufs Revier. Ich werde den Kollegen empfehlen, ihn morgen früh zuallererst psychiatrisch begutachten zu lassen. Nach dem, was Sie mir erzählten, ist das bei dem Jungen offenbar erforderlich.«

»Was genau geschieht jetzt mit ihm? Kommt er in eine Zelle?«

»Das ist unumgänglich. Überdies werde ich im Revier Bescheid geben, dass ihn jemand über Nacht im Auge behält. Möglicherweise muss man ihn auch zu seiner eigenen Sicherheit fixieren.«

Frank Aubrich klappte sein Laptop zu, steckte es mit den Personalpapieren in seine Tasche und forderte Enis auf, mitzukommen. Er und sein Kollege verabschiedeten sich von Marikke Brummig und verließen das Seglerheim.

Es war mittlerweile elf Uhr geworden, aber aus allen Zimmern hörte man erregte Stimmen, lautes Schimpfen und Geschrei. Marikke und Fritzi gingen durch die Zimmer und baten um Ruhe. Die Afghanen lachten nur höhnisch. Die Syrer wirkten verstört und verzweifelt. Drei von ihnen hatten sich auf den Fußboden gekniet und beteten laut.

31

»Das ist ja fürchterlich, Fritzi. Und wie geht es Kerstin?«

»Ganz gut. Oder den Umständen entsprechend. Ich habe sie schon zweimal besucht. Sie hatte viel Glück, hätte der Arzt zu ihr gesagt, aber ins Seglerheim kommt sie nicht zurück, sie will sich eine andere Arbeit suchen. Nie im Leben, sagte sie zu mir, wird sie dieses Haus wieder betreten können.«

»Das arme Mädchen. – Aber sag mal, Fritzi, wenn du in das Zimmer gegangen wärst, hätte der Junge auf dich eingestochen?«

»Vermutlich hätte es dann mich getroffen, ja. Auf uns Frauen hören die Jungs ja nicht so. Vielleicht, wenn ein Mann ihm Einhalt geboten hätte … Als Ersatz für Kerstin haben wir den jungen Achim Mückenbusch bekommen, den Enkel von Heiner Mückenbusch. Der ist erst vierundzwanzig, aber bei ihm parieren sie. Wenn er was anordnet, wird das gemacht.«

»Das ist zu gefährlich, Fritzi. Du darfst da nicht mehr hingehen. Sollen das doch mal die Männer machen.«

»Das verlangt Frieder auch immer von mir, aber wie es scheint, wird sich das Problem vermutlich von allein lösen. – Was ist das hier? Deine Hand ist ja ganz dick? Hast du Schmerzen?«

»Nein, ich merke nichts.«

»Hast du dich gestoßen?«

»Nicht, dass ich wüsste. Vielleicht heute Nacht im Bett, ohne dass ich es bemerkt habe.«

»Du stößt dich so heftig und merkst es nicht einmal?«

»Ja, wenn die Stimmen zu laut auf mich einreden, kann das passieren.«

»Die Stimmen? Sprechen immer noch der Wind und die Toten mit dir?«

»Mit der Dämmerung kommen die Schatten, und mit den Schatten der Wind und die Stimmen. Sie melden sich jede Nacht. Da nutzt mir meine Schwerhörigkeit gar nichts. Mir die Ohren mit Wachs zu verkleben, hilft nicht, denn die Stimmen sind im Kopf. Trude, rufen sie, Trude! Oder auch Gertrude! Manche Stimmen erkenne ich, weiß, wer mit mir sprechen will. Andere sind mir völlig unbekannt oder ich vergaß sie. Doch sie kennen mich, sie haben nichts vergessen.«

»Wirklich jede Nacht?«

»Ja. Eine Frau wollte heute mit mir über ihre zwei Abtreibungen sprechen. Stell dir das vor. Und ich kenne die Frau nicht einmal. Sie sagt, wir seien befreundet

gewesen. Wann war das?, fragte ich. Sie sagte, vor siebzig Jahren, und dann beschrieb sie meine Wohnung in
der Völkerschlachtstraße, in der ich tatsächlich einmal
gewohnt habe. Sie wusste, wie meine Küche aussah und
das winzige Bad, nein, ein Bad war es nicht, in der Völkerschlachtstraße hatte ich kein Bad, nur ein Klo, aber
ein Innenklo, das war damals Luxus.«

»Ich weiß. Mutter wohnte in ihrer Kindheit in einer
Wohnung, da gab es auf halber Treppe nur ein kleines,
kaltes Plumpsklo. Eins für alle Mieter der Etage.«

»Ich hatte diese Wohnung vergessen. Die Wohnung
von damals und diese Frau. Luise heißt sie, oder hieß
sie. Den Nachnamen weiß ich nicht, sie sagte nur, ich
bin's, Trude, die Luise. Da konnte ich sie nicht nach ihrem Nachnamen fragen, da wir offenbar einmal enge
Freundinnen waren.«

»Und was erzählte sie dir?«

»Immer das Gleiche. Bei ihr geht's nur um ihre beiden Fehlgeburten. In Wahrheit waren es Abtreibungen,
und das quält sie jetzt. Alle melden sich nur mit ihren
Sünden bei mir. So, als ob das alles wäre, was für sie
wichtig ist.«

»Und warum? Wieso melden sie sich bei dir?«

»Ich weiß nicht. Ich denke, sie stehen in der Ewigkeit in einer Schlange, um beim Herrgott zu beichten
und zu hören, ob es für sie in den Himmel geht oder
in die Hölle. Und ich denke, in der Ewigkeit ist so eine

Menschenschlange ewig lang. Sie stehen da und warten und warten, und da melden sie sich bei mir, um zu beichten, da wollen sie von mir hören, was sie zu erwarten haben.«

»Von dir, Großmama? Bist du der Stellvertreter Gottes auf Erden? Ich dachte, der sitzt in Rom.«

»Was wissen wir schon, Fritzi, was der Herrgott vorhat? Jedenfalls melden sie sich bei mir. Jede Nacht. Das ist nicht angenehm, das kostet mich meinen Schlaf.«

»Und die Familie? Beichten die auch bei dir?«

»Nein, nie. Die Familie will immer nur etwas von euch hören. Deine Mutter fragt immerzu nach dir. Du warst ja ihr Liebling.«

»Nein, das war mein Bruder, der Johannes.«

»Nein, Kindchen, auch zu ihren Lebzeiten warst immer du ihr Liebling. Um den Johannes hat sie sich viel kümmern müssen, er war und ist ein kleiner Esel, etwas beschränkt, da muss sich eine Mutter mehr um ihn sorgen. Aber der Liebling war und ist ihre Fritzi.«

»Das weiß ich besser, Omi.«

»Jaja, du bist ja neunmalklug. Das warst du schon immer.«

»Neunmalklug, ich weiß nicht. Lieber wäre ich neunmalglücklich. Ich bin vermutlich im nächsten Monat wieder arbeitslos, Großmutter.«

»Ja, ich hörte es schon.«

»Du hörtest es? Wie denn das? Ich habe es erst gestern Abend erfahren.«

»Deine Mutter sagte es mir.«

»Meine Mutter? Was hat sie dir gesagt?«

»Dass sie das Alte Seglerheim schließen und du wieder auf der Straße sitzt.«

»Das hat sie dir gesagt?«

»Ja. Stimmt es denn nicht? Hat sie sich geirrt? Dann wissen die Toten auch nicht alles. Irren sich genauso wie die Lebenden, sind auch nicht schlauer als wir, tun nur so, als ob.«

»Das ist unheimlich, Großmutter. Aber es stimmt, das Alte Seglerheim soll bald geschlossen werden. Wir haben in wenigen Tagen nur noch sieben Jugendliche dort. Der eine, Hakim, ist verschwunden, die Polizei sucht nach ihm, weil er möglicherweise in eine böse Sache hineingeraten ist. Den Unglückswurm Enis haben sie in die Jugendpsychiatrie gesteckt, er wird nicht zu uns zurückkehren. Und drei Jungen wurden oder werden achtzehn und dürfen dann nicht mehr in einem Heim für Minderjährige betreut werden. Dann sind nur noch sieben bei uns, da lohnt es sich nicht weiter, das Alte Seglerheim als Migrantenheim zu nutzen. Die sieben sollen in andere Heime im Landkreis gebracht werden.«

»Ich bin erleichtert, das zu hören, Fritzi.«

»Ja, aber ich habe dann keine Arbeit mehr und muss sehen, wie ich zurechtkomme.«

»Keine Arbeit zu haben ist jedenfalls besser als einen Messerstich abbekommen.«

»Aber wieso du das weißt, wieso meine tote Mutter das weiß und es dir angeblich gesagt hat, das ist wirklich unheimlich.«

»Sie sorgt sich halt um dich. So sind Mütter, alle Mütter. Das ist nicht unheimlich, das ist natürlich.«

»Sie ist tot, Großmutter, meine Mutter ist tot. Wie kann sie dir da etwas über mich erzählen?«

»Hörst du mir denn gar nicht zu? Das hatte ich dir doch erklärt. Nachts melden sich die Stimmen bei mir, auch die deiner Mutter.«

»Hat sie dir auch gesagt, dass ich bei der Agentur Arbeitslosengeld beantragen muss?«

»Kann sein, dass sie es gesagt hat. Ich kenne mich mit diesen neumodischen Amtsbegriffen nicht aus. Ich habe ja dreizehn Könige erlebt, einen richtigen und zwölf, die sich als König aufführten, und alle haben sie irgendwelche Ämter eingeführt und ausgeführt. Kaum hatte man sich an den Namen einer Behörde gewöhnt, wurde sie umbenannt. Ich weiß nicht, wie das heute heißt. Sicherlich hat mir deine Mutter die richtige Bezeichnung genannt, sie ist ja viel jünger als ich und kann sich das alles noch merken.«

»Was hat sie dir noch gesagt?«

»Ich soll mich um dich kümmern. Ich soll dir helfen, dir beistehen. Klara, habe ich gesagt, wie soll ich ihr helfen? Ich habe eine winzige Rente, mit der ich selber kaum auskomme. Aber es ist doch unsere kleine Fritzi, hat sie nur erwidert.«

»Ich glaub dir das nicht. Ich kann dir das alles nicht glauben, Großmütterchen.«

»Dann habe ich nachgedacht, wie ich dir sonst noch helfen könnte, und da kam ich auf einen Einfall. Stufenpflege, das würde gehen. Der alte Fritsch hatte mir davon erzählt.«

»Wahrscheinlich meinst du die Pflegestufen. Die heißen seit diesem Jahr aber Pflegegrade.«

»Kann sein. Ich kann eine Stufenpflege oder Pflegestufe oder meinetwegen auch Pflegegrade für mich beantragen, dann gibt es Geld für die Pflegerin. Und Fritsch sagte, das kann auch eine aus der Familie machen und die bekommt dann das Geld. Du kommst ohnehin jeden Tag zu mir und bringst mich auf Vordermann, da kann ich doch diese Stufe beantragen, du bekommst Geld und mir und dir ist geholfen. Was hältst du von der Idee?«

»Ja, das wäre denkbar. Eine Pflegestufe bekommst du sicherlich. Vermutlich die Zwei oder auch die höchste. Das würden wir schon hinkriegen.«

»Schön, Fritzi, dass du einverstanden bist.«

»Nicht so rasch. Lass es uns noch einmal in Ruhe überdenken.«

»Was gibt es da zu überdenken? Sag einfach ja und

füll den Antrag mit mir aus. Dann bekommst du Geld.«

»Aber nur unter einer Bedingung, Urgroßmütterchen.«

»Was denn?«

»Wenn ich deine amtliche Pflegerin werden soll, musst du mir versprechen, mir nie wieder etwas von deinen Stimmen zu erzählen. Nie wieder! Und auch nichts von meiner Mutter. Deine Geschichten machen mir Angst!«

»Na schön. Einverstanden. Sie reden ja ohnehin nur mit mir. Wart's ab, wenn du in mein Alter kommst, werden sie sich sicher auch bei dir melden. Wenn es so weit ist, dann bin ich auch eine von ihnen und werde dir etwas flüstern.«

»Hab Erbarmen, Urgroßmutter. Ich will nie wieder etwas darüber hören. Deine Stimmen der Toten, deine Gespenstergeschichten, da gruselt es mich.«

»Jaja, gruselig ist es. Mich gruselt es auch, Fritzi. Aber so ist das Leben. Man ist nicht nur auf roten Rosen gebettet, es gibt auch die andere Seite.«

»Ich gehe jetzt. Dein Mittagessen steht auf dem Herd, du musst es dir nur noch aufwärmen.«

»Danke, mein Engel. Und erkundige dich, wo ich diese Stufenpflege beantragen kann.«

»Pflegegrad heißt das.«

»Sag ich doch. Bis morgen früh, Fritzi.«

32

»Bitte, hier eure drei Bierchen und, wie gewünscht, ein jungfräuliches Kartenspiel. Für euch opfere ich mein letztes Hemd.«

»Die Skatkarten kaufst du doch nicht. Das sind doch Werbegeschenke deiner Bierbrauer. Oder?«

»Was heißt denn Werbegeschenke? Alle Geschenke hat letztlich der Kunde zu bezahlen. Was die mir kostenlos geben, schlagen sie beim Bierpreis drauf. Du weißt ja, jede Großzügigkeit muss irgendwo anders wieder hereinkommen, wenn der Laden laufen soll. So, wie du es bei deinem Heizöl machst.«

»Danke, Schiffer, für die Belehrung. – Kneipe hat Schiffer nicht studiert, aber er ist offenbar ein ausgebildeter Wirtschaftswissenschaftler, unser Kneiper.«

»Nein, aber ich habe in Mathematik aufgepasst, Bernhard. Ich kann rechnen. – Zum Wohl, die Herren!«

»Das Alte Seglerheim wird diese Woche dichtgemacht.«

»Ich hörte es schon. Dann sind wir endlich diese Araber los.«

»Und wenn dann neue kommen? Noch mehr Asylanten?«

»Das wird nicht passieren. Das kann gar nicht mehr passieren. Der Stadtrat hatte gestern eine Sondersitzung, weil es eine dringliche Beschlussvorlage gab: Wir bekommen endlich eine Pflegestation. Das Seglerheim soll zeitnah umgebaut werden.«

»Eine Pflegestation. Sehr schön. Kann uns dreien nur recht sein.«

»Und aus dem Rathaus hörte ich, obwohl der Ausbau recht teuer werden wird, ging der Beschluss problemlos durch. Keine Gegenstimme, keine Stimmenthaltung, alle dafür.«

»Das erzählte mir auch Gerhard. Er sagte, eine Abstimmung ohne jede Gegenstimme oder Stimmenthaltung hätte es im Rathaus seit Jahr und Tag nicht mehr gegeben.«

»Ja, gebranntes Kind scheut Feuer. Und einmal ist keinmal, aber zweimal ist einmal zu viel.«

»Wir haben sehr schlaue Stadträte. Wenn das Land uns nochmal mit Asylanten kommen will, können wir sagen, tut uns leid, wir haben dafür keine Räumlichkeiten.«

»War ja auch Zeit. Brandanschläge, Vergewaltigungen, Messerstechereien, das passt nicht zu uns.«

»Den Brandanschlag kannst du nicht den Asylanten anhängen.«

»Direkt nicht, nein. Aber indirekt geht das schon auf ihr Konto. Wären sie nicht hierhergekommen, hätte es bei uns auch keinen Brand gegeben.«

»So gesehen ist das wohl richtig. Aber das mit der Vergewaltigung kannst du denen nicht anlasten, da hat das Mädchen wohl zugegeben, dass sie gelogen hat.«

»Das ist doch nur die halbe Wahrheit, Sigurd. Die Polizei sagt, die Asylanten waren es nicht. Aber wir wissen doch alle, dass die Verbrechen der Asylanten unter den Teppich gekehrt werden. Befehl von ganz oben, von den Häuptlingen in Berlin, nur damit die Stimmung im Land nicht kippt.«

»Kann sein. Das weiß ich nicht. Mit diesem ganzen Geschwätz gebe ich mich nicht ab. – Schiffer, deine Gerstenkaltschale schmeckt heute irgendwie komisch. Hast du das Gesöff vorgezapft? Ist ja deine Spezialität.«

»Du bist ein rechter Blödel, Bernhard. Irgendwann gibt's für dich Hausverbot bei mir.«

»Habt ihr von HB gehört? Seine Töffli-Produktion scheint vor dem Aus zu stehen.«

»So was spricht sich schnell rum. Und das heißt, wir haben hier bald einen Haufen Arbeitsloser, zu viele für so eine kleine Stadt.«

»Noch sind alle in Lohn und Brot. Haubrich-Becker hat Kurzarbeit beantragt. Sein Werk ist wohl durch einen Betrüger in eine üble Schieflage geraten.«

»Weißt du Genaueres?«

»Ja. Mein Anwalt, der Klaus Schrödinger, hat mir unter dem Siegel der Verschwiegenheit etwas geflüstert. Aber wie gesagt, top secret, ich will Schrödinger keinen Ärger machen. Ein Kunde von HB, ein Bulgare, nein, ein Rumäne, hat ihn übers Ohr gehauen, hat die ersten Lieferungen bezahlt und sich dann mit den nächsten Töfflis aus dem Staub gemacht. Die deutsche Polizei hat nichts erreicht, die Vernetzung der europäischen Kripo hat noch viele Lücken, aber Schrödinger konnte ihm helfen. Er kannte einen Kollegen aus Rumänien, und der hat die dortige Kripo in Marsch gesetzt. Sie haben den Kerl geschnappt, aber die Töfflis sind allesamt verschwunden, die hat der Gauner längst verkauft.«

»Und HBs Geld?«

»Alles futsch. Über eine Million. Der Ganove sitzt, aber Haubrich-Becker wird wohl keinen Cent sehen.«

»Ja, damit wird sich dieser Rumäne ein nettes Leben machen, sobald er aus dem Knast raus ist. Aber wieso kam HB bei der Summe schon ins Schleudern? Eine Million, die kann ihm doch nicht das Genick brechen.«

»Vielleicht hat er sich mit seinem Palast etwas übernommen. Mit der Villa Muldefelsen.«

»Seinem Bundeskanzleramt, hähä!«

»Nein, die Kurzarbeit ist der Auftragslage geschuldet. Er hätte noch sechs Monate Töfflis für diesen Scheiß-Rumänen bauen sollen. Hatte dafür andere Aufträge abgelehnt oder verschoben. Über Nacht bekommt er nicht so viele neue Aufträge, um seine Kapazitäten auszulasten. Er sitzt ganz schön in der Klemme. Darum hat er Kurzarbeit Null beantragt, bis er wieder Land sieht.«

»Mein Mitleid mit HB hält sich in Grenzen. Arrogant, wie er überall auftritt.«

»Vorsicht, Detlev, du bist kein Unternehmer, du warst es nie und hast keine Ahnung, was einem alles zustoßen kann. Von einem geschickten Gauner reingelegt zu werden, davor ist niemand gefeit. Oder du hast Pech, und dein Auftraggeber geht überraschend pleite, bevor er dich bezahlt hat. Das habe ich zweimal erleben müssen, und einmal wurde das richtig teuer für mich. Dann hast du brav geliefert, siehst aber keinen Cent und musst sehen, wie du über Wasser bleibst.«

»Das war das Haus in Lichtenberg?«

»Ja. Hundertachtzig Fenster. Bezahlt hatte er zwei Raten und das war's dann. Vor Gericht stellte sich heraus, dass er pleite ist, das ganze Geld hatte seine Frau, aber sie hatten Gütertrennung, an das Geld kam ich nicht heran. Ich wollte die Fenster wieder ausbauen. Wenn ich auch nichts davon mehr hätte brauchen können, der Kerl sollte sie nicht haben. Doch da hat mich mein Anwalt gewarnt: Wenn ich die Fenster gegen seinen Willen ausbaue, mache ich mich strafbar.«

»Ist das wahr?«

»Ja, so sei die Gesetzeslage. Das sei dann Hausfriedensbruch und Diebstahl. Diebstahl, wenn ich mir nur das nehme, was mir gehört und keinem anderen. Wofür ich nie auch nur einen Cent gesehen habe! Versteh einer solche Gesetze!«

»Unfassbar! Das sind Gesetze zum Schutz von Ganoven und zum Schaden des Handwerks.«

»Komm, teil mal aus, Sigurd.«

»Aber bitte: Von mir habt ihr zu Haubrich-Becker nichts gehört. Ich darf es mir nicht mit Schrödinger verscherzen. Diskretion, die Herren.«

»Selbstredend.«

»Wollen wir noch was bestellen? – Schiffer, wir brauchen dich.«

»Komme gleich.«

»Was hast du mir da für ein Blatt gegeben, Bernhard! Damit kann kein Mensch spielen.«

»Ich weiß, du brauchst immer mindestens drei Buben, bevor du zufrieden bist, Sigurd.«

»Schiffer, das Übliche: drei Pils, drei Kurze.«

»Kommt umgehend.«

33

Der Nachmittag neigte sich und der frühe Abend brachte Wind und eine fast winterliche Kühle.

Malka Goldt schloss das Küchenfenster und schaltete das Licht an, bevor sie Geschirr und Besteck aus der Spülmaschine nahm und einräumte. Als sie den Priester sprechen hörte, öffnete sie leise die Küchentür.

Er hatte keinen Besuch, und daher vermutete sie, dass er Selbstgespräche führte. Sie griff nach dem Besen und ging lautlos bis zur Tür seines Arbeitszimmers, um zu verstehen, was er sagte.

»Adveniat regnum tuum. Fiat voluntas tua, sicut in caelo, et in terra. Panem nostrum quotidianum da nobis hodie. Et dimitte nobis debita nostra, sicut et nos dimittimus debitoribus nostris. Et ne nos inducas in tentationem: sed libera nos a malo. Quia tuum est regnum et potestas et gloria in saecula.«

Er betet, sagte sie sich und ging in die Küche zurück. Eine halbe Stunde später kam sie mit einem Tablett, auf dem eine chinesische Teekanne, zwei Tassen und zwei kleine Schnapsgläser standen, klopfte bei ihm an und trat ein.

»Es ist fünf Uhr, Hochwürden, Zeit für unseren Five o' Clock Tea«, sagte sie.

»Und für Ihren fürchterlichen Tresterbrand, liebes Fräulein Goldt«, sagte der Priester lächelnd, räumte einige Bücher von dem kleinen Tisch mit den beiden Sesseln ab und nahm Platz. Die Haushälterin setzte das Tablett ab, goss Tee ein, stellte die Tassen und die Schnapsgläser auf den Tisch und ließ sich in den anderen Sessel sinken.

»Grappa ist eine Gottesgabe, Hochwürden. Schon deswegen sollten wir ihn nicht verachten, sondern dem Herrn für dieses Geschenk auf Knien danken.«

»Weintrauben sind die Gottesgabe, nicht der Schnaps. Wir haben aus einer Gottesgabe ein teuflisches Zeug gebraut.«

»Wir haben die Gabe genussfähig gemacht. So wie wir es auch mit den Gaben vom Feld und aus dem Garten machen. Denn die Kartoffeln und die Weizenkörner möchten Sie doch wohl nicht so essen, wie sie geerntet werden.«

»Ach, Fräulein Goldt, ich sehe schon, mit einer Königin soll sich ein armer Landpriester nicht anlegen. Dann auf Ihr Wohl.«

»Lachaim, Hochwürden.«

»Bevor ich Sie kennenlernte, habe ich ein solches Zeug nie angerührt. Keinen einzigen Tropfen. Sie haben mich verführt und zum Alkoholiker gemacht.«

»Ein kleines Gläschen Grappa am Tag, da haben wir noch einen weiten Weg vor uns bis zum Alkoholiker. – Ich hörte Sie vorhin laut beten. Das berühmte Gebet *Urbi et orbi* war es aber nicht, was Sie sprachen?«

»Nein, das ist ja dem Papst allein vorbehalten. Er hat Rom und dem ganzen Erdkreis den Segen zu erteilen, ich habe nur für diese kleine Stadt zu sorgen und bin damit bereits überfordert.«

»Das ist nicht wahr, Hochwürden, Sie sind durchaus beliebt. Und sogar diejenigen in der Stadt, die nicht katholisch sind, schätzen Sie. Ihr Wort hat Gewicht und etwas von Ihrem Glanz fällt auf mich, man ist beim Einkaufen stets höflich zu mir, da ich Ihren Haushalt führe.«

»Man schätzt mich und man verachtet mich.«

»Nein, Hochwürden, das ist nicht wahr. Das sagen Sie, weil Sie an Walter Lichtenberger denken, den depperten Boofke.«

»Aber bitte, Fräulein Goldt!«

»Dieser Lichtenberger ist eine Ausnahme, er macht sich wichtig, und in der ganzen Stadt lacht man über ihn. Er hat, lange bevor wir nach Guldenberg kamen, den Vorstand des Pfarrgemeinderates übernommen, um dort das große Wort zu führen, und um einen Stadtratsposten hat er sich aus dem gleichen Grund bemüht. Das ist ein Simpel, der Lichtenberger. Er denkt, weil Sie noch ein junger Mann sind, kann er so mit Ihnen umspringen.«

»Ein junger Mann? Sie schmeicheln mir, liebes Fräulein Goldt. Er ist jedenfalls ziemlich unverschämt.«

»Ja, seine Chuzpe ist beeindruckend. Lassen Sie sich nicht von ihm auf der Nase rumtanzen, Hochwürden. Wenn er das nächste Mal hier erscheint, werde ich ihm mit Ihrer Erlaubnis eine Lektion erteilen.«

Alexander Fuschel lachte auf: »Was meinen Sie damit?«

»Ich werde ihn so zusammenfalten, dass er glaubt, das Jüngste Gericht habe begonnen.«

»Ach, Fräulein Goldt, das Jüngste Gericht hat sich unser aller Schöpfer vorbehalten. Sie wollen doch wohl nicht in seine Befugnisse eingreifen?«

»Es wäre für den Lichtenberger nur ein irdisches Donnerwetter vor dem himmlischen, was ihn ohnehin erwartet.«

»Auch darüber haben Sie nicht zu urteilen, Fräulein Goldt.«

»Noch eine Tasse Tee?«

»Sehr gern.«

»Vorgestern wurde das Alte Seglerheim geräumt. Die jungen Leute sind alle weg.«

»Ich weiß.«

»Jetzt sind da nur noch Frau Brummig und die anderen Helfer. Bis Ende des Monats machen sie dort klar Schiff, dann sind die drei arbeitslos, auch der Deutschlehrerin dort bricht damit ein Auftrag weg. Diese Leute jedenfalls hatten nichts gegen die Migranten, im Gegenteil, sie hatten dadurch Arbeit.«

»Ja, sie hatten Arbeit, aber vergessen wir nicht, eine der Helferinnen wurde verletzt, es hätte für sie übel ausgehen können. Und dann gab es den Brandanschlag.«

»Nun wird die ganze Stadt gewiss aufatmen.«

»Es war eine Prüfung für uns. Eine Prüfung, ob wir christlich und solidarisch sind. Wir haben etwas über uns selbst erfahren.«

»Und der Herr Lichtenberger, der Herr Vorstand des Pfarrgemeinderates, ist wohl durchgefallen, nicht wahr?«

»Sie urteilen zu schnell und zu gern. Das steht Ihnen nicht zu. Den anderen hinnehmen und ertragen, auch schweigend hinnehmen und akzeptieren, das wäre christlich.«

»Ich bin keine Christin, Hochwürden, und ich habe nicht studiert wie Sie. Ich bin nur eine dumme alte Frau, die Augen im Kopf hat und den Mund nicht halten kann.«

»Sie sind ganz bestimmt keine dumme Frau, sondern der Engel meines Haushalts. Ich wüsste nicht, wie ich ohne Sie zurechtkäme. Nur dass Sie gerne in alles Ihre Nase stecken, Fräulein Goldt, und oft so nassforsch sind, irritiert mich an Ihnen.«

»Ich sah, dass die kleine Bärbel Nimrod Ihnen geschrieben hat. Wie geht es ihr denn?«

»Kontrollieren Sie jetzt auch meine Post?«

»Kontrollieren, wo denken Sie denn hin. Ich schaue doch nur, ob ein Brief für mich dabei ist. Ich habe schließlich auch Bekannte, die mir ab und zu schreiben. – Was ist mit der Kleinen?«

»Sie meinen die junge Frau, der Sie eine frühe Schwangerschaft prophezeiten?«

»Ich bin keine Prophetin, Hochwürden, aber ich bin auch kein Schmock. So beschickert, das nicht zu sehen, kann doch nur ein Mann sein. Und schließlich habe ich in meinen fast dreißig Jahren als Hebamme genug viel zu junge Mütter untersucht, da kriegt man einen Blick für so was.«

»Es geht ihr gut. Sie hat das Kind bekommen, ein Mädchen, und will es wohl doch nicht zur Adoption freigeben. Aber zurückkommen nach Guldenberg will sie auch nicht.«

»Das macht sie richtig. Bei ihrer Mischpoche hätte sie keine ruhige Minute.«

»Fräulein Goldt, Sie sind schon wieder etwas vorlaut.«

»Aber mein Gemüsesoufflé heute Mittag, das war doch gut.«

»Mehr als gut. Es hätte drei oder vier Sterne verdient.«

»Schön. Dann bin ich vielleicht vorlaut, Hochwürden, aber doch zu etwas nütze.«

34

Die Brandschäden in der Küche waren beseitigt worden, das provisorisch gesicherte Fenster war neu verglast, nur der Küchenschrank verriet noch etwas von dem Feuer, da die rechte Kante des Arbeitsbords, eine Holzfaserplatte, so stark verkohlt gewesen war, dass ein schmaler Streifen des Holzes abgesägt, die Platte dann poliert und neu überstrichen worden war.

Es war der letzte Mittwoch im März.

Zwei Wochen zuvor hatten die Jugendlichen das Heim verlassen. Sieben von ihnen waren mit ihrem gesamten Gepäck in einen Bus gestiegen, der sie zu ihrer neuen Unterkunft bringen sollte.

Der Abschied von ihren Betreuerinnen war herzlich gewesen. Am letzten gemeinsamen Abend hatten die Jugendlichen für Marikke, Fritzi, Ezra, Josephine und Achim Mückenbusch, der als Ersatz für Kerstin ins Heim gekommen war, gekocht. sie hatten Mashawi zubereitet, gegrilltes Hühnerfleisch mit Zwiebeln, Petersilie und Tomaten, gefüllte Auberginen und in Tomatensoße gekochte Okraschoten. Nach dem Essen hatten sie ein kleines Musikprogramm präsentiert, jeder der jungen Männer sang ein Lied aus seiner Heimat und vier von ihnen verfielen dann in einen rhythmischen und schnellen Sprechgesang in ihren Muttersprachen Paschtu und Arabisch, wobei zwei von ihnen auch auf Deutsch rappten.

Bevor die sieben am nächsten Vormittag in den Bus stiegen, umarmten sie die Frauen, die alle Tränen in den Augen hatten, und die jungen Männer bedankten sich überschwänglich bei ihnen. Besonders herzlich wurde Marikke Brummig umarmt, ihre Mamarikke.

Tage zuvor waren bereits drei der Jugendlichen, diejenigen, die zwischenzeitlich volljährig geworden waren, von einem Betreuer der Erstaufnahmeeinrichtung mit dem Auto abgeholt worden. Man hatte ihnen Unterstützung bei der Suche nach einer eigenen Wohnung und einem Ausbildungsplatz in Aussicht gestellt.

Hakim war und blieb verschwunden. Einen Mann in Wildenberg, der sich Six nannte, konnte die Polizei zwar aufspüren, aber dieser bestritt, einen Syrer namens Hakim zu kennen. Er dächte nicht einmal im Traum daran, sich mit diesen Asylanten abzugeben, sagte er. Die Polizei gab daraufhin eine Suchmeldung nach Hakim Darzi heraus und informierte zusätzlich auch die französischen Kollegen über den Vermissten und ihren Verdacht.

An ihrem letzten Tag schafften die vier Frauen und Achim Mückenbusch alles, was noch an persönlichen oder sonst für sie brauchbaren Dingen im Haus war, hinaus. Am nächsten Tag sollte ein Entrümpelungstrupp das Seglerheim für die Renovierungsarbeiten und den Umbau zur Pflegestation komplett leer räumen.

Bis zum Mittag wollten sie fertig werden und sich dann – auf Marikkes Vorschlag hin – bei einem gemeinsamen Essen voneinander verabschieden.

Gegen zehn Uhr kam Marikke Brummig zu Josephine Sieghardt, der Köchin, und sagte ihr, sie möge das Mittagessen erst für fünfzehn Uhr ansetzen, es sei doch noch zu viel zu tun und nach dem Essen wolle sicher keiner mehr einen Finger rühren.

»Das ist mir sehr recht«, sagte Josephine Sieghardt, »ich will ein Festessen für euch kochen, und das braucht seine Zeit.«

Als sie Feierabend machen konnten und sich an den Tisch setzten, erschien Josephine Sieghardt mit dem größten Topf des Heims. Auf dem Tisch stand bereits die riesige Tortenplatte aus dem Marktcafé und die Köchin stürzte mit Schwung den Inhalt des Topfes auf die Platte.

»Maqclube«, sagte sie lediglich, blickte stolz in die Runde, und streute Mandeln und Pinienkerne darüber, »aber diesmal eine richtige Maqclube, mit Lamm. Die Keule habe ich beim Schäfer Frietzer in Bornau besorgt. Die Jungs wären sicher begeistert, wenn sie das hier sehen und essen könnten. Aber die Lammkeule kam zu spät, Frietzer konnte nicht früher schlachten.«

Sie saßen bis sechs Uhr abends beisammen, sprachen über »ihre« Jungs und auch über ihre eigene Zukunft.

Fritzi hatte bereits probeweise im Parkhotel gearbeitet, aber sie sagte, sie werde diese Arbeit nicht annehmen.

»Ich hätte dort jeden Morgen die Zimmer zu reinigen, ab neun Uhr«, berichtete sie, »für jedes Zimmer gibt man mir zwölf Minuten. In der Zeit muss ich die Bettwäsche und die Handtücher wechseln, staubsaugen, den Papierkorb leeren und das Bad vollständig reinigen. Das ist in der Zeit nicht zu schaffen. Ich war da nur eine Woche, aber ich kam jeden Nachmittag mit einem krummen Rücken raus. Ich brauche etwas Leichteres. Ich kümmere mich ja zusätzlich noch um Uroma, bin jeden Tag bei ihr, koche für sie, bade sie – und das alles neben meiner eigentlichen Arbeit. Jetzt haben wir Pflegegeld beantragt, davon allein kann ich aber keine großen Sprünge machen, komme aber fürs Erste damit und mit dem Arbeitslosengeld einigermaßen über die Runden. Ich brauche aber unbedingt einen richtigen Job. Vielleicht mache ich eine Ausbildung zur Altenpflegerin, damit kenne ich mich ja ohnehin aus, und bewerbe mich bei unserer neuen Pflegestation.«

Josephine Sieghardt wollte in der Küche der örtlichen Grundschule anfangen, aber es sei eine ziemliche Herausforderung, für hundertsiebzig Kinder Essen zu machen, berichtete sie. Da in der Küche ausschließlich Frauen beschäftigt seien, habe jede von ihnen die schweren Töpfe zu schleppen. Sie hatte früher bis zur Schließung des Restaurants als Köchin in der *Pfeffermühle* gearbeitet, sich dann erfolglos bemüht, mit Catering ihren Lebensunterhalt zu verdienen, und damals das Angebot, die Küche im Alten Seglerheim zu übernehmen, sofort angenommen

»Leider hat meine alte Pfeffermühle keinen neuen Besitzer gefunden«, sagte sie, »und da ich kein anderes Angebot habe, werde ich die Stelle in der Schulküche annehmen müssen.«

Kerstin erzählte, dass sie eine Stelle bei der Kindertagesstätte in Aussicht habe: »Ich liebe Kinder, und da ich selbst noch keine habe, denke ich, das ist die richtige Arbeit für mich. Ich würde parallel noch Kindheitspädadogik studieren. Und scharfe Messer gibt es ja in einer Kita zum Glück nicht …«

Ezra berichtete, dass sie großes Glück habe. Die Herzchirurgie der Charité suche eine Übersetzerin für die vielen arabischen Millionäre, die sich in der Charité operieren ließen. Sie werde schon am ersten April dort anfangen können, werde zunächst einen Jahresvertrag bekommen, jedoch mit Aussicht auf Verlängerung, und habe fünf Tage in der Woche zu arbeiten.

»Ich bekomme einen Vertrag und richtiges Geld. Nicht nur ein Taschengeld wie hier.«

Alle gratulierten ihr, wenn auch etwas neidvoll. Achim Mückenbusch sagte, dass er auch nach Berlin gehen werde.

»Dieses Guldenberg geht mir auf die Nerven. Ich habe die Kleinstadt satt und will mal das Leben genießen. Einen Job in Berlin habe ich noch nicht, aber ich kann bei einem Freund unterkommen und irgendetwas wird sich in einer so großen Stadt für mich ergeben, da bin ich ganz zuversichtlich. Für den Anfang werde ich irgendwo kellnern.«

Marikke Brummig konnte von keiner neuen Arbeitsstelle erzählen. Bei ihrem alten Arbeitgeber – sie war jahrelang Geschäftsführerin des Spa-Bereichs im Mulde-Heilbad – sei für sie kein Platz mehr, habe ihr der frühere Chef gesagt, er habe bereits eine neue Geschäftsführerin eingestellt.

»Und dann hat er zu mir gesagt: Wissen Sie, Frau Brummig, ich weiß gar nicht, ob diese Stelle bei mir noch etwas für Sie wäre, und auch nicht, ob Sie für mein Geschäft geeignet sind, denn meine Gäste, und zwar einer wie der andere, haben es überhaupt nicht verstanden, dass Sie sich freiwillig mit dem Asylantenpack abgegeben haben. Ich habe ihn dann gefragt, ob ich denn in Guldenberg unerwünscht sei, ob ich die Stadt verlassen sollte. Das müssen Sie selbst wissen, jeder ist seines Glückes Schmied, meinte er, und dann grinste er nur.«

Achim Mückenbusch lachte auf und griff nach seinem Weinglas: »So ist Guldenberg, und darum muss ich hier weg. Trinken wir auf unser geliebtes Bad Guldenberg. Auf euer Wohl!«

Christoph Hein
Verwirrnis
Roman
st 5010. 303 Seiten
(978-3-518-47010-7)
Auch als eBook erhältlich

»Eine berührende Geschichte von Liebe, Strafe und Verrat.«

Katharina Teutsch, Die literarische Welt

In seinem Roman erzählt der große deutsche Chronist Christoph Hein bewegend von einer Liebe, die über Jahre hinweg allen Widrigkeiten trotzt, und zeichnet zugleich ein lebendiges Panorama deutschen Geisteslebens.

»Erzählerisch und lebensvoll bis ins Beschwingte.«
Judith von Sternburg, Frankfurter Rundschau

SPIEGEL-Bestseller

suhrkamp taschenbuch

Weitere Informationen erhalten Sie unter www.suhrkamp.de
oder in Ihrer Buchhandlung.